辋·王维

胡松涛　著

陕西新华出版传媒集团
太白文艺出版社

图书在版编目（CIP）数据

辋·王维 / 胡松涛著 . — 西安：太白文艺出版社，2019.1

ISBN 978-7-5513-1548-7

Ⅰ. ①辋… Ⅱ. ①胡… Ⅲ. ①随笔－作品集－中国－当代 Ⅳ. ① I267.1

中国版本图书馆 CIP 数据核字 (2018) 第 260582 号

辋·王维

WANG WANGWEI

作　　者　胡松涛
责任编辑　王婧姝
整体设计　张洪海
出版发行　陕西新华出版传媒集团
　　　　　太 白 文 艺 出 版 社
经　　销　新华书店
印　　刷　西安市建明工贸有限责任公司
开　　本　787 mm × 1092mm　1/32
字　　数　200 千字
印　　张　10.875
版　　次　2019 年 1 月第 1 版第 1 次印刷
书　　号　ISBN 978-7-5513-1548-7
定　　价　49.80 元

联系电话：029-81206800
出版社地址：西安市曲江新区登高路 1388 号（邮编：710061）
营销中心电话：029-87277748

看，这里站着王维手植银杏树

（自序）

跟着王维的诗，访问王维手植银杏树。

盛唐诗人王维被称为“诗佛”。他一边写诗，一边念经。佛经曰，“应经行处种树”。佛又曰，“种三种树，一者果树，二者华树，三者叶树，此但有福无过”。

王维写了许多诗，被岁月收走一些，剩下四百来首。王维种了许多树，留下来的，唯有这棵银杏树，跟他的诗的岁数差不多，一千两百多岁了。

王维手植银杏树站立在秦岭辋川。

我寻见它，轻手轻脚走向它，眼看八风走过，风动神行——

它正用那十万个扇面似的叶子扇出古老而崭新的风，扇得明月松间照清泉石上流，扇得雨中山果落灯下草虫鸣。

扇出翠绿风，足以销炎热，直扇得，浮云在虚空，随风复卷舒，千里横黛色，数峰出云间。

扇到兴奋处，一柄柄扇子抛向千山万水，一把把金叶子抛给红男绿女。呀，金天净兮丽三光，彤庭曙兮延八荒。

黄金散尽，仍不尽兴，它以高大的晃动，与冬日天空磨出金石管弦，把无叶之枝摇出青枝绿叶，摇出一树的典雅纯洁、君子之风，可谓之国风。它妙舞向天，无有风尘，摇成天下风姿第一树。

莫问春风动杨柳，只须看，摩诘手植银杏树。这棵银杏，能生大地风，它摇得人们每逢佳节倍思亲，刮得大漠孤烟直，刮到西出阳关无故人，也把王维的诗刮得到处流行，落满人间。

朝夕仰清风，我是幸运的人，王维的诗叶落到我家院落，落入我心。于是我写了这本书，叫《辋 · 王维》。

拥有王维，自具风雅，可以风仪落落，扶风而行，素风而居，倚风自笑，不风而清凉……

目录

卷一・思游

人生得有几个朋友

有红颜朋友，诉说一腔心事

有白发朋友，受其指点提携

有杏林朋友，解除人生痛苦

有青丝朋友，得以传递薪火

有『坏人』朋友，防止『坏人』使坏和自己变坏……

王维的朋友圈

人是向死的存在。人活一生，不容易。生命中，得有几个朋友，同喜同悲，互相帮衬。

唐朝诗人王维（701 年—761 年），有四百余首好诗传世，人称“诗佛”。他水墨山水画得极好，自称“宿世谬词客，前身应画师”（《题辋川图》）。“诗中有画，画中有诗”是苏轼对他的评价。董其昌认为，水墨文人画的正宗是南宗，王维为南宗画派之祖。他通音律，最初担任的官职是太乐丞。王维官至尚书右丞，正四品下，世称“高人王右丞”，一辈子虽有些周折，总的说来比较顺利。

王维乃“天下文宗”“当代诗匠”，人中高人。他是山间明月，石上清泉，松风白云，属于大自在。王维富贵一生、功德圆满的原因可以列出许多条，重要的一条是他懂得如何与王朝相处、与人相处——与王朝相处也是与人相处。王维处的朋友多，从朋友那里受益多。他的诗歌中，近半数是与朋友的唱和。王维的“朋友圈”很大，上至帝王，下到黎民，“出则陪岐、薛诸王及贵主游，归则餍饫辋川山水”（《岁寒堂诗话》），就是说，王维入朝有一批王公贵族朋友，唱和有一群超级文友如孟浩然、王昌龄、高适、岑参、杜甫、晁衡、李龟年等，出游有许多大德高僧陪同。

让我们看看王维半官半隐一生中，关键节点上的关键朋友——

王维与公主

从史料上看，王维一生没有什么花边新闻，也没有与女子的情感纠缠。唐代的《集异记》中记载了岐王助王维得“解头”的故事，倒是与一位“公主”有关。

先说岐王。他是唐睿宗第四子，与唐玄宗有手足之情。《旧唐书》说他：“好学工书，雅好文章之士。士无贵贱，皆尽礼接待。”他与王维，以朋友相待，两人友谊深厚，这从王维的《从岐王过杨氏别业应教》可以看得出来：

杨子谈经所，淮王载酒过。
兴阑啼鸟换，坐久落花多。
径转回银烛，林开散玉珂。
严城时未启，前路拥笙歌。

这首诗描写了王维陪同岐王出游的景象。从为人称道的“兴阑啼鸟换，坐久落花多”一联，可见两人风姿之清雅，性情之闲淡，关系之非同寻常。

王维不满二十岁的时候就以诗文知名，他的“独在异乡为异客，每逢佳节倍思亲。遥知兄弟登高处，遍插茱萸少一人”（《九月九日忆山东兄弟》），是十七岁在长安时所作。他熟习音律，琵琶弹得精妙绝伦，在与诸侯交游中，特别为岐王所看重。王维年纪轻轻就得岐王这样的流水知音，实人生之幸矣。

从680年始，唐以诗赋取士，诗歌成为学子进入王谢大门的通道。王维走的也是这条路子。他听说张九龄的弟弟张九皋托人请求公主给京兆试官写信，内定张九皋做解元，心有不甘。他把这件事告诉了好朋友岐王李范，自申抱负，请求得到岐王帮助。岐王说：“公主势力强大，我的力量不能与她相争。这事得好好谋划一下。你先选十首诗，还要做一首悲切的琵琶曲，五天后我们再见。”王维按照吩咐，如期而至。岐王说：“以你文士身份谒见公主，估计见不上。你能按我说的做吗？”王维说：“谨遵王爷之命。”岐王让王维穿上鲜艳锦绣华服，带上琵琶，化妆成乐工，来到公主宅第。岐王宴请从皇宫回来的公主，公主见王维“妙年洁白，风姿都美”，问岐王：“这是什么人？”岐王说：“通晓音乐的人。”王维独奏一首新曲，哀婉凄切，在座宾客为之动容。公主问："这个曲子叫什么名字？"王维说："叫《郁轮袍》。"公主十分惊奇。岐王说："此人不止音律卓然，诗文更是无人能出其右。"公主更加惊异："你带有自己的诗文吗？"王维献上准备好的诗文。公主读后，惊讶地说："这都是我平时念诵的啊。我老以为是古人的杰作，原来是你写的啊。"于是命他换下衣服，升为右座。王维这位"小鲜肉"，风流蕴藉，言语谐戏，为诸位显贵所瞩目。岐王趁机说："倘若京兆今年得到这个人做解元，一定会成为国家的光荣。"公主问道："为什么他不参加科举？"岐王说："这个人得不到第一名，决不参加考试。听说公主已举荐张九皋了。"公主笑着说："我不过是受人所托罢了。"回头对王维说："我一定帮你争取。"公主把主考官找到府邸……于是王维在考试中点了头名，夺得解头。

十九岁的王维的应试之作，名《赋得清如玉壶冰》：

藏冰玉壶里，冰水类方诸。
未共销丹日，还同照绮疏。
抱明中不隐，含净外凝虚。
气似庭霜积，光言砌月余。
晓凌飞鹊镜，宵映聚萤书。
若向夫君比，清心尚不如。

《集异记》说，王维走“公主路线”而得解元。尽管这只是一个传说，可能也不是空穴来风。

人们好奇的是，这位“公主”是谁?

有的说是太平公主。此说可以否定，因为太平公主713年被赐死时，701年出生的王维才十二三岁。如果按有的学者考证的王维出生于694年，这位帮助王维的公主，倒有可能是太平公主。

有的说是玉真公主。玉真公主是睿宗第九女、玄宗的同母妹妹，深得玄宗宠爱。她于太极元年（712年）放弃公主身份，做了道士。唐朝有十几位公主出家，目的是追求个性自由解放或者逃避不如意的婚姻，这些出家的公主尽管不在朝堂，依然参与朝政，具有很大势力。玉真公主完全有能力帮助王维。王维写过一首《奉和圣制幸玉真公主山庄因题石壁十韵之作应制》：

碧落风烟外，瑶台道路赊。
如何连帝苑，别自有仙家。
此地回鸾驾，缘溪转翠华。
洞中开日月，窗里发云霞。
庭养冲天鹤，溪流上汉查。
种田生白玉，泥灶化丹砂。
谷静泉逾响，山深日易斜。
御羹和石髓，香饭进胡麻。

大道今无外，长生讵有涯？
还瞻九霄上，来往五云车。

这首诗渲染玉真公主山庄的仙道气氛，赞誉主人的修为。可以看出，王维熟悉玉真公主的住处，与玉真公主是有交往的。

《唐才子传》说是九公主，有人考证说九公主是玄宗父亲睿宗生前所宠嫔妃，名如仙，称为九仙媛、九公主者。

“公主”是谁？此事成为一个公案。有好事者还演义出王维与“公主”的故事，衍至荒诞……

无论如何，朝中有人好办事，这位“公主”是少年王维金榜高歌、步入官场、长安显名的一大贵人。

王维三十一岁那年，妻子刘氏去世。王维“丧妻不娶，孤居三十年”（《新唐书》），也没有留下后代。看看同时代的诗人崔颢（704年—754年），不断地换老婆，《新唐书》上说他“娶妻惟择美者，俄又弃之，凡四五娶”。

王维割爱弃欲，没有再婚，大致有两个原因：

一是他深爱亡妻。从他那些反映亲情、爱情题材的作品看，王维是一个感情丰富的人，他可能对亡妻充满了怀念，除了妻子，天下粉黛皆无颜色，已经无法移情别恋。问题是，写过“红豆生南国，春来发几枝。劝君多采撷，此物最相思”这样深情诗句的诗人，竟然没有留下一首悼念妻子的诗，令人费解。

二是他笃信佛教。这可能是他不再娶妻的主要原因。他的晚年，“斋中无所有，唯茶铛、药臼、经案、绳床而已。退朝之后，焚香独坐，以禅诵为事”（《旧唐书·王维传》）。内心清静，自守戒行，女色对于他已是“红粉骷髅”了。

“一生几许伤心事，不向空门何处销。”（《叹白发》）王维看破红尘，也对俗世的红颜失去了兴趣，正是“晚年惟好静，万事不关心”（《酬张少府》）。

张爱玲说：“中年以后的男人，时常会觉得孤独，因为他一睁开眼睛，周围都是要依靠他的人，却没有他可以依靠的人。”王维一腔心事，向谁诉说呢？

他的《杂诗三首》，被一些专家断为“一组描写男女爱人别后的相思的诗”（陈贻焮《王维诗选》）：

家住孟津河，门对孟津口。
常有江南船，寄书家中否？

君自故乡来，应知故乡事。
来日绮窗前，寒梅著花未？

已见寒梅发，复闻啼鸟声。
愁心视春草，畏向玉阶生。

外物不接，内欲不起，王维没有再娶。他把爱分给山水，分给草木，分给樵夫，分给鸟儿和蝴蝶，分给佛经与诗歌。他一个人把盏，一个人作诗，一个人把火焰暖冷，一个人把冰块融解，一个人坐穿红尘，一个人守护虚空。

他尘缘未了，同时也结束了肉体的燃烧。从王维晚年的诗作中，我们可以读出他的寂寞跟苦闷。后半生没有红颜知己的王维，幸哉？不幸哉？

吴经熊在《唐诗四季》中说："王维三十岁的时候，便丧了偶，终身就此过鳏夫生活，可是他养了两位极堪眷恋的情人。她们非但不彼此嫉妒，并且互相辅助，使他完成他的工作——这两位情人就是'诗'和'画'！"是的，诗画是他终身厮守、不离不弃、越老越亲、愈爱愈深的"红颜"！

王维推崇的《维摩诘经》中说："法喜以为妻，慈悲以为女，善心诚实男，毕竟空寂舍。"或许，王维像经中所说，法喜充满就是自己的妻子，慈悲心就是自己的女儿，善心诚实是自己的儿子。

王维与张九龄

年长的人，人生经验总是丰富一些。一个年轻人得时常得到年长朋友的指点，人生可以少走弯路。若是在学术领域或是官场，有个白发朋友提携，有“大树”依靠，那是再好不过了。

开元九年（721 年），王维二十一岁中了进士，不久被任命为太乐丞，是个八品下的文艺官。这年的秋天，太乐丞王维因为“为伶人舞黄狮子”（《太平广记》）犯禁，获罪贬官。据说这《黄狮子》，皇帝不在时，舞则犯忌。他被逐出京城，贬为济州司仓参军。在他生命力最旺盛的时候，人生失落、官场失意长达十余年。他有一首《不遇咏》，感叹自己的怀才不遇，表现出急切的进取之心。

北阙献书寝不报，南山种田时不登。
百人会中身不预，五侯门前心不能。
身投河朔饮君酒，家在茂陵平安否?
且共登山复临水，莫问春风动杨柳。
今人作人多自私，我心不说君应知。
济人然后拂衣去，肯作徒尔一男儿!

这首“七古”，十二句，四句一转韵，诗意随诗韵而转换。前面四句连用四个“不”，真是不顺、不遇、不利、不好，人生晦暗啊。这样的牢骚好像是酒喝高了说的。果然，接下来说到喝酒，调整情绪，从牢骚中走出来。“今人作人多自私，我心不说君应知”，俗语入诗，指出人性中的某些黑暗。“济人然后拂衣去，肯作徒尔一男儿”，慷慨任气，颇似李白的风格。

王维命运出现的最重大转折，是因为遇到一位白发朋友——张九龄（678 年—740 年）。

开元二十一年（733 年），张九龄任中书令（相当于宰相）。开元二十二年（734 年），王维写了一首《上张令公》，上谒张九龄。诗曰：

珥笔趋丹陛，垂珰上玉除。
步檐青琐闼，方幰画轮车。
市阅千金字，朝闻五色书。
致君光帝典，荐士满公车。
伏奏回金驾，横经重石渠。
从兹罢角牴，且复幸储胥。
天统知尧后，王章笑鲁初。
匈奴遥俯伏，汉相俨簪裾。
贾生非不遇，汲黯自堪疏。
学《易》思求我，言《诗》或起予。
当从大夫后，何惜隶人馀。

初唐盛唐的时代，流行“干谒”——就是为博取功名而跑关系、写自荐书。这是战国时期流传下来的传统，唐朝“干谒”成风，直到宋代才变得式微。什么事情一流行，就不是什么见不得人的事情了。姚铉的《唐文粹》专辟“自荐书”两卷。与王维同年出生的李白，大家都赞赏他“安能摧眉折腰事权贵”的独立人格，岂不知他也曾“遍干诸侯”。他有诗句回忆“干谒”时的狼狈：“前门长揖后门关，今日结交明日改。”（《赠从弟南平太守之遥》）同时代的杜甫，留下来的干谒诗多达三十来首。用诗这种雅形式，做伸手要官的俗勾当，多有不堪，让诗人的崇拜者，心中戚戚，有些尴尬。王维的干谒诗，不多，只有一两首。

干谒诗，表扬与自我表扬相结合，既要拍人家马屁，又要自我夸耀，分寸不易把握，写好甚难。王维这首《上张令公》，前十六句赞颂张相功勋，基本得当，没有肉麻，后六句自我推荐，也没有把尾巴翘上天。

惺惺惜惺惺。张九龄是贤相，又是诗人，他对王维十分欣赏，见到这首干谒诗，果断地起用了王维。《新唐书·王维传》言“张九龄执政，擢右拾遗”。开元二十三年（735年），王维受知于张相而出任中书省的右拾遗。右拾遗，八品，级别不高，但在中央机关，位置重要，其职责是批评朝政，谏诤皇帝，弹劾大臣，同时还有举贤荐才的职责。这一年，他三十五岁。

有个长辈为知己，得其提携，自然是人生之幸运事。王维上任不久，写了《献始兴公》（时拜右拾遗），感谢张九龄的知遇之恩：

宁栖野树林，宁饮涧水流。
不用坐粱肉，崎岖见王侯。
鄙哉匹夫节，布褐将白头。
任智诚则短，守任固其优。
侧闻大君子，安问党与雠。
所不卖公器，动为苍生谋。
贱子跪自陈，可为帐下不？
感激有公议，曲私非所求。

这首献诗，颇为不俗。此诗上来就说，我宁可栖荫于荒野树林，宁可饮山间流水，而不愿低声下气费尽周折去见王侯。我就是一介匹夫，一辈子布衣也不会失节。我虽才疏智短，但是固本不苟。前八句写胸中激烈跟悲愤，表明自己的傲骨。这不像是给提携自己的上级拍马屁，倒像是给老朋友吐出的心里话。诗人接着说，我佩服您“动为苍生”的济世精神，我跪而陈述：“可为帐下不”——可以做您的部下吗？感谢张公公心任用，但愿不是私心关照于我。这些低回慷慨之言，都是对精神知音说的话啊。所以，我认为张九龄是王维的白发朋友。

王维在右拾遗任上，颇受张九龄赏识，再加上他诗人风度，才情洋溢，很快名满天下。

开元二十四年（736年）十一月，张九龄罢相，被逐出京华，任荆州长史，大唐从此进入李林甫“当政”

时期。恩主落难，门生伤感。王维不忘亦师亦友的张九龄，写下《寄荆州张丞相》：

所思竟何在，怅望深荆门。
举世无相识，终身思旧恩。
方将与农圃，艺植老丘园。
目尽南飞雁，何由寄一言。

王维深情地怅望着荆州，一句“举世无相识”，说出了远离白发师友的巨大孤独感；一句“终身思旧恩”，道出了感恩报恩的真诚心。作者对恩师远离后自己的前程也感到迷离，所以他说自己也想归隐农圃，不与“他们”玩了。真可谓“直朴，深致”。

张九龄收到王维的诗作，作《复王维》：“荆门怜野雁，湘水断飞鸿。知己如相忆，南湖一片风。”他以“知己”称王维，可见，两人不仅仅是上下级关系，更是精神上的朋友。

“老”朋友张九龄，是王维复出做官、名扬天下之一大关键。

王维与大医王

人吃五谷杂粮，活在浊世尘埃，喜怒哀乐动心起念，生病是难免的。生病生病，有“生”就有“病”。人之病，有生理病，有心理病。佛经上说，人身是由地、水、火、风“四大”构成的，每“一大”都会引发一百零一种病，加起来就是四百零四种病。《维摩诘经》记载，佛跟菩萨也会生病，因为“众生病，则菩萨病”。维摩诘说：“身不离病，病不离身，是病是身，非新非故。”人活一生，必须有几个可以医病的朋友，及时解除种种病的折磨。身心健康地活在这个世界上，这是一件必须认真对待的事情。

王维从小就浸润在家庭的佛教气氛之中。传说王维出生时，母亲梦见维摩诘进入室中，因此给儿子命名为“维”，字“摩诘”。维摩诘是古印度毗耶离的一位富翁，是位在家修行的大乘佛教居士，能够处相而不住相，对境而不生境，是著名的在家菩萨，号“金粟如来”。著名的《维摩诘经》（鸠摩罗什于406年译成汉文），就是维摩诘藉病说法之经典。王维对《维摩诘经》十分熟悉。他建辋川别业，在家修行，走的就是维摩诘的路子。

“度老病死大医王。”（《维摩诘经》）王维有没有医生朋友，还有待于考证。医能医病，不能医命。医病兼医命的是宗教。王维有几位可以安抚心灵的宗教界朋友，这是确定无疑的。佛于无常人生，是一大医生；佛法于喧嚣社会，是一剂解药。

《维摩诘经》中说：“为大医生，善疗众病，应病与药，令得服行。”意思是说，唯有真正大菩萨才是大医王，善于治疗众生一切的病，生什么病给什么药，让众生照方子吃药，得以解脱。

开元九年(721年),王维进士及第,任太乐丞。同年，被贬出京城，这是他仕途遭遇的第一次挫折。在济州任职期间，他结交下层失志文人，同道释往来。开元十七年（729年），他在长安，学佛于荐福寺道光禅师。

王维一生中的精神转折点，是开元二十八年（740年)。这年他四十岁,在南阳临湍驿遇见南宗的神会大师。神会（668年—760年），是禅宗六祖慧能的晚年弟子、南宗重要的传人与创建者，在他的努力下，确立了慧能的禅宗正统地位，慧能被尊为六祖，神会也被尊为七祖。王维与神会见面时，南宗还被视为旁门左道，而这时王维已有十年学习北宗“渐教”的基础。两人见面，语经数日。王维问如何“修道解脱”，神会说：“众生本自心净，若更欲起心有修，即是妄心，不可得解脱。”神会认为，修行无须先“定”后“慧”，一切言语行事，只要心中“无念”，没有取舍执求之念，便是定慧，而且时时处处均可定慧，当下即是定慧，即是解脱。

这是一次伟大的会面。神会的“无念禅”，点化了王维，他连呼“大奇！”，从此信仰了南宗。神会对王维的宗教情怀及修养也深为敬重，恳请王维为六祖慧能作碑铭。王维因此留下了具有极高史料价值的《能禅师碑》。

“举足下足，常在道场，是心是情，用归性海。”（《能禅师碑》）王维的生活态度深受南宗义理的影响。他以后的岁月里，在官也好在家也好，得意也好失意也好，生活也好艺术也好，写诗也好作画也好，一切“不住”于心，一举一动不离佛法，任运自在。高度自由的精神境界，使他的诗歌和画作呈现出一种空灵、安静、圆满之美。且看《终南别业》：

中岁颇好道，晚家南山陲。
兴来每独往，胜事空自知。
行到水穷处，坐看云起时。
偶然值林叟，谈笑无还期。

中国官场上的人，除了正常人的毛病之外，“崎岖见王侯”，染上不少官场病。巨大的精神上的压力也需释放、缓解和疏通。官场上的人，生病也得找药。许多人找来找去，找到了佛家。佛家之“药”，可以疗疾，可以养生。

王维文学高，佛学亦高。他喜欢拜谒名寺，顶礼大德，以禅诵为事，以玄谈为乐，写下了许多游访寺庙的诗、与禅师上人交往的诗、表现禅意佛理的诗。“上人”这个词，意思是人上之人，就出自他比较熟悉的《维摩诘经》。

王维在蓝田辋川买下了宋之问（656年？—712年）的别墅，建设了自己的别业。他以辋川为道场，经常闭关，安静地打坐，在静坐与禅定中消融二元对立的壁垒，物我两忘，主客合一乃至主客泯灭，进入清寂宁静的境界，正像他在《过香积寺》中写的那样“安禅制毒龙”。

他亦官亦隐。为官之余，他邀请丘丹、裴迪、崔兴宗等好友前来，在别墅附近的华子岗、欹湖、竹里馆、柳浪、茱萸沜、辛夷坞等景点，弹弹琴，饮饮酒，看看风景，作作诗。他以一种禅的方式，消解内心的欲望，舒缓超负荷的精神压力，平息肉体的暴乱，控制身体内的阴晴圆缺，理疗身心的疾病。

独坐悲双鬓，空堂欲二更。
雨中山果落，灯下草虫鸣。
白发终难变，黄金不可成。
欲知除老病，惟有学无生。

《秋夜独坐》

雨夜独坐，空堂寂静，眼见“雨中山果落”，耳听“灯下草虫鸣”。王维他感叹，每个人青丝终将变成白发，生命终要走向衰老，无可挽回。如何克服生、老、病、死这人生四苦？作者冥心妙悟：唯有那无我无住、无生无灭的西方净土。王维的生命不粘不脱、不即不离，在至高无上的深静的境界里消解世间的烦恼。他名言两忘，色相俱泯，且仕且隐，婆娑自在。

肉身沉重，净土能飞。王维对佛教的体悟，使他拥有一个独特的、超脱的、自足自给的精神世界，使他身心健康、灵魂欣悦，也为他的创作提供了不同凡响的思想资源。他了知诸法性空的般若实相，走进自己最热爱的大自然的山山水水，获得与天地宇宙最亲密和谐的接触，宗教体验与审美体验很自然地融合在一起，从而创作了许多意境极高的诗画作品。

有一个说法，王维三昧入画，他的画可以治病。据说，宋代的词人秦观，处理政事劳累过度，出现厌食、胸闷、恶心、腹胀等症状，一直无法治愈。秦观的朋友给他带来一幅古画，说："这是王维的《辋川图》，你只要每天凝神细观，病自然痊愈。"秦观半信半疑地试着这样做了一段时间，病果然好了。他为此写了《摩诘辋川图跋》，叙述了他经历的这件奇妙的事情。正如苏轼所言，"因病得闲殊不恶，安心是药更无方"(《病中游祖塔院》)。

王维因为有佛教这个可以安抚身心的"朋友"，离垢明慧，远离颠倒梦想，得以善终。《新唐书》《旧唐书》都记载，临终之际，王维已有预知，他索来笔墨，给亲朋好友写信，向有情世界深情回眸，然后"舍笔而绝"，"停笔而化"，近乎坐脱立亡，来去自由。

王维与李林甫

一个人活着，必须经过白昼也必须经过黑夜，必然遇见好人也遇到坏人。这是不以人们的主观意志为转移的，是躲也躲不开的。

唐朝的宰相李林甫（683年—752年），为保证自己在朝廷里持久掌权，口蜜腹剑，采取许多卑劣手段打击真正的或潜在的对手，比如扳倒贤相张九龄、杖杀北海太守李邕和刑部尚书裴敦复等，许多有才能的人被他清洗和伤害。天宝六载（747年），他按玄宗旨意组织“通一艺者诣京应试”，蒙上欺下，致使无人及第，被淘汰者中就有三十六岁的杜甫。他的所作所为，为“安史之乱”埋下了伏笔，也招惹了天下士子。《新唐书》把他列为“奸臣”。

“诗佛”王维与奸臣李林甫同一个时代，同朝为官，低头不见抬头见，这样一来，两人就有一个如何相处的问题。

王维的粉丝认为：王维下半生隐居辋川，是不满李林甫当道；王维《辋川集》等一些诗作，也表达了对李林甫的不满。这样的解释，使王维与“坏人”保持距离，彰显出王维的清洁精神。

对王维有质疑者则认为，李林甫是个“坏人”，王维还写诗拍他马屁，傍依李林甫，道德上有瑕疵。

如何客观地看待王维与李林甫的关系？

史书上没有王维与李林甫两人不和的记载。两人没有碰撞，更没有对抗。

王维的恩师张九龄与李林甫不和。张九龄被罢相后，大唐进入李林甫“主政”时期。王维是735年由张九龄提拔任右拾遗的，张九龄被逐出京华后，王维深情地写诗给他。尽管如此，李林甫没有收拾王维，也没有为难他。

有人以为，王维737年以监察御史身份出使河西，是受到李林甫的排斥。此说没有任何证据。监察御史这种身份，尽管不能说是被重用，起码不是被排斥。王维任监察御史时期，是他诗歌史上的重要时期，他写下《使至塞上》《出塞作》《陇西行》《陇头吟》等一批重量级的边塞诗，形成他的一个诗歌高地。这些边塞诗，充满积极入仕精神，意气风发，精神抖擞，岂是被排斥、心情郁闷时能够创作出来的？

李林甫从734年为相，在这个岗位上干了十九年。《旧唐书》曰：“林甫性沉密，城府深阻，未尝以爱憎见于容色。自处台衡，动循格令，衣冠士子，非常调无仕进之门。所以秉钧二十年，朝野侧目，惮其威权。”《新唐书》也说他“动循格令”。可见，此人有较强的行政能力。

王维与李林甫，没有政见上的不和，没有权力上的冲突。王维参与政治的意识不强，在朝中不追求有所作为，几乎没有什么政治要求。他的职位与李林甫差距较大，对李也不构成威胁。王维没有“妄议”过李林甫，至于“腹议”“腹诽”过没有，已不可考。

王维具有佛教世界观，性情温和。他不顶撞人，有一种文明而不反抗的精神，他从来不会强硬地触碰世界，正如他小心翼翼地走路而不伤害地上的一只蚂蚁。

王维与李林甫有交往，还有诗的唱和——

744年秋，李林甫、王维等陪同玄宗在骊山温泉疗养，李林甫给王维写了一首诗（这首诗没流传下来），王维立即酬和了一首《和仆射晋公扈从温汤》：

天子幸新丰，旌旗渭水东。
寒山天仗外，温谷幔城中。
奠玉群仙座，焚香太乙宫。
出游逢牧马，罢猎见非熊。
上宰无为化，明时太古同。
灵芝三秀紫，陈粟万箱红。
王礼尊儒教，天兵小战功。
谋猷归哲匠，词赋属文宗。
司谏方无阙，陈诗且未工。
长吟吉甫颂，朝夕仰清风。

王维的这首诗，前八句写李林甫陪天子出游，接着，描绘李林甫的“高大”形象：“上宰无为化，明时太古同。灵芝三秀紫，陈粟万箱红。王礼尊儒教，天兵小战功”，歌颂李林甫宰辅佐施之功。作为盛唐的宰相，李林甫在处理政务、控制时局上，应该有其独到之处。《旧唐书》《新唐书》《资治通鉴》中说，李林甫“素寡学术”，而王维诗中说他“谋猷归哲匠，词赋属文宗”，毫无疑问是拍马了。至于“长吟吉甫颂，朝夕仰清风”，属于礼节性的客套话。

王维与李林甫不仅是诗友，还是画友。不为很多人所知道的是，李林甫还是一位画家。张彦远在《历代名画记》中说：“李林甫，亦善丹青。……余曾见其画迹甚佳，山水小类李中舍。”王维也为李林甫画过画。《长安志》载：“李林甫奏分其宅东南隅，立为嘉猷观。观中有精思院，王维、郑虔、吴道子皆有画壁。”

王维信仰佛经，推崇在家修行的维摩诘。佛教对人是不分别的，菩萨度好人也度坏人。六祖惠能说，“不思善，不思恶”“善恶都莫思量”。王维走的是维摩诘修行的路子，三十来岁的时候曾隐居嵩山，四十多岁以后半隐居于南山。自古以来，隐居大多是人们表达对不良政治和腐朽统治的不满、不合作的一种方式，同时也与个人的信仰、爱好、追求有关。我们不能因为王维的隐居，就一厢情愿地认为他是在表达对李林甫的政治不满，也不能因为王维给李林甫写过诗画过画，就认定他是趋炎附势，傍依李林甫。

“坏人”也需要朋友。“坏人”也有朋友。“坏人”交往的并不都是坏人。和“坏人”交朋友的不一定是坏人。和“坏人”做朋友更不容易，需要比与“好人”交朋友有更大的力量和智慧。与“坏人”交往而自己没有“学坏”就更难了。如果与“坏人”做朋友并且把“坏人”往好道上带，像菩萨那样度人，那就更值得赞美了。

王维与李林甫的交往和诗词唱和，不应该成为问题。天宝三载（744 年），贺知章告老还乡，李林甫作《送贺监归四明应制》，以诗送行。应该成为问题的是，王维在与李林甫这个“坏人”交朋友的过程中，自己学坏没有？同流合污没有？狼狈为奸没有？

回答是：没有。史书上没有一丁点这方面的记载。

752 年，李林甫死；753 年，朝廷追剥李林甫官爵。王维平安无事。可见，王维做到了孔子提倡的“和而不同”，他在与李林甫的交往中是干净的。不然的话，他在 752 年不会拜吏部郎中，即使提升为吏部郎中也会被革职的。

王维与李林甫的书记官苑咸保持了更为密切的关系。

苑咸，是李林甫的秘书、亲信，746 年任中书舍人，正五品上。《旧唐书》称他为李林甫“代为题尺”，《新唐书》说李林甫“善苑咸、郭慎微，使主书记”。

“阎王好见，小鬼难缠。”一般地说，如果一个下层官员与领导关系紧张，他与领导秘书的关系也好不到哪里去，他想和秘书走近一些，或者秘书想和他改善一下关系，都会有所顾忌。王维与李林甫关系没有问题，与李林甫的秘书苑咸关系就更好了。有诗为证——

王维的《苑舍人能书梵字兼达梵音皆曲尽其妙戏为之赠》就是写给苑咸的：

名儒待诏满公车，才子为郎典石渠。
莲花法藏心悬悟，贝叶经文手自书。
楚词共许胜扬马，梵字何人辨鲁鱼。
故旧相望在三事，愿君莫厌承明庐。

从王维诗的题目看，苑咸以“能书梵字兼达梵音皆曲尽其妙”，是个多才多艺之人。诗题中有个“戏”字，诗文中以“故旧”相称，可见二人熟悉得很，熟悉得可以开玩笑，是老熟人了。

苑咸得诗，以《酬王维》酬答：

王员外兄以予尝学天竺书，有戏题见赠。然王兄当代诗匠，又精禅理，枉采知音，行于雅作，辄走笔以酬焉。且久不迁，因而嘲及。

莲花梵字本从天，华省仙郎早悟禅。
三点成伊犹有想，一观如幻自忘筌。
为文已变当时体，入用还推间气贤。

应同罗汉无名欲，故作冯唐老岁年。

苑咸在诗序中，盛赞王维在诗歌上的贡献与地位——“当代诗匠”，非常欣赏他虔诚奉佛、淡泊名利的向善态度。其中说到王维“久不迁”，意即王维很长时间没有提升了。

见了苑咸的《酬王维》，王维又写了《重酬苑郎中并序》：

顷辄奉赠，忽枉见酬。叙末云：“且久不迁，因而嘲及。”诗落句云：“应同罗汉无名欲，故作冯唐老岁年。”亦解嘲之类也。

何幸含香奉至尊，多惭未报主人恩。
草木尽能酬雨露，荣枯安敢问乾坤。
仙郎有意怜同舍，丞相无私断扫门。
扬子《解嘲》徒自遣，冯唐已老复何论。

王维调侃说意：我能够在君王身边混到个言官，已非常知足了，时常为没能尽职报恩而深感惭愧。我不能升迁实在是我自己的能力不足，岂敢怨天尤人。非常感谢阁下对我的同情，“丞相无私断扫门”——丞相是不能徇私情的。我已经老了，无所谓了。王维这首“重酬”，表述得委婉而周密。

天宝七载（748 年），王维由库部员外郎升迁为库部郎中（从五品下）。从时间上看，王维这次提升，多少与苑咸甚至李林甫有些关系。

王维与李林甫保持着较好的关系，不然的话，不可能有诗词往来。关系弄得很僵的话，王维也不可能在748年升迁为库部郎中。

王维后半生的官场生涯，几乎都是在李林甫为相时期。且看：737年秋，赴河西节度副大使幕中任监察御史兼节度判官。740年，迁殿中侍御史。741年冬，知南选，赴岭南考核干部。742年，转左补阙。745年，迁侍御史。746年（疑在此年），转库部员外郎。748年，迁库部郎中。752年，拜吏部郎中。这期间，王维半官半隐，并没有影响他的晋升，他在朝中的发展虽然不能说“春风得意马蹄疾”，但总的来看还是比较顺利的。这哪儿是受排挤的节奏？

王维一生中遇到两次重大挫折。一次是初入道时，因为“舞黄狮子”犯禁，获罪贬官为济州司仓参军。一次是“安史之乱”中他就任伪职，虽没被朝廷降罪，但他的身心承担着强烈的罪感。王维这两大挫折，与李林甫没有直接关系。

总的看来，王维与李林甫保持了正常人际关系。最起码，王维没有被“坏人”带坏，“坏人”李林甫没有给他使坏。这是王维善于“团结坏人”得到的回报。同时代的诗人李白，是个“官迷”，在长安官场混了一年多就被打发走了，从此浪迹天涯，终老江湖，一个重要原因是李白狂傲张扬、傲慢无礼，没有与宫廷中的“佞臣”“贱臣”也就是小人、坏人处理好关系。

后人在叙述王维生平和解释王维诗文时，或者“宣扬”王维与李林甫不和，或者“批评”两人关系过于密切，都有些“意气用事”了。

王维在本质上是个艺术家、诗人，而不是官员、政治家、思想家，我们不能一概地用“政治”标准来衡量和评价他。王维生活在思想自由解放的宽松盛唐，而不是其他什么朝代，我们也不能以其他朝代的规矩来要求他。事实是，对王维诗之外的东西过多关注，成为阅读王维诗的最大障碍，成为最具破坏性的阅读。诗是诗人之为，但诗更多的还是诗本身而不是诗人的生活面目——话好像有点扯远了。

王维与裴迪

一个人他年龄再大，学问再深，职务再高，名气再隆，也要处几个比自己年轻的朋友，尤其是年龄大了，更需要少年朋友，多跟他们接触，知道些新知识，以少年的朝气抵抗自身的暮气，防止自己的身体与思想发霉。如果能培养出几位得意的门人、弟子，可以继承自己的衣钵，使自己的思想与精神得以绵长延续，那就再好不过了。

看历史上产生长远影响的大家，身后都有一群得力弟子，宣扬传承老师的学问和思想，不断发展和扩大着老师的影响力。孔子去世后，他的弟子整理定稿《论语》。佛陀涅槃后，摩诃迦叶尊者召集五百罗汉编撰佛经。禅宗慧能六祖地位的确立，得益于他晚年弟子神会孜孜不倦的弘扬。这一点王维是比较清楚的。

王维相处的年轻朋友很多，比如储光羲。后者在《答王十三维》一诗中自称是王维的“门生”。王维的《待储光羲不至》写道：“重门朝已启，起坐听车声。要欲闻清佩，方将出户迎。晚钟鸣上苑，疏雨过春城。了自不相顾，临堂空复情。”诗人说，一大早就开门等待储光羲，急切得一会儿起来一会儿坐下。听到车声，听到玉佩声，兴致勃勃地去迎接，却不是要等待的朋友。上苑的晚钟已经敲响，外面下起了细雨。等了一天也没有等上好朋友的到来，还在空首堂前等候……等待一个后生，何其热切渴望。全诗的心理描写，功夫了得。

这里着重说一下裴迪——

裴迪，关中人，生于716年（有争议），比王维小十五六岁，曾任尚书郎。王维与裴迪，一见投契，关系密切，交往长达二十来年，特别是裴迪住在终南山那段时间，两人来往十分频繁，“浮舟往来，弹琴赋诗，啸吟终日”（《旧唐书·王维传》）。在王维的存诗中，与裴迪赠答与同咏的诗达三十多首。他存世的唯一山水散文，也是写给裴迪的，题为《山中与裴秀才迪书》。《全唐诗》收入的裴迪诗，几乎都与王维有关。王维的《赠裴迪》曰：

不相见，不相见来久。日日泉水头，常忆同携手。携手本同心，复叹忽分襟。相忆今如此，相思深不深？

写十指相扣的情谊。相思如红颜，思念何其深矣，感情何其厚矣。

王维与裴迪，有认同感、相通感、亲爱感、共鸣感，他俩赋诗唱和，心心相通，诗诗相映，为辋川别业二十景各写了一首诗，共得四十首，结成《辋川集》。两代人的唱和，与年轻人的互动，王维的创作被提升到一个高峰。《辋川集》也开创了一景一咏的组诗模式，成为中国山水诗的代表之作。

一个人的一生，总会大错一次，这似乎是上天的律令。天宝十四载（755 年），“安史之乱”发生。第二年，叛军安禄山攻下长安。渔阳鼙鼓，惊破霓裳。王维这样一个手无缚鸡之力的文人，没有跟着皇上逃离，为贼人抓获。《旧唐书·王维传》说他“服药取痢，伪称喑病。禄山素怜之，遣人迎置洛阳，拘于普施寺”。王维装病不成，被俘获。安禄山喜欢他的文才，把他押解到洛阳，他被迫接受伪职，任给事中。哪个朝代都需要一些知名人士撑撑门面，王维终为盛名所累。“一切烦恼皆佛之惠”（《维摩诘经》），王维命中必须要有这样一个烦恼菩提。就任伪职，成为王维政治生涯中擦不掉的败笔，也是他晚年最痛苦的一桩心事。

王维青年时代写过一首《息夫人》：“莫以今日宠，能忘昔日恩。看花满眼泪，不共楚王言。”一诗成谶。闻一多先生说：“想不到三十多年后诗人自己也落到息夫人这样的命运，在国难中做了俘虏，尽管心怀旧恩，却又求死不得，仅能抱着矛盾悲苦的心情苟活下来，这种态度可不像一个反抗无力而被迫受辱的弱女子么？”（《唐诗杂论》）

令王维爱好者难堪的是，“安史之乱”中任伪职的还有王维的几位朋友：达溪珣，王维写过《吏部达溪侍郎夫人寇氏挽歌二首》；储光羲，王维写过《待储光羲不至》等；卢象，王维写过《与卢员外象过崔处士兴宗林亭》。这几个人都是大成问题的人。

从性格和本质上讲，王维属于平静，不属于跌宕；属于山水，不属于朝廷；属于诗意，不属于风骨。一个帝国官员就任伪职，既是政治路线错误，又是政治道德缺陷。置身悬崖，危乎其危！这是王维人生中最危急最关键的时刻。

至德二载（757 年），大唐军队收复东都洛阳。王维等接受伪职的三百余人被押往西京长安受审。这些人中，有的被处死，有的赐以自尽，有的被重杖一百，最轻的是贬谪或流放。王维也接受了伪职，却安然无恙。为什么？

固然是天纵英才，王维还有好诗没有写完；固然是命中注定，他的生命中还有繁花与密途。不过，起关键作用的，应是“小朋友”裴迪。原来，王维被囚禁时，裴迪曾去洛阳菩提寺看望。当时，王维给裴迪吟了一首诗，裴迪记了下来。在审查王维时，这首诗起到了关键作用。诗名为《菩提寺禁，裴迪来相看，说逆贼等凝碧池上作音乐，供奉人等举声。便一时泪下，私成口号，诵示裴迪》（又称《凝碧诗》），诗曰：

万户伤心生野烟，百僚何日更朝天。
秋槐叶落空宫里，凝碧池头奏管弦。

二十八个字的短诗，三十九个字的题目——题目中包含了王维对逆贼的态度，对朝廷的思念。诗中说，安史之乱发生（生野烟），万户伤心流离，朝里没有来得及跟上皇帝离开的百官，都期待着谒见天子。“秋槐叶落空宫里”，发生了“凝碧池头奏管弦”的悲壮故事：安禄山攻下洛阳后，大会于凝碧池，逼使梨园弟子奏乐庆贺。众乐人唏嘘泣下，其中有个雷海清，抛弃乐器，破口大骂叛军贼首，安禄山下令将他肢解于殿上。这首诗，不言亡国而满腔悲愤溢于其中。

唐肃宗一看这首诗，“嘉之”。（《旧唐书·王维传》）王维的弟弟王缙也请削自己刑部侍郎的职务为兄赎罪。似有“政治污点”的王维，得到宽宥，没事了。王维在《既蒙罪宥旋复拜官伏感圣恩窃书鄙意兼奉简新除使君等诸公》中写道：“花迎喜气皆知笑，鸟识欢心亦解歌。”泛彼浩劫，一派喜悦。

裴迪提供的《凝碧诗》，救了王维的命，也维护了一位伟大诗人的道德形象。因为这首诗，王维无罪，政治合格。

乾元元年（758 年），王维被授予太子中允，后迁中书舍人、给事中。上元元年（760 年），升任尚书右丞。次年七月，他驾鹤西去。

王维能有裴迪这样的青丝弟子，三生有幸！

伟大的时代中，必然有一群伟大的人，说伟大的话，做伟大的事。王维身处盛唐这个伟大时代，他既接触伟大的人，又接触那些彰显“大人”的“小人”，从而写出大诗。“山中一夜雨，树杪百重泉。”“明月松间照，清泉石上流。”“江流天地外，山色有无中。”“大漠孤烟直，长河落日圆。”“西出阳关无故人。”“每逢佳节倍思亲。”“雨中春树万人家。”……作为王维之后的中国人，我们有幸读到这些万古不磨之句，必须向王维和他的“大人”“小人”朋友们致谢！

卷二 · 访游

辋川生长唐诗
它以最大的密度
成为中国盛产诗歌的山川
我把辋川称为
『中国诗谷』

王维的辋川，中国的诗谷

茫茫海面上，飘来一个小小车轮。茫茫大海中，游着一只小小盲龟。这只水滴一般的盲龟从大海里浮出来，刚好钻进了漂浮在海面上的那个车轮中间的孔隙。这是佛陀讲的一个故事。这属于极小极小极小……概率事件，是属于几乎不可能发生的事情。

诗人王维想选一个适合居住与修行的地方，老家蒲州（今山西永济）他没有选，“山东”（华山以东）的山川他没有选，秦岭诸多洞天福地他也没有选择。他就像大海中的那只盲龟，一头就钻进了小小的辋川。

王维进入辋川，超以象外，得其环中，着手成春，一卷熠熠生辉的盛唐诗篇诞生了。

这是不是上苍的精心安排呢……

辋川别业

终南山绵延到蓝田境内，有一座不高的峣山，峣山间有个辋川。

辋川内有欹湖，川水从南边注入，从北边流出。东西两边的山间，还有几条小河流向欹湖，将欹湖充满。

走上附近的山峰俯视，明镜一般的欹湖似轴心，周围的几条小河像辐条，四周的山峦宛如车轮外圈的圆框，因此这里叫辋川——“辋”是车轮周围的框子。清代胡元瑛《辋川》曰：“辋川在县南峣山之口，水沦涟如车辋，故名。”在信佛的王维看来，这就是法轮啊。

唐代的辋川，村庄连着草木，连着无边荒野，荒野再连着无边的山。这里的许多地方还是原始的、天然的，没有被人动过。这里是树、鸟和鱼等动植物的天堂，游走着各种精灵。这里可耕、可渔、可樵、可牧，亦可望、可行、可游、可居，好像是上天专门为王维准备的，等待着王维的到来。

王维来了。诗人大概四十多岁的时候，在辋川买下了宋之问（656年？—712年）的别墅，把家搬到了这里，建成自己的辋川别业。这是大自然对王维的馈赠，也是王维向自然的主动靠拢。

王维一进入辋川，辋川和王维都跟从前不一样了。正如汉语一进入唐诗、唐诗中一有了王维，汉语和唐诗都变得不一样了。

王维是诗人，又是山水画家，经常出入长安城中的官家名园与私家豪宅，对于园林构建有自己独特的眼光。他巧妙地利用辋川的山谷、冈陵、溪流、湖泊、山石、林木等天然景物，建立亭、馆、桥、坞等，构筑、点缀、交融，让山水美景进入家中，将家安顿在山水树林中。

景点，是在无穷无尽空间中切出的一小块，供人安顿眼睛与心灵、展开遐想与沉思的地方。王维亲自命名了辋川二十景：孟城坳、华子冈、文杏馆、斤竹岭、鹿柴、木兰柴、茱萸沜、宫槐陌、临湖亭、南垞、欹湖、柳浪、栾家濑、金屑泉、白石滩、北垞、竹里馆、辛夷坞、漆园、椒园等。命名是仅次于创造世界的权力，具有命名权的人不多，诗人是其一。王维命名二十景，借山水自然之美，构建人工园林之趣，创造了士大夫理想中的精神家园。

中国有漫长的造园史，中国的园林除了居住、审美，更重要的是安顿自己的心，让心灵在这里修行与休憩。王维建辋川别业，不是财富的炫耀，而是诗意的栖居，这是他的“世外桃园”“诗国净土”。出入唯山鸟，幽深无世人；红尘飞不到，一步一清心。在这样一个烟云笼罩之所在，远离了外界的种种干扰，不闻世外的阵阵风涛，慢慢地修炼金刚之身。

王维的辋川别业，成为盛唐颇有名望的私家园林。宋黄伯思称赞“辋川二十境，胜概冠秦雍”。康乾盛世修建圆明园，十大美景中的“北远山庄”，就是以王维的辋川别业为蓝本的。传说慈禧太后在修建颐和园后感叹说，我的颐和园可与王维的辋川相媲美。

慈禧们未必知道，辋川二十景，不仅是地理的，更是心灵的；不仅是风景，也是心景。我相信，王维更多的是通过诗对理想中的辋川山水进行意境的苦心营造。王维《终南别业》曰：

中岁颇好道，晚家南山陲。
兴来每独往，胜事空自知。
行到水穷处，坐看云起时。
偶然值林叟，谈笑无还期。

坐石看云，一气贯注，一唱三叹，一片化机，一种悠然会心处，一切尘凡脱落。王维置身于辋川的模山范水，得大自然之无尽藏，四时风物揽入怀抱，尤其是自己把自己的身心抚平了。

劈柴。铲雪。看蒲公英。走在青苔上。打坐的时候，荷花开了。读诗给脚下正在啄食的小鸡听。刚写好的诗随着一阵风飞走。听妈妈念经。跟白云说话。遇见樵夫和采药人。听小鸭小猫自呼其名。与土地上居住的神灵交往。看望自己的灵魂和前生后世。磨秃了笔，磨坏了鞋底。做寂寞的事情，做到虚无。一片树叶隆重地从眼前飘过。被一朵花击中。灵感袭来。

旦复旦兮，许多浑浊，变得清澈。朝中的鲜衣怒马，改换成乡间清净的水墨诗文。进住辋川的王维，诗风大变。他已经不是“少年识事浅，强学干名利”的王维，也不是作为监察御史时写出“大漠孤烟直，长河落日圆”的王维，而是“诗中有画画中诗，诗因入神画更奇”的王维，是心灵与万化冥合后在山水田园诗中展示淳朴、纯真、和谐的天人关系的王维。

虚空入世，静心对尘。山水、禅、诗，成为王维的日常生活，也改造塑造了他的命运。他在辋川深呼吸。物质生活与精神生活被他天衣无缝地结合在一起。王维专心一致，系心一缘，制心一处，过着亦官亦隐、啸傲林泉的山居生活。他在这里，是审美的，感激的，诗意的，是款款入世而又飘逸出世的。他的艺术心灵与大自然浑然一体，虚空，安静，明媚。他自在而平静地徘徊并行走在两个世界之间：出世与入世、此岸与彼岸、现实与虚幻、红尘与净土……边界已经混淆模糊。

他最静，他最空，他的每一天都过得古老而安静。他置身于无限好山水，一坐千年。他凭着满天星斗跟空山鸟鸣，将每个字词与每片叶子理顺，用朴素和安静的韵脚，将辋川山水跟草木自然落实到宣纸上。草木舞蹈，虫子歌唱，四季的风和各种各样的鸟在他的诗词上停留，然后带着长出翅膀的词语在时光中飞翔。

空山新雨后，天气晚来秋。
明月松间照，清泉石上流。

竹喧归浣女，莲动下渔舟。
随意春芳歇，王孙自可留。

《山居秋暝》

空山幽人，真性发动，自在自然。在修行中写诗。在诗中修行。

王维把自己放置在辋川，也把自己遗忘在辋川。只有某一天需要上朝了，朝廷才把他从忘我中喊出来。

王维用画家之眼捕捉山川的美景、用音乐家之耳聆听自然的旋律，用禅家的世界观领悟大千世界，用诗人之笔收拾山水田园诗。辋川山水的声、色、光、影与汉语的声、色、光、影相遇，都被王维遇见了，抓住了。于是，我们听见王维的声音，他像《击壤歌》中的那个击壤老人那样悠然地吟诵着美丽山水中生活的自在跟生命的自足。

桃红复含宿雨，柳绿更带朝烟。
花落家童未归，莺啼山客犹眠。

《田园乐之六》

诗人的性格、心境、修行与辋川景物契合，诗人又遇到一个可以赋诗唱和的裴迪。天地机缘，神与景会，境从语显，王维与裴迪为十里辋川二十景各写了一首诗，以心灵映射万象，代山川立言，于是我们有幸看到了《辋川集》组诗。

《旧唐书·王维传》记载："维……与道友裴迪浮舟往来，弹琴赋诗，啸咏终日。尝聚其田园所为诗，号《辋川集》。"

王维为他亲自编订的《辋川集》作序曰："余别业在辋川山谷，其游止有孟城坳、华子冈、文杏馆、斤竹岭、鹿柴、木兰柴、茱萸沜、宫槐陌、临湖亭、南垞、欹湖、柳浪、栾家濑、金屑泉、白石滩、北垞、竹里馆、辛夷坞、漆园、椒园等，与裴迪闲暇，各赋绝句云尔。"

在王维的呼唤下，二十个地名在一组诗里和十五的月亮一起升起来，清静而透明。

辋川的王维，纯是自然本色。他立足实境，因心造境，用让秘密开花、让浮躁平息的神奇笔墨，取山一阿，裁水一曲，剪云剪月，剪鸟声剪竹韵，剪夕阳剪落花，剪空间的寂静，剪自家的心情，前无古人地用组诗描绘出一个景观群落，构建起中国山水田园诗的一座高峰。

《辋川集》

辋川像是从孔子删改《诗经》后遗落的一块飞地，被两袖清风、举着语言之灯的王维照见了，找到了。立处即真，胸襟流去，他在这里书写了诗经一般的《辋川集》。

王维没有谋面的李白说过一句话叫“大块假我以文章”。辋川山水，给王维以《辋川集》。上帝安排王维进住辋川，而没有安排李白、杜甫、白居易，显然是经过精心挑选的。这真是上苍的美意。

“山林与，皋壤与，使我欣欣然而乐与！”（庄子）王维在辋川，耕云种月，寻山访水，不经意就会走到很远很远的地方，无有目的。他东走走，西走走，穿过青翠竹浪下面的小道走进满是青苔的深山，看望遁世的花朵和躲避人类的珍禽，踏着覆盖落叶的曲径走向落日。他似乎徒劳地走着，做着“无意义”乃至“无益”的事情。当他的足底生满云雾和花香，许多事物被他重新发现，他遇见了人间奇景和世外桃源，他走入“无人”之境。

空山不见人，但闻人语响。
返景入深林，复照青苔上。

《鹿柴》

有一天，王维在青山翠谷、岩穴溪流之间游逛，忽然一头撞进了一个无人动过的陌生世界，一个红尘飞不到的地方，这里长着一群辛夷树。王维在这里被惊住了，他写了《辛夷坞》：

木末芙蓉花，山中发红萼。
涧户寂无人，纷纷开且落。

这朵木芙蓉，顺乎自然之道，自开自落，绽放出圆满的生命之花。这首诗，起绝响于萧寂，挽人心于荒芜。诗人在滚滚红尘中，也修炼成了一朵花，摇曳多姿，平静而幽雅。

独坐幽篁里，弹琴复长啸。
深林人不知，明月来相照。

《竹里馆》

清静辋川，悉现诗人笔下。这些山水诗，没有历史的音尘，没有知识的纠缠拖累，没有现实的“一地鸡毛”，没有利益角逐，没有人为矫饰，连抒写对象也被抽象化了。

欹湖是辋川的眼睛，王维的诗成为辋川最亮的眼神。

《辋川集》中的诗篇，形而上且形而下，或即景生情，或因情生景，既有辋川的实景，又是王维心中的景，既写出了个人的感情体验，又提炼出了民族乃至人性中普遍的共通的情感体验，语语天成，情韵天然，自然而工，打动人心，使我们在千百年后阅读起来依然新鲜而会心。

《辋川集》组诗，全是五绝——这是经过精心设计的。

智慧越高，声音越低；含义越丰富，文字越简洁凝练。王维删繁就简，取消费尽心机的雕琢，以词近意远、语短情长的文字，构建出玄妙的内容迷宫。他诗文中复杂深邃的内在气质与简洁素朴的形式，令人击节赞叹。

任何时代里，堂而皇之的谎话和轻浮之言都随处可见。王维拒绝雕琢，放弃雄辩，没有大而无当的语言，没有夸张的倾泻。他坚守自己平淡的句子，化大为小，字字天成，没有痕迹，一句就是一句，一句顶一万句，“言有尽而意无穷”，像是佛家偈语，是深悟后的得意，是繁华之后的安静，毫无疑义是一位智者留给世界的最重要的话。

辋川诗中，有我们眼睛可见的“显”文本，还有需悉心体悟的潜含意。读他的辋川诗，一方面沉浸他宁静的诗境界中，另一方面会被他的某个句子带到别处去，偏离主题，飞到很远的地方，迷失在一片远山含雾的水边或林子里，你正欣赏或徘徊，又有一片枯叶如蝴蝶飘到你面前，你以为是叶子，定睛一看，它真的是蝴蝶。

空山新雨后，天气晚来秋。
明月松间照，清泉石上流。
竹喧归浣女，莲动下渔舟。

随意春芳歇，王孙自可留。

《山居秋暝》

诗人既是自然山水的信徒，同时又是位虔诚的佛教徒。佛教修养极大地提高了王维的文学境界，不以人类价值观为中心的禅学也极大地开阔了王维。招魂的汉语被王维写成了禅诗。诗是经验，更是灵光一动。“佛系”王维把习禅的经验与感悟写进诗中，正所谓“引禅入诗”。火焰和坚冰都已消失，内心没有风暴，他的写作进入“空灵区”。

王维的许多诗没有直接言佛谈禅，言表意外却是佛理禅意。王维的辋川诗，外表不像禅诗，内里深藏禅意，化用自然，却没有一脸佛像、满口佛话、浑身佛气。他将平常的生活跟玄妙的佛理，用诗的、自己的、平易近人的、活泼泼的句子写出来，触及人类的终极问题、心灵问题、灵魂问题，不仅指引我们看到庸常生活中的诗意，而且通过这种诗意引领我们感悟禅的空灵。他的诗具有“色不异空，空不异色，色即是空，空即是色”的禅意之美，诗意浑然，成为自然跟生命完美结合的空灵之歌。

唐诗是个佛化的时代，王维诗是佛化的代表。佛在中国定居之后，禅在中国诞生之后，中国最好的禅诗从王维在辋川定居开始了。

禅在诗中开花。诗从王维这里，走向了一种重视心灵和生命感觉的新境界。

辋川，成为王维的灵感之源。辋川的王维，面对自然，面向内心，编织自己的锦绣，发出淳美的灵魂之声。他的诗，“真趣洋溢，脱弃凡近，丽而不失之浮，乐而不流于荡”（赵殿成）。他成为唐代最伟大的自然诗人，成为诗意中的诗人，诗人中的诗人，心灵安静的诗人。他为此而博得“诗佛”之美名。

飒飒秋雨中，浅浅石溜泻。
跳波自相溅，白鹭惊复下。

《栾家濑》

王维以有法与无法，以小景连大景，“不惟写山水之形胜，并传山水之性情，兼得山水之精神”（清人朱庭珍）。王维这些平静而简洁的小品，不是情景的再现与刻画，不是平仄技术的展示，不是政治经济的言说，而是精神的容器，言说了他的世界观和生活态度。

岁月掺进忧伤，肉身皆有疼痛。王维也有其生命无法承受之重。辋川里的鸟，声声叫，叫得山好水好，叫得人也好寂寥。《华子冈》中的“惆怅”，《柳浪》中的“别离”，还有其他诗中说到的“无才”“已老”，这是作为人当然包括诗人都有的宿命。对于这些人生俱来的东西，王维载歌载忧，在诗中展现它，在诗中摆平它。他拥有平息浮躁的“神奇之笔”。

《辋川集》二十首，既抚摸自然的山水，又抚摸自己的内心，呈现出一个“桃花园”式的、“伊甸园”式的世界。这些遍布王维指纹的诗作，即是时代的，又具有非时代性，有一种比时代更长久的东西在里面。王维并不试图描述时代的眉目、表现时代的皮相，他要表达的是心灵深处的风景。他是写给灵魂的，他的诗引导人们看望日常隐匿的灵魂。这显然更深沉更本质更耐磨，更具有开拓性，也更具有超越性。诗在王维那里保持了青山绿水、一方净土。

《辋川集》中的不少篇什，成为中国文学史上的千古名篇。

我读《辋川集》而感叹：《孟城坳》仰俯况达，对古不伤今。《华子冈》飞鸟归林，踪迹无可寻。《文杏馆》飞云布雨，见疏离之心。《斤竹岭》翠竹涟漪，向往山林归隐。《鹿柴》无明无无明，空山不见人。《木兰柴》秋山余照下，刹那见微尘。《茱萸沜》草木自然，宜留客宜思亲。《宫槐陌》青苔满地，飘来山中人。《临湖亭》莲花开矣，宾主举樽。《南垞》轻舟漂过，历历远亲与近邻。《欹湖》青山白云，自在任运。《柳浪》春风杨柳，无喜无悲无愤懑。《栾家濑》人与自然相往返，水活石润。《金屑泉》洗心革面，飘然见仙人。《白石滩》石白蒲绿，满是活泼。《北垞》逶迤山水，明明灭灭若星辰。《竹里馆》心斋坐忘，人与道相亲。《辛夷坞》花开花落，生命自圆润。《漆园》婆裟生活，阅尽人间烟云。《椒园》草木通神，迎来“云中君”。

辋川图

“北窗桃李下，闲坐但焚香。”（《春日上方即事》）辋川是王维的“灵山”，是他心灵的栖居地。他断断续续在辋川生活了十余年，吃饭，打坐，在银杏树下喝茶，听鸟叫，在山水之间看落日，写诗。《辋川集》二十首之外，他在辋川别业写了许多诗，包括写辋川的诗和写辋川之外的诗。写辋川的诗有：《辋川闲居》《辋川闲居赠裴秀才》《积雨辋川庄作》《山居即事》《山居秋暝》《田园乐七首》《辋川别业》《秋夜独坐》《秋夜独坐怀内弟崔兴宗》《酬诸公见过》《酬虞部苏员外过蓝田别业不见留之作》《别辋川别业》《归辋川作》《山中送别》《春园即事》《题辋川图》《鸟鸣涧》《白鼋涡》《答张五常》等，这些从胸襟中流出的诗，盖天盖地，数量高于《辋川集》，都是超越“当下”的大作品。

诗是王维的“道场”，书画也是王维的“道场”。他虚一而静，外师造化，中得禅心，为山立传，为水写史，为草木虫鸟传神，为万物留下不灭影像。从王维开始，中国绘画史上出现过一种别具风格的禅意画。这种画，关乎心灵与人格，高远淡泊，超然洒脱，禅机意境跃然纸上，开其端者就是大诗人王维。

可以想象，王维依山而立，枕水而卧，听流水在石头上演奏小曲，看青山白云在湖水上画画。辋川的烟云供养，启发王维创造出水墨渲染技法。

王维自称“宿世谬词客，前身应画师”。苏轼在《书摩诘蓝田烟雨图》中评价王维的诗画是“味摩诘之诗，诗中有画；观摩诘之画，画中有诗”。明代的董其昌尊其为南宗画派之祖。《旧唐书》评价他说：“书画特臻其妙，笔踪措思，参于造化，而创意经图，即有所缺，如山水平远，云峰石色，绝迹天机，非绘者之所及也。”

王维代表作是《辋川图》。这是王维以辋川二十景为蓝本创作的巨幅画作。《山水家法真迹》曰：“王维旧居蓝田辋川，常自作《辋川图》，山峰盘回，竹木潇洒。其石小劈斧皴。梢多雀爪，叶多夹笔。描画人物，眉目分明，衣折丁头鼠尾。楼阁用笔界画，笔力清劲，曲尽精微，真如台阁文章，锵金戛玉，故当在第一品也。”据说慕名而来欣赏《辋川图》的人太多了，王维在鹿柴寺墙壁上又画了一幅。今传的《辋川图》，以北宋初年著名画家郭忠恕临摹本最为有名。“郭本”《辋川图》现藏台北故宫博物院。《辋川图》影响深远。苏轼赞曰：

“辋川图上看春暮，常记高人右丞句。”

王维的诗可以治疾，他的画亦能医病。北宋词人秦观曾写《摩诘辋川图跋》：

余曩卧病汝南，友人高符仲携摩诘《辋川图》，过直中相示，言能愈疾。遂命童持于枕旁阅之。恍入华子冈，泊文杏竹里馆，与裴迪诸人相酬唱，忘此身之匏系也。因念摩诘画，意在尘外，景在笔端，足以娱性情而悦耳目，前身画师之语非谬已。今何幸复睹是图，仿佛西域雪山，移置眼界。当此盛夏，对之凛凛如立风雪中，觉惠连所赋，犹未尽山林景耳。吁，一笔墨间，向得之而愈病。今得之而清暑，善观者宜以神遇而不徒目视也。五月二十日，高邮秦观记。

王维的《万峰积雪图》也很有名。明代沈周看到这幅画后，题诗道：“城中十日暑如炙，头目眩花尘土塞。僧楼今日见此卷，雪意茫茫寒欲逼。古栟修柳枝袅娇，下有幽篢侧从碧。隔溪舣艇不受呼，平地贯渚无人迹。”

《梦溪笔谈》中有两处谈到王维的画。其中一则说：“《画评》（张彦远）言：王维画物，多不问四时，如画花往往以桃、杏、芙蓉、莲花同画一景。余家所藏摩诘画《袁安卧雪图》，有雪中芭蕉，此乃得心应手，意到便成，故造理入神，迥得天意，此难可与俗人论也。”

这里透露出王维有幅“卧雪图”，第一次告诉我们：王维常将不同季节的景象画在一起。

《袁安卧雪图》，又叫《雪中芭蕉》，画面里，大雪中有一株翠绿芭蕉。这幅画早已失传，却被争论一千多年。争论交点是，北方寒地大雪怎么可以与南方热带植物芭蕉画在一起？一般的常识是，一棵芭蕉不能在大雪里存活。质疑者与维护者各持己见，都太认真了。艺术家可以师法自然地写景，又可以写心中之境即造景，在虚虚实实间抵达艺术之美。在佛家看来，现实之境与虚幻之境无有分别，诸法不二。艺术造诣甚高、佛教修行甚深的王维，超越时空，怎么画、画什么对他都不是问题。

王维一生画了多少幅画？没有一个准确数目，几百幅总是有的。在唐、宋、元、明笔记中，常常见到对他画作的描述。《宣和画谱》中说，“今御府所藏一百二十有六”，且一一列出画名。像《维摩像》《维摩视疾图》《剑门关图》《演教罗汉图》《渡水图》《黄梅出山图》《济南伏生像》《襄阳孟公马上吟诗图》《尧民鼓腹图》《雪溪图》《女史图》《江山雪霁图》《江干初雪图》等，都为人们所津津乐道。

《画鉴》曰：“王右丞工人物山水，笔意清润，画罗汉、佛像至佳。平生喜作雪景、骡纲晓行、捕鸟、雪渡、村墟等……”他所开创的禅意画，对后代产生了深远的影响。

可惜的是，千百年来，天旋地转，兵火无情，王维画作散落委弃，流落无几。日本圣福寺藏有一幅相传为王维真迹的《辋川图》，大阪市立美术馆收藏的《伏生授经图》据传也是王维真迹。真迹如今是十分稀见了，存世的多是临摹作品……

辋川诗人群

“柳条拂地不须折，松树披云从更长。藤花欲暗藏猱子，柏叶初齐养麝香”。（王维《戏题辋川别业》）

一个人散步，不觉地就走出很远的距离。辋川不光那二十景，每一步都是景色，每一步都很舒适。因为到处都是风景，也就无所谓风景了，也就是日常生活了。

安静、素朴的辋川山水留住了王维，也吸引了王维的朋友们。

那些文人墨客、达官显贵、山僧道人，从长安城来，从四面八方来，荡桨辋河，穿过峡谷，曲曲折折，进入欹湖。上得岸来，跟着流水的声音，踏着蛙鸣，经过一些人家、狗、鸡和树木，还有不提防他们的鸟，有时还遇到牧归的羊群和落日，就到了王维别业。这是这条山谷万千年以来，第一次迎来如此之多的诗人。

一种叫诗人的动物来到辋川啦，他们是一群语言巫师……漫山遍野流传着明亮的小道消息。

“我闻有客，足扫荆扉。箪食伊何，副瓜抓枣。”（《酬诸公见过》）王维的朋友们，入辋川，度华子冈，经孟城坳，憩辋口庄，泊文杏馆，上斤竹岭，并木兰柴，绝茱萸沜，蹑槐陌，窥鹿柴；返于南北垞，航欹湖，戏柳浪，濯栾家濑，酌金屑泉，过白石滩，停竹里馆，转辛夷坞，抵漆园，幅巾杖履，赋诗自娱……天因为他们的到来而黑得很晚，诗人们却嫌天黑得太快了。他们每个人都从辋川走进了自己的梦里。

春天香椿野菜，夏天桑葚瓜果，秋天蘑菇明月，冬天白雪山鸡……两三点雨山前，七八颗星天外。“藉草饭松屑，焚香看道书。”（《饭覆釜山僧》）朋友们脱去行迹，走走转转，说说笑笑，吃吃喝喝，再谈谈各自的诗与画、眼皮子下的山水明月，还有他们喜欢的由高岗、草木、民房组成的天际线。他们走进辋川，修复折旧磨损的心，五官复位，陶然忘机，感觉自己在这里是个人，自己属于自己，自己生命的重量和欢乐。周围的山很高，这山却不像长安城里巍峨宫殿那样给人以压迫，反而让人抬起头来，一抬头，就看见山上的树，树上的各种鸟，还有树跟鸟之上的闲云和盘旋的鹰。这时候，他们认识到，人在华屋下，拼命地得到了一些次要的东西，却把生命中最重要的忘记了。原来，一个人的自言自语，一天中的生命虚度，一首诗中的远山绿意，胜于揣摩上意跟追逐名利。

裴迪是辋川别业的老朋友。他和王维和韵对诗完成了著名的“双人舞”《辋川集》，同时写过许多涉及辋川的诗。

王维的弟弟王缙也是辋川别业的常客。他写辋川的诗有《游悟真寺》《别辋川别业》等。

诗人储光羲，自称是王维的门生，他经常到王维别业，两人多有唱和。王维写下《待储光羲不至》等，储光羲写过《同王十三维偶然作十首》。

王维的诗酒丹青之契张堙拜访辋川别业，乘兴而来，却没有找到别业，失望返回。王维听说后，写了《答张五弟》：“终南有茅屋，前对终南山。终年无客长闭关，终日无心长自闲。不妨饮酒复垂钓，君但能来相往还。”

韦应物也经常来。有一次来访不遇王维，写下了《休假日访王侍御不遇》。中国的诗人喜欢乘兴而来，许多时候主人的在与不在就不那么重要了，“不遇”也好，尽兴就好。

孟浩然访问过辋川，他曾写了《京还赠王维》《留别王侍御郎》。

758年秋，杜甫到辋川访问王维，“醉把茱萸仔细看”，却没有见到王维。他见到了王维的表弟崔兴宗，留下了《蓝田九日崔氏庄》《崔氏东山草堂》两首名诗，其中提到了王维：“何为西庄王给事，柴门空闲锁松筠。”

王维去世数年后，杜甫写下“不见高人王右丞，蓝田丘壑蔓寒藤。最传秀句寰区满，未绝风流相国能”（《解闷》其八），情深谊厚。

那个写过“曲终人不见，江上数峰清”的钱起来了，两人是朋友，互有唱和。

连那个在长安留学、长期在朝廷做官的日本人阿倍仲麻吕（中文名晁衡）要回日本时，也到辋川与王维告别。王维写了《送秘书晁衡还日本国》相送，晁衡写《衔命还国作》回赠。

放眼全是清流。来过辋川拜访王维的还有张堙、严武、祖咏、崔兴宗、綦毋潜等……

王维和他的朋友们用诗为一方水土作注。一群大诗，像辋川的鸟一样张开翅膀飞向四面八方，飞向天下。

王维和他那些具有语言天才的朋友们，为中国打造了一条伟大的“诗谷”。

辋川成为文人墨客的文学圣地。

别辋川

遭遇历史事变，是个人无法把握和逃避的命运。天宝十四载（755年），“安史之乱”发生。山河易容。这一次，王维在国家与个人之间没能游刃有余。

756年，叛军安禄山攻下长安，王维装病不成，被叛军俘获。安禄山喜欢他的文才，把他押解到洛阳菩提寺。“不能杀身，负国偷生”，他被迫接受了伪职，期间虽然未做什么坏事，毕竟不那么光彩。如果与冒死参加平叛的颜真卿（709 年—784 年）相比，更显得渺小了。

757 年，大唐军队收复东都洛阳。王维等接受伪职的三百余人被押往西京长安受审。王维弟弟王缙请削自己刑部侍郎的职务为兄赎罪，加上王维任伪职期间写过对大唐王朝表示忠心、对逆贼不满的《凝碧诗》，他因此得到唐肃宗的宽宥。

王维被宥罪复官。风定雨歇，此身平安，但他受到不小惊吓，许多诗文也因此而失落无存。

“我年一何长，鬓发日已白。仰俯天地间，能为几时客。”（《叹白发》）758 年，五十八岁的王维为了报答肃宗皇帝的宥罪复官之恩，为了实现母亲生前的愿望，同时也是佛家“无住”及慈悲喜舍的情怀，他上书《请施庄为寺表》，请求捐辋川别业为寺庙：

臣维稽首：臣闻罔极之恩，岂有能报？终天不返，何堪永思。然要欲强有所为，自宽其痛，释教有崇树功德，弘济幽冥。臣亡母故博陵县君崔氏，师事大照禅师三十余岁，褐衣蔬食，持戒安禅，乐在山林，志求寂静。臣遂于蓝田县营山居一所，草堂精舍，竹林果园，并是亡亲宴坐之余，经行之所。臣往丁凶衅，当即发心，愿为伽蓝，永劫追福。比虽未敢陈请，终日常积恳诚。又属元圣中兴，群生受福，臣至庸朽，得备周行，无以谢生，将何答施？愿献如天之寿，长为率土之君，惟佛之力可凭，施寺之心转切。效微尘于天地，固先国而后家。敢以乌鼠私情，冒触天听，伏乞施此庄为一小寺，兼望抽诸寺名行僧七人，精勤禅诵，斋戒住持，上报圣恩，下酬慈爱，无任恳款之至。

得到皇上诏允后，王维搬离居住十多年的辋川别业。他感慨万千，作《别辋川别业》：“依迟动车马，惆怅出松萝。忍别青山去，其如绿水何！”弟弟王缙也同咏道：“山月晓仍在，林风凉不绝。殷勤如有情，惆怅令人别。”

王维在辋川的修行已经完成。他提前用尽了子子孙孙的力气，写出了代表盛唐、代表中国的大诗，写出了改变中国人气质的好诗。

在辋川缓慢的生活中，守于斯、眠于斯、餐于斯、歌哭于斯的王维，飞快地度过了生命中最重要的时间。朱颜辞镜花辞树，离开辋川后的诗人，“偷禄苟活”（《与魏居士书》），只有旧日子能够带来幸福。他的肉身与才华，“纷纷开且落”（《辛夷坞》）……当然，死，是生的一部分，是生命华章中不可缺少的一章，对于信佛的王维来说，这是不会有疑问的。

王维“毁”在“安史之乱”。“安史之乱”破坏了他的“发声器官”。“安史之乱”后，王维没有创作出更多的诗篇特别是名篇。而他的朋友杜甫，则“成”于“安史之乱”。杜甫创造性地以诗歌介入当下，完成了从二流诗人向大诗人的飞跃，被人称为“诗圣”。

辋川劫

一步红尘滚滚，一步青山绿水。高速公路带着我来到辋川时，“水沦涟如车辋”的情景已荡然无存。一千二百多年了，沧海桑田，今日之辋川已经不是王维笔下之辋川。

王维别业应该在辋川的一个谷口。有诗为证：“谷口疏钟动，渔樵稍欲稀。悠然远山暮，独向白云归。菱蔓弱难定，杨花轻易飞。东皋春草色，惆怅掩柴扉。”(《归辋川作》)他在《酬虞部苏员外过蓝田别业不见留之作》中，自称“贫居依谷口，乔木带荒村”。据说，如今的官上村，就是《辋川集》开篇《孟城坳》吟诵的孟城坳所在地，也就是王维最初的别业所在。我却看不清是哪个谷口。

唐大历年间著名诗人李端的《雨后游辋川》云：“骤雨归眼尽，颓阳入辋川，看虹登晚墅，踏石过春泉。紫葛藏仙井，黄花出野田。自知无路去，回步就人烟。”这是在王维去世二三十年后，诗人李端来到王维别业，只见原来的水井已被紫藤覆盖，田野里长满开着黄花的野草，杂树丛生，无路可走，残阳下一派荒芜景象。

唐代以后，欹湖消失。在明清文人的辋川游记中，除了王维别业改成的鹿苑寺，二十景已没有多少踪迹。

几包炸药，具有创世的威力。最大的变故发生在20世纪60年代，石头在天崩地裂中开始骚乱。辋川上游修建水库，辋川的水立即瘦弱了；南面的青山被劈开，王维家门口奔流多少年的河改道了——河睡过的床还在。莲兮怜兮，修行千百年的荷花被扭断了修长的脖子。

开剪林木，大砍大伐。一眼山泉被截断，一棵白皮松被砍伐，一群鸟一脚踩空折断了翅膀，一片林子被点燃，一群石头被迁徙，一条诞生盛唐诗歌的河流枯竭了。“青山卷白云”的美景被削弱了。

阎家村东方有山，山状浑圆，传说它就是华子冈。在这里，“飞鸟去无穷，连山复秋色”的景色依稀可见。

阎家村东南方的山，如今叫老虎崖，就是“鹿柴”所在地，可惜无法上去，如果能够爬上去，没准还能体会到“空山不见人，但闻人语响。返景入深林，复照青苔上”的意境。

白家坪前行里许，是文杏馆所在，那个“文杏裁为梁，香茅结为宇。不知栋里云，去作人间雨”的华美建筑已经被草木覆盖，无法找到具体位置。

官上村与支家湾之间，有竹里馆，“深林人不知，明月来相照”，亦不可寻。

好在，飞云山下还有一棵王维手植银杏树，成为劫余之物。当年，它顶着了三台推土机的冲撞，在闻讯赶来的当地百姓的抗议跟保护下，得以存活。如今这棵一千二百多岁的银杏树，枝繁叶茂地树立在朗朗乾坤西风残照中，成为王维的文化符号，可称之为“辋川之神”。这是王维在辋川留下的为数不多的“物”的遗迹。我站在树下照相时，成熟的银杏果实掉下来，还有几片金子般的叶子。我捡起叶子慎重地把它夹在《辋川集》里。银杏果实宛如舍利子，我把它装进口袋，就把辋川世界的美好带在了身上。

银杏树一边是悬崖绝壁，往下一看，看见一块巨石探出半个身子。据说，那就是王维钓鱼石。

“清浅白石滩，绿蒲向堪把。家住水东西，浣纱明月下。”王维写的《白石滩》被我找到了，白石仍以“滩”的形式呈现着。我走下河滩，抚摸一块白石，冰凉彻骨，水也不佳。估计好久没有浣纱女在这里游戏明月了。

鹿苑寺遗址，位于王维手植银杏树的北面。20 世纪 60 年代初，三进院落的寺庙仍在，后来修工厂，把它推倒了。如今，被遗弃的厂房破破烂烂地站在那里。遗址南北长 270 米，东西 120 米。当地的老百姓依山建了三间很不起眼的房子，大致在鹿苑寺旧址靠后的地方，房子前放着几件据说是老寺里的门墩石，逢年过节，老百姓在这里烧香。

鹿苑寺门前，以前保存有明清之际刻立的《辋川图》《辋川诗》石刻二十余块。鹿苑寺被推掉后，石刻被收藏在当地的文管所内。我连忙请朋友帮忙，最终没有看到那些被“关押”的石碑和繁体字，倒是找来了《辋川图》的拓片……

王维母亲去世后葬在辋川。761 年王维卒，他的墓穴安葬在母亲墓塔的旁边。

《蓝田县志》（1994 年 7 月版）记载：“王维墓，位于辋川乡，白家坪村东 60 米处，墓地前临飞云山下的辋川河岸，原墓地约 13.3 亩。西起向阳公司 14 号储蓄所，东至公路下，前至 8 号车间，现被压在向阳公司 14 号厂房下。墓前遗物有清乾隆四十一年（1776 年），督邮程兆声和陕西巡抚毕沅竖立碑石两座，“文革”中被毁。其母亦葬在此地，《新唐书·王维列传》：‘母亡，辋川第为寺，终葬其西。’交通部六处修辋川公路时将王维母坟塔所毁，发现有三彩陶片、白瓷碗、碟、壶、盂等文物。”县志另一处记载，王维母坟塔，1963 年向阳公司在此建厂而毁。

“乘兴登山瞰辋川，水田夏木尚依然。欲知漠漠深深处，还在清和四月天。”（《戏题辋川别业之二》）。我像王维一样爬上附近的一座座山头。在一座小山头上，我见到一棵巨大的白皮松，树干之上分出二十来个树槎。一位老乡说，这棵树的年纪和王维手植银杏差不多，没准也是王维栽的。

辋川如新

王维走了，带走了辋川，带走风景，也带走了盛唐的诗。

大地七窍出血，树木和鸟兽从森林中出走，天地万物早已不再浑然一体。曲终人不见，众神遁去，旧世界景色不再。与《辋川集》诗句的对应物，大多不再留形住世，成为存在于诗集中的名词。

大地上的“原作”消失了。辋川二十景，都已成追忆。

当然，真正的过去，都是精神上的过去。

和江油的“李白故里”、成都的“杜甫草堂”比起来，王维的“辋川”，破落、寒酸，几乎没有被“建设”、没有被“广告”。但是，辋川毕竟已经获得王维的加冕跟荣誉，王维的诗，是原始的、天然的“辋川自然保护区”，谁人也动她不得。

积雨空林烟火迟，蒸藜炊黍饷东菑。
漠漠水田飞白鹭，阴阴夏木啭黄鹂。
山中习静观朝槿，松下清斋折露葵。
野老与人争席罢，海鸥何事更相疑。

《积雨辋川庄作》

每当人们吟诵起这些具有独特气质的辋川诗句，就迎来了辋川山水的复活季节。履痕处处春常在，大地和诗歌的力量不可思议。

灵魂回响，千载如新。“摩诘恬洁精致，如天女散花，幽香万片，落入巾帻间。每于胸念尘杂时，取而读之，便觉神怡气静。”（清人田雯《古欢堂杂著》）读王维的辋川诗，每个人都能够在其中找到自己的过去与未来，找到自己的肉身跟精神。王维的辋川诗，宛然“无尽灯”，照亮了中国人的心灵。“辋川”“辋川图”则辗转引用，历代流传，寖成掌故，前者成为隐士、隐逸的代名词，后者象征着至善至美的无限风光。

走在辋川，处处是诗，步步遇画。辋川里长出来的诗，以最大的密度，成为中国出诗最多的山川，所以我郑重地把辋川称为“中国诗谷”。

王维的辋川诗以及“辋川派诗人”的辋川诗，永远镌刻在诗歌史上，镌刻在这片土地上，镌刻在中国人的心灵上，成为中国人心中永恒的风景。

卷三·诗游

约上王维
跟着《辋川集》
通过暗夜密林
深入枝繁叶茂的辋川
参与灵魂的修炼
讲述一首诗的前世故事

王维《辋川集》探幽

《辋川集》序

余别业在辋川山谷，其游止有孟城坳、华子冈、文杏馆、斤竹岭、鹿柴、木兰柴、茱萸沜、宫槐陌、临湖亭、南垞、欹湖、柳浪、栾家濑、金屑泉、白石滩、北垞、竹里馆、辛夷坞、漆园、椒园等，与裴迪闲暇，各赋绝句云尔。

关于《辋川集》

王维在辋川山谷建辋川别业，亲自命名了辋川二十景：孟城坳、华子冈、文杏馆、斤竹岭、鹿柴、木兰柴、茱萸沜、宫槐陌、临湖亭、南垞、欹湖、柳浪、栾家濑、金屑泉、白石滩、北垞、竹里馆、辛夷坞、漆园、椒园等。王维与好友裴迪咏颂辋川二十景，每景一诗，各题二十首。为一组景观写一组诗，戛戛独造，前所未有。王维对这一组诗格外重视，命名为《辋川集》，并亲自写了序言。

《辋川集》的写作与定稿时间，王维没有说明。

这就需要找到《辋川集》的另一位作者裴迪一问。《旧唐书》曰：“（王维）与道友裴迪浮舟往来，弹琴赋诗，啸咏终日。尝聚其田园所为诗，号《辋川集》。”

关于裴迪的资料，少得可怜。《唐诗品汇》云：“裴迪，关中人。”一种说法是他生于716年（有争议），比王维小十五六岁。《唐诗纪事》卷十六云：“迪初与王维、（崔）兴宗俱居终南。天宝后，为蜀州刺史，与杜甫友善。”

王维与裴迪合作《辋川集》，应该是裴迪在任蜀州刺史之前。天宝之后是肃宗，肃宗是756年当上皇帝的。《辋川集》应该定编于756年之前。

755年，发生安史之乱。安史之乱中，王维被迫担任伪职，这是他生命中最灰暗的时期。这一时期，显然不具备创作《辋川集》的心情跟条件。

王维的诗，“因天宝之乱，十不存一”（赵殿成），而《辋川集》二十首却被完整保存。可见《辋川集》应该是安史之乱前编定的，也就是说，编定于755年之前。

王维大概是天宝三载（744年）营造辋川别业的。这个年份虽有一些争议，但时间也不会错得很离谱。这样就可以断定，《辋川集》成形于744年至755年间。

可以认定，《辋川集》最迟是在755年定稿的。当时应该有手抄本或印本流行，所以王维和裴迪的四十首诗得以完整地保存下来。

《辋川集》四十首诗中，涉及春夏秋，没有一首提到冬季。唐朝的雪下在了王维其他诗中，下在了他的画作中，没有下在《辋川集》里。可以猜想，《辋川集》中的诗，完成于755年之前某年的春夏秋，在冬天来临之前封笔定稿了。

辋川二十景，因为王维的命名，因为王维和裴迪各为二十景赋诗一首并结集为《辋川集》，因为王维画了被人盛赞的《辋川图》，大名鼎鼎。

王维对二十景，更多的是一种命名，而不是建设，是在诗中营造，而不是大兴土木地建造。

比如，孟城坳、华子冈、斤竹岭、茱萸沜、宫槐陌、南垞、欹湖、柳浪、栾家濑、金屑泉、白石滩、北垞、辛夷坞、漆园、椒园，基本上都是依据自然环境特色而命名的。

鹿柴、木兰柴，就是简单地建了一圈栏杆，把一处景观围起来。

"临湖亭",应该有个"亭"的建筑存在。"文杏馆""竹里馆"，大概有个"馆"的建筑形式。《文杏馆》中有"文杏裁为梁，香茅结为宇"句，不能凭借这句诗断定"文杏馆"是个华屋，毕竟是写诗啊。王维的官职不是肥缺，家庭也不太丰厚，"家贫禄既薄，储蓄非有素"（《偶然作六首》其三），他不具备大兴土木的财力物力。

辋川二十景，不仅是地理的，更是心灵的；不仅是风景，也是心景。我相信，王维更多的是通过诗对理想中的辋川山水进行意境的苦心营造。

《辋川集》中的二十首诗，是王维亲自排列的顺序。这个顺序，自唐朝以来没有改变过。二十首的排放次序，显然不是按景观远近顺序排列的。从诗的内容看，它不是按四季顺序写的，也看不出是依写作时间顺序排列的。这个排列结构是无组织无纪律的吗？

陶渊明的《咏贫士》七首、杜甫的《秋兴》八首，其顺序都是有组织有结构，精心安排的。当然，陶渊明的《读山海经》十三首特别是《饮酒》二十首的顺序，并没有特别用心的考量。《辋川集》是组诗又不同于上述组诗——它是历史上第一次系统地写一处景观，它这样的排列顺序而不是别的顺序，是如何考虑的呢？

为什么王维这样排列呢？这里面有迹可循吗？纯是天然吗？是一林乱石，天然位置吗？像没有河道的流水，流到哪里算哪里，流到哪里哪里美吗？

中国天台宗发明了“五时教”（华严时，鹿柴时、方等时、般若时、法华涅槃时）的判教方式。我猜想，“诗佛”王维在《辋川集》二十首的“排坐”上，是否与“五时”有些“暗合”或“巧遇”呢？姑妄言之。

《辋川集》二十首的排列，直似老僧坐禅，愈坐愈深，渐入佳境。

孟城坳

王维

新家孟城口，古木馀衰柳。
来者复为谁，空悲昔人有。

孟城坳

裴迪

结庐古城下，时登古城上。
古城非畴昔，今人自来往。

『诗欣赏』

《孟城坳》是《辋川集》中的第一首。

任何作品都必须有个开头，有个第一篇。第一篇第一笔之前，是浩瀚的无内容的空；第一笔落下之后，文章的宿命就定下来了。自古以来的经典文本，第一篇是带着使命的，往往成为笼罩全书之关键。这是一种身份位置，以结构的方式来确立和彰显其重要性。

《孟城坳》这首诗在《辋川集》不是最出色的。它若是别人所写，可能早被淹没得无影无踪了，因为它是王维写的，放在《辋川集》之首，这就不一样了。陶渊明的《读山海经》十三首，第一首相当于序言，其余

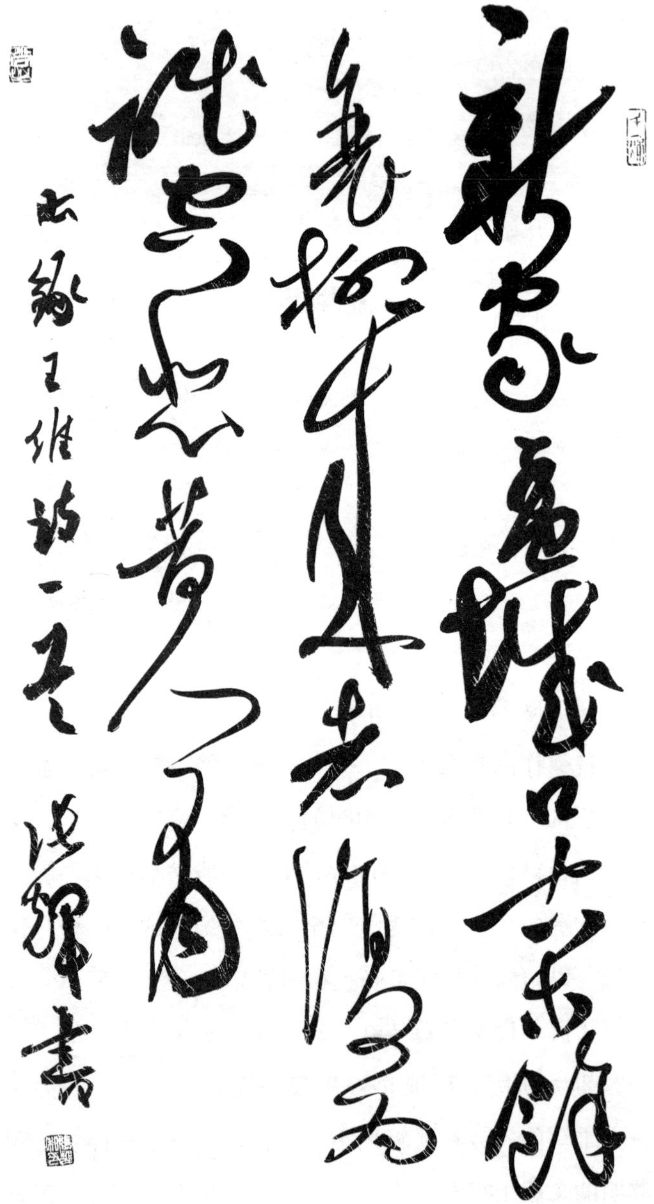
新家孟城口古木余衰柳来者复为谁空悲昔人有
录王维诗一首

十二首的排列比较随便。王维把《孟城坳》放在第一篇，显然有自己的思考跟用意。

这与他在此安家有关。住进辋川孟城之后，新生活开始了，命名开始了，修行与诗行开始了，一切的悲与一切的喜开始了。这是《辋川集》的开始，这是“开天辟地”！王维用这样一首诗，确定安身立命之地。

王维的辋川时间开始了。

让我们接受诗人的邀请，进入辋川时空。

王维的辋川别业在孟城口附近。这里原来是宋之问的别业。

宋之问，知名诗人，曾得武则天的恩宠，官至五品，后因“倾心媚附”武后近幸的张易之、张昌宗兄弟，被贬。唐玄宗即位后，被赐死。传说他企图抢占外甥刘希夷的诗句“年年岁岁花相似，岁岁年年花不同”（《代白头翁》）遭到拒绝，残忍地将刘希夷用装土的袋子压死。总之，这个颇有才华的诗人卷入政治旋涡，因诗获罪而万劫不复。

曾经的楼台变荒台。王维买下宋之问别业时，这里已经荒芜。孟城从前的种种繁华，重重陈迹，荡然无存，废墟中有几棵老柳弯着腰站在那里，像在为岁月不居、时节如流的历史做证。

王维的名画《辋川图》中，依稀可以看到孟城残留的城墙。裴迪的《孟城坳》说：新主人在古城下安了家，时常登临古城。古城里已没有从前的人家，新主人在这里来来往往。王维在这里，顿悟城的毁灭、生命的悲怆。

王维少年得意过，仕途受挫过，繁花似锦过，断崖式跌落过。他知道世事变迁，生命无常，有的是物是人非，有的是物人尽散，总之，所有的东西都是会坏、会灭失的，没有坚不可摧的事物。正所谓，三千繁华，弹指之间，不过一抔黄土。

王维在这首诗中以“新家”“衰柳”切入，前两句写景，后两句言情，以达观排除悲怀。他想到，这片土地跟这套宅子，虽然暂时为我所有，但随时可能从脚下溜走，终将属于哪不知其名的后来者。王维叹息，前人已没，后来者又是谁呢？沈德潜解释说：“言后我而来者不知何人，又何必悲昔人之所有耶！达人每作是想。”（《唐诗别裁》）不必徒劳地为过去与未来而伤神，生命只存在于当下的一刻。失去此刻，就是失去了生命。安然地生活于当下一刻，才是人生的最佳选择。

“悲”是人类与生俱来的原始而古老的情感，也是人类文化中一个重要的审美范畴。人“所以为悲”，不外乎个人命运之悲、家国之悲、生命之悲。王维的“空悲昔人有”，“三悲”交织，更多是生命之悲。此时的王维，超越了生死，荡去有限和无限的局限，物化忘尽，临喜临悲不二，进入一个仰俯旷达的世界。

放眼千载，满目河山，经常有死去的城，消失的乡，大起大落的人。为兴衰叹息，为古人叹息，自古有之。尤其是在中国这样一个历史悠久、兴衰周期性循环的国度，像《孟城坳》这样的叹息声，历代不绝于耳。陈子昂（661年—702年）的《登幽州台歌》曰："前不见古人，后不见来者。念天地之悠悠，独怆然而涕下。"王维应该读过。王维所熟悉的《维摩诘经》中，维摩诘说"前际不来，后际不去，今则不住"，跟《金刚经》中说的"过去心不可得，现在心不可得，未来心不可得"，还有庄子说的"来者不可待，往者不可追也"，基本上是一个意思。过去呀现在呀未来呀，人呀物呀以及念头呀，都是把不住、留不住的。

这首诗，言"空"而不悲，既有中国式的达观，也包含着佛家之空观。

佛家认为：积聚必有消散，崇高必有堕落，合会终有别离，有命咸归于死。人具有有限性，毕竟生年不满百。人是向死的存在，必须百分之百地死，没有一个例外。"来者复为谁"，不用我们操心，操心也是徒劳。任何事物，极盛之时，已存衰亡之定律。一切物质现象，都是变的，都是会坏的，都是生灭现象。"空悲昔人有"，算了吧。

"空悲昔人有"，昔人已去，是"空"的，不要去追他，追也追不上。"来者复为谁"，来者还没来，也是"空"，你等也等不来。立足当下，说"当下"的刹那，"当下"也过去了，也是"空"。呀！当下即有，当下即空，当下即是。前不见古人，后不见来者，知天地之空空，不必怆然涕下。佛教讲无我，无人，无众生，无寿者……物来则应，过去不留，一切无关，听任自然。维摩诘说："无浊无恼，无作无起，无生无灭，无畏无忧，无喜无厌。"这或许是王维《孟城坳》的真谛。

王维的好朋友孟浩然（689年—740年）的《与诸子登岘山》云："人事有代谢，往来成古今。江山留胜迹，我辈复登临。"和《孟城坳》相比，其文化心态要积极得多。

『诗现场·寻找孟城坳』

新家孟城口，古木馀衰柳。
来者复为谁，空悲昔人有。

王维在辋川的新家，在孟城坳附近。如果不到孟城，永远访问不到王维别业。我在孟城寻寻觅觅，一无所获。第二十天的时候，我找累了，看见一只蝴蝶站在一块石头上休息，我对蝴蝶说：那边有槐花你不站，站在石头上，那不像蝴蝶的样子。蝴蝶一听，羞羞地飞走了。我就坐在蝴蝶刚站过的那块石头上。

你来你来。一个女子的声音。空山无人。你来我告诉你。顺着女声寻见一棵柳树。我走过去，用登山杖敲敲柳树的细腰。哎哟，敲疼我了。我这才确定是柳在跟我说话。

知道你是找孟城坳的，观察你几天了，不像盗墓的，不像砍树的。我就是宋之问栽下的柳，我就是王维说的“古木馀衰柳”——衰柳的第四十多代孙女，如果柳也像人一样三十年算一代的话。

杨树在一边鼓掌。柳树白杨树一眼，呸，你拍什么鬼手。

你别看我长得年轻，根脉单传，一脉相承，石头可以做证。

柳树下，一块石头一块石头一块石头一块石头一块石头一块石头……一群石头一齐点头。石头年纪大，通常是值得信任的。

看石头点头，柳女子很高兴。告诉你，石头是与地球同生的，柳树是弄不死的。衰柳死了，树根活着。风刮断了柳枝，把柳枝往地上一插，又能长成一棵新柳。我就是王维“结庐古城下”“上下华子冈”时，顺手从“衰柳”上折下当拐杖的柳枝，他在这里徘徊感叹一阵子后，坐在石头上休息……

就是坐在我身上。一块石头抢过话头说，直到我将他的屁股暖凉……

说话的是刚才蝴蝶站过我坐过的那块石头，原来王维坐过这块石头。

王维拄着我，从石头上抬起屁股直起腰，顺手把我往地上一插，写诗去了。他写了“古木馀衰柳”，我长成新柳。听他感叹“来者复为谁，空悲昔人有”，我就知道他想起宋之问了。

诗人嘛，离政治远点，离春风杨柳近点，离风花雪月近点，这样比较安全。宋之问因为附炎于武则天及宠臣，掉了脑袋，经营的一大片宅子荒芜了，原本可以写出来的好诗也没机会写了。追逐名利，饮鸩止渴嘛。王维买下这处别业，改建成自己的别业。他住这里，难免触景生情，“来者复为谁，空悲昔人有”。他后半生半官半隐，疏远朝廷，固然与信佛有关，谁说与宋之问的教训没有关系呢？要知道，恐惧在进化史上具有特殊的地位。

杨树叶子哗哗响起来，拍着手：宋宅是凶宅啊，一般人压不住，王维不应该买呀。

呸呸！什么凶宅，宋之问又不是死在这里。王维是“诗佛”，佛怕鬼吗？欲坚道力凭魔力。鬼是佛的磨刀石。他天天念经，《维摩诘经》《金刚经》《六祖坛经》《心经》……听得石头都点头了，鬼不敢接近的。

石头点头。杨树嘟囔道：他晚年差点丢了脑袋，还不是这宅子风水不好。

呸呸呸！宅子不好他还能写那么多好诗，当那么大的官？不过他最后是差点丢了脑袋，幸亏有佛菩萨保佑。

说了半天，你还没告诉我王维别业的故址在哪里呢。

柳女子说：前不栽桑，后不栽柳，当院不栽鬼拍手。你看宋之问的别业，犯了大忌。

顺着柳女子的纤纤素手看去，宋之问的别业整整齐齐地立在不远处。只见他的大宅子前面有桑，后面有柳，院子里有杨树，风刮过来，杨树的叶子哗哗作响，像是鬼拍手。

我说，我想见识一下王维别业。

柳女子说：王维对园林深有研究，不会犯宋之问这样的低级错误。我站这里，杨树站那里，桑树这几天出门了，它站的地方有片瓦当做记号，瓦当离刚才蝴蝶站的地方有我的影子这么远……你应该知道王维故居在哪里了吧？

我开始步量柳树的影子，那影子一会儿长一会儿短。

通过那些虚幻的影子，恍惚间，我成为一阵风、一只蝴蝶、一棵树、一只鸟，进入唐朝的辋川，来到了《辋川集》诞生的现场……

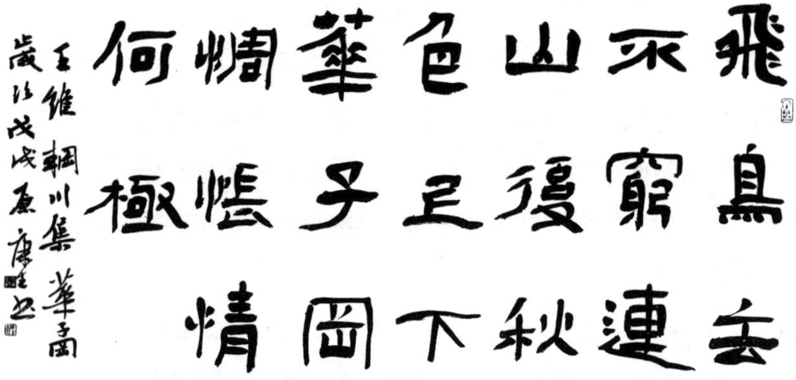
飛鳥去不窮連山復秋色上下華子岡惆悵情何極
王維輞川集 華子岡
歲次戊戌原康生書

华子冈

王维

飞鸟去不穷，连山复秋色。

上下华子冈，惆怅情何极。

华子冈

裴迪

落日松风起，还家草露晞。

云光侵履迹，山翠拂人衣。

『诗欣赏』

《华子冈》是《辋川集》中的第二首。

华子冈是辋川中一个山岭。王维在《山中与裴秀才迪书》中描述了华子冈："夜登华子冈，辋水沦涟，与月上下；寒山远火，明灭林外；深巷寒犬，吠声如豹；村墟夜舂，复与疏钟相间。此时独坐，僮仆静默。每思曩昔，携手赋诗，步仄径，临清池也。"吠声如豹，没准华子冈上偶尔还有豹子这个"大猫"的踪迹。或许，王维曾与豹子对视。

在华子冈王维看到：一只一只鸟，飞向远方。一层一层的山，黛色浓浓淡淡，盛满秋意。这个时节，上下华子冈，看沉默的山，看一去不复返的鸟，惆怅难以言表，萧然更欲无言。

《华子冈》的奇妙与美妙在于，无名句可激赏，无诗眼可把握，无章法可深究，无用典之文辞，无技巧之炫耀。王维就这样直白地写，平淡地说，毫不费力写出来，浑然贯通，让人读后有如烟岚云雾般的情绪撩拂于心田，有种道不出说不清的思绪弥漫于内外。

文字之外有文字，“诗佛”诗里有佛意。“飞鸟”在佛教经典中是个很重要的词汇。《华严经》云：“诸佛觉悟法，性相皆寂灭。如鸟飞空中，足迹不可得。”《华严经》也有“了知诸法性寂灭，如鸟飞空无有迹”句。用典用化了，读来忽焉而不察，以为只是描写眼前景物，妙在“不隔”。如果知道了诗人在用典，如果知道诗里暗藏机关，便可领略象外之趣，感觉到一个典象的两次投影：第一次是日常的自然的飞鸟，第二次是传播佛法的西来的飞鸟。

鸟，载飞载鸣。庄子看到“飞鸟之景，未尝动也”，陶渊明看到“飞鸟相与还”，王摩诘看到“飞鸟去不穷”。无论是飞出去的鸟，还是飞回来的鸟；无论是鸟的飞动，还是鸟投影大地上的刹那之静；无论是高飞的鸟，或是地上的鸟，其真相皆是《涅槃经》中所说：“如鸟飞空，迹不可寻。”《维摩诘经》也说到“如空中鸟迹”。空，是被“色”遮住的大千世界的真相，是确定无疑的本来面目。

诗人登上华子冈，看到一群一群的鸟高飞远去，影踪销匿，他平时研习的佛经中的句子忽然契入，便由“飞鸟去不穷”，悟出空虚无常。大千世界的一切一切，包括自以为万物灵长的人，全都处在刹那相续的生灭变化之中，“如鸟飞空，迹不可寻”，留不下一点永恒的东西，唯有寂灭才是一切有为法的真正归宿。“飞鸟去不穷”，这是诗人在华子冈的寓目所见，又与作者佛教体验的感触相通。

“残雨斜日照，夕岚飞鸟还。”（《崔濮阳兄季重前山兴》）飞鸟如云一般聚散不定，惆怅亦了无痕迹。举目四望，空山逝水。鸟在哪儿？人在哪儿？

华子冈，适宜攀登，适宜远眺，适宜长歌，适宜怀古，适宜向惆怅致敬，适宜向众神祈祷，适宜安放内心的孤独，适宜放飞幽闭的灵魂，适宜将心中的丘壑延展成一马平川。

惆怅，这种人类独具的心理现象，可能比社稷、家国、天下，更深刻更重要更值得抚摸。王维的诗中十几次出现“惆怅”，他惆怅于华子冈，惆怅于辋川，离别时惆怅，见树也惆怅，闻鸟鸣亦惆怅，惆怅贯穿了一生。他的《归辋川作》曰：“谷口疏钟动，渔樵稍欲稀，悠然远山暮，独向白云归。菱蔓弱难定，杨花轻易飞。东皋春草色，惆怅掩柴扉。”归来说惆怅。晚年他告别辋川别业时，

仍是惆怅："依迟动车马，惆怅出松萝。忍别青山去，其如绿水何！"（《别辋川别业》）

裴迪的《华子冈》描写的是黄昏的华子冈：夕阳西下的时候山风乍起，回家路上草叶上的露已被吹干。余晖照着足迹，道旁的草木似在牵拂行人的衣裳。诗意简明单纯。

『诗现场·华子冈的惆怅』

没有鸟不知道的事情。

华子冈上的众鸟发现，这些天总有一个人上下华子冈。华子冈上，草木被秋天染成了一幅画，红柿子挂满枝头，虫子在唱着李白王维的诗歌。沉浸在这么美好的秋色里，喜悦才是应该的。可是，这个上下华子冈的人脸上怎么不是喜悦的颜色呢?

喜鹊，麻雀，乌鸦，野鸽子，斑鸠等一大群鸟扑棱着翅膀，落在白皮松的二十多个枝杈上，有三十来只。坐在鸟巢里的老喜鹊说，你们都看到了，这个上下华子冈的人，好像不是爬山嘛，好像是晒一种不好的表情嘛，影响到草木虫子的心情，弄得石头都不好看了，散发着孤独的光。我们不能不管嘛，诸位你们去通知一下，大家分头跟上这个人，看他的背景，看他的作为，看他脸上是啥内容——人脑表情包中，装着太多表情，一会儿换一个，让我猜疑，让我心烦。

一只鸟一只鸟一只鸟一只鸟一只鸟一只鸟一只鸟一只鸟一只鸟……众鸟衔令，振羽而去。

麻雀跟着那个晒表情的人来到他的家。它站在屋梁上，看燕子坐巢如同静女，看老鼠坐在童话般的洞口，看不远处一只貌似睡觉的老猫。燕子说，你莫要走神，翅膀指指下面。下面的人低头写字，字写在“逐春纸”上，一字一字连起来，就成了一首诗：

飞鸟去不穷，连山复秋色。
上下华子冈，惆怅情何极。

一朵蒲公英扯着自己的头发降落在“情”字上，七手八脚好像要把那个“情”字吊走，“情”字太深沉了，怎么也搬它不动。

麻雀盯着诗人的诗，记在脑子里，直到天快黑的时候，另一只麻雀来接班。

麻雀飞回白皮松上，告诉老喜鹊，那人叫王维，刚在“逐春纸”上写了首诗。

老喜鹊说，草丛中的蛐蛐刚才不是还在唱他的“红豆生南国”吗？蚯蚓昨晚不是在哼唧“劝君更尽一杯酒，西出阳关无故人”吗？他惆个什么怅，我们鸟就不惆怅，草木也不惆怅。

斑鸠说，我查了我的日记，春天的时候，他写过一首《春中田园作》："屋上春鸠鸣，村边杏花白。持斧伐远扬，荷锄觇泉脉。归燕识故巢，旧人看新历。临觞忽不御，惆怅远行客。"他写春天的田园景色，把杏花、泉水、荷锄的农人、燕子和我都写进去了，从诗中看，他打春天开始就惆怅啦。

老鸟在小鸟的搀扶下，站到鸟巢边沿上说，他惆怅这么长时间了，你们都不敏感。通知大家，查一下他为什么惆怅？不要让他走在惆怅的山冈上，也不要让他惆怅地走在路上。

跟踪王维去长安城的画眉鸟回来说，王维在朝里做官，与朝中大臣的关系还不错，不应该惆怅呀，难道是在忧国忧民？

一直在王维家的银杏树上卧底的猫头鹰说，是不是想念亡妻了？

八哥说，是不是因为写不出好诗了？

或许是想他弟弟或朋友了？野鸽子说。他有个朋友在老远的地方，我飞过去得十来天。

老喜鹊自言自语地说，人类有人类的方式，或许我应该对他说一句：亲爱的，你要爱你的惆怅。

一只麻雀气喘吁吁地飞回来说，他已经不惆怅了。刚看了一会《开元杂报》，抄了一遍《心经》，被长安城来的什么人请走了，又诵念了一遍《金刚经》，正打坐呢。我从来没有见过那么好看的打坐，腰杆直直的，双脚交错放在大腿上，脚心朝上，鼻孔里出入的气息缓缓缓缓的，心静得能听见蚂蚁吵架的声音。

蚂蚁怎么又吵架啦？老喜鹊说，佛无烦恼，连自己都摆不平还叫诗佛？鸟有鸟的方式，我们鸟群得搞个“不惆怅教育”，鸟不能跟人学惆怅了。这个教育得早抓早搞，鹦鹉学舌，不知自己在学舌，就是我们抓晚抓迟了。

文杏裁为梁，香茅结为宇。不知栋里云，去作人间雨。

王维辋川集文杏馆

戊戌仲夏 大谦书

文杏馆

王维

文杏裁为梁，香茅结为宇。

不知栋里云，去作人间雨。

文杏馆

裴迪

迢迢文杏馆，跻攀日已屡。

南岭与北湖，前看复回顾。

『诗欣赏』

《文杏馆》是《辋川集》中的第三首。

文杏，即银杏。银杏木质纹理坚密，是雕梁画栋的用材，因其纹理灿若文锦，又叫文杏。

文杏馆位于辋川的高处，四周景色虚旷。裴迪的《文杏馆》定位曰："迢迢文杏馆，跻攀日已屡。南岭与北湖，前看复回顾。"攀上高高的文杏馆，向南可以看到层层叠叠的山岭，向北能够看到一个湖泊，就是欹湖。

王维说，文杏馆房梁用的是文杏，它有着美丽的花纹。屋顶铺设的茅草，散发着清香。经过文杏馆的云还有画在文杏馆栋梁上的云，飘然而去，到人间行云布雨。

文杏馆是盛产云朵的作坊，做出一朵又一朵雨做的云。

对于“文杏裁为梁，香茅结为宇”，可以理解为写实，是对文杏馆建筑用材、框架的描述，也可以理解为文学的夸张。

“文杏梁”是个典故。司马相如的《长门赋》曰：“刻木兰以为榱兮，饰文杏以为梁。”王维用这个典故，是否还包含着对参天大树被砍伐、香草被刀割的同情呢？禅宗五祖弘忍说过：“大厦之材，本出幽谷，不向人间有也。以远离人故，不被刀斧损斫，一一长成大物，后乃堪为栋梁之用。故知栖神幽谷，远避嚣尘，养性山中，长辞俗事，目前无物，心自安宁。从此道树开花，禅林果出也。”（《楞伽师资记·弘忍传》）

“不知栋里云，去作人间雨”，是诗的着力点。郭璞《游仙诗》曰：“青溪千余仞，中有一道士。云生梁栋间，风出窗户里。”走云连风，王维化用过来，说的是：那朵不愿缠绕在华屋栋梁做装饰的云，宁愿到民间去，作云作雨，普惠众生。这是不是作者疏离朝廷、走向民间的自况呢？是不是在欣赏一种自在随缘的生活态度呢？

读《文杏馆》，观那片云，看到一个“雨笠烟蓑归去也”的王维。

不是每朵云都会下雨。问一声，那朵离开栋梁的云，是否能够如愿以偿“去作人间雨”？

“味淡声希，言近旨远，乍观不觉其奇，按之非复人间笔墨，唯右丞也。昔人谓读之可以启道心、浣尘虑。”（《唐音审体》）诚如是也。

『诗现场·文杏馆看云』

每一只翅膀都带着自己的花园。蝴蝶说，只能陪你到这里了，我要跟一朵菊花约会去了。

跟我来吧，一只喜鹊伸出翅膀邀请清风。清风是王维的崇拜者，它要通过云，找到云游的王维。

流水声与鸟的说话声缠绕。山路不好走，一会儿清风拉树一把，一会儿树拉清风一把。树上的猴子看见了，说，谁说清风是个老风婆？挺清秀么。

行到水穷处时，一直在前边带路的喜鹊不见了。

一抬头，忽见一朵云自山腰生出。清风想，喜鹊是把我交给这朵云了。

云头在前，云脚在后，清风跟着云气，就着山坡，向山顶爬去。山顶停着一朵云。

爬上山头，云黑处啪啪洒下几滴雨来。一时间，云身自轻，云光发亮。

云自东方来，云自西方来，云自南方来，云自北方来。白皮松停云不得，修竹留云不住，白云片片绕松梢，眼看云朵蛞蝓蛞蝓变化着，云驾着云，云头带着云尾，穿经度络，飘然而入一座雕梁画栋之所。

清风向着藏云的房子走去。房门吱呀一声，一朵白云出门，后面跟着一位老者踏着另一朵白云，飘然而去。

进了屋子，都是草木还有草药的气息。一朵云一朵云一朵云一朵云一朵云一朵云一朵云一朵云一朵云……在这间大屋子里以各自样式各种姿势自然而然地飘着，发出摩擦的声音，以及各种各样的声音。有的云沉重得像铁块一样，有的云把弄脏的锦衣脱下来洗涤。一朵今天的云抄袭昨天的云，被明天的云制止了。层层叠叠的斗栱之间，空中的云一把把梁栋上的云拉下来，梁栋上的云一把把空中的云拉上梁栋。这里像是一个云彩博物馆。云的真相都在这里。

好诗好诗。听见人语，清风拂去遮眼云，见一老人正品读墙上题诗，字如拳大，墨迹光鲜未干：

文杏裁为梁，香茅结为宇。
不知栋里云，去作人间雨。

那些拥挤着绕栋附殿的白云红了脸。有的白云用自己的衣裳往字迹上蘸，吸去未干之墨，白云就有些浓浓淡淡的意境了。

老人和诗云：“迢迢文杏馆，跻攀日已屡。南岭与北湖，前看复回顾。”

清风忽然想起，这是王维的文杏馆，和诗者是秀才裴迪，连忙合掌莲花状向裴秀才致敬：刚才追云而去的可是王摩诘?

裴迪说，他在看白云如何变幻成经幡。

清风追出门去，只见云海迅速没过山顶，自己的背上立即重了起来，瞬息之间文杏馆淹没在浓雾中，咫尺间不辨眉目，更别说寻见王维的背影了。

卸掉背上的云，回屋再见裴迪，清风问，王维一会儿是否回来。

裴迪说，摩诘云栖云游，出俗入俗，在云端，在民间，无所来无所去。

走出文杏馆，清风立于半云半雾之间，看从文杏馆飞出的云彩一朵朵东去。

生云之技、堆云之术，是天地之间最曼妙的手艺。这文杏馆端的是生产云朵的好作坊。好个作云之馆，藏云之窟。

放眼南望，一山一山又一山，有六七八九层，近处的山山色浓重，逐渐递减，一层层淡下去，最终化为虚无。山色有无间，一朵淡云，忽隐忽现，正是“白云回望合，青霭入看无”的样子。

北边一阵猿啼自青烟堆里传来，山中愈加寂静。忽然，青霄洞开若天门，欹湖如镜奔眼底，多少往事注心头。

又见西边山上祥云几朵，如莲花般，瑞霭氤氲，那下面一定住着十世修行的好人。

想起终南山的神仙们朝游碧海暮苍梧，踏云而行，驾云而去，飞云步雾而不受大地吸引力的影响，何其自在。若能像那神仙一样，脚踏步云履，行动云随步，巡游千山万水并春夏秋冬，不食五谷，吸风饮露，看万壑争流，千崖竞秀，烟霞渺渺，松柏森森，寻穷天下无名水，历遍人间不到山，且随时按落云头，游戏于汗漫九垓与一石一木一水一羽，何其妙也。

若像王摩诘那样，做一朵出岫无心之云，随卷随舒，转涧寻波之余，卧山眠洞，老僧半间云半间，空居法云之外，那就更有福了。

清风正作如是想，只听裴秀才说：寥寥长风，荒荒油云。清风拿眼看去，秀才已被一朵云彩遮去了。

斤竹岭

王维

檀栾映空曲，青翠漾涟漪。

暗入商山路，樵人不可知。

斤竹岭

裴迪

明流纡且直，绿筱密复深。

一径通山路，行歌望旧岑。

『诗欣赏』

《斤竹岭》是《辋川集》中的第四首。

这首诗大致的意思是说，山岭上修长的碧玉箫，似乎在吹着一首空灵的曲子。漫山遍野、深深浅浅的绿海荡漾涟漪。这绿海的深处，峰回路转，隐藏着通往商山的小道，小路上出没着伐木者的身影。

此诗，前两句写实，是诗人之眼。“檀栾”，竹美貌，典出枚乘《梁王菟园赋》“修竹檀栾”。“空曲”即空旷之处，宋之问的《景龙四年春祠海》曰：“筳端接空曲，目外唯分雾。”

后两句虚写，用史家之眼。诗中的“商山”，在陕

檀栾映空曲青翠漾
涟漪暗入商山路樵
人不可知
王维斤竹岭
戊戌秋

西商县东南。“樵人”，让人想起《史记》中的“商山四皓”，想起陶渊明《桃花源记》里的“秦人”，想起终南山中的隐者。

真相、实相，往往在种种现象、色相的覆盖之下。实相无相，真空妙有。全诗荣光外映，秀色内含，炼虚入骨，琢淡成腴，含蓄地表达了作者归隐山林的愿望。

裴迪的和诗，让我们进一步看清了斤竹岭景色：清亮的小溪曲曲直直，翠绿的竹海深邃茂密。沿着一条通往商山的路，且歌且行且看山峦景致。

据说，斤竹岭在鹿苑寺北边，那座小山岗上至今出产斤竹。斤竹，是比较稀有的竹种，因竹叶似斧斤而得名。谢灵运的《从斤竹涧越岭溪行》诗，始见“斤竹”之名。《雁荡山志·物产篇》记载：“斤竹，节密肉厚，似茅竹而小……相传斤竹涧盛产此竹。”明代蓝田县令王邦才的辋川游记中写道：“寺后斤竹岭，乃维之手植，叶如斧斤，杆不盈尺，每年所产，仅有数株，翩翩翠袖，其质如玉……”。据说从前的时候，西安一些剧团的司鼓艺人每年都专程到辋川寻觅斤竹，拿来做鼓槌用。

『诗现场·斤竹岭通幽』

森林中有一条通过迷途才能找到的小路。

茂密的树林下，还生长着灌木，露水很重，寸步难行，只有模糊的小路，不小心就可能一脚踩疼一个灵芝。鸽子想，似乎我是第一个走进这里。它刚这样想，不远处盘在树枝上的蛇大声说，不是的，猎人来过，采药人来过，其他的鸟和兽来过。

如何找到王维？经过哪条路才能见到王维？

一只黑蝴蝶，驾着双翅，冉冉在虚空中。它说，你真想见他的话，跟上我，穿过无数的复杂性，或许能像找到一朵黑木槿花一样找到他。鸽子跟着黑蝴蝶，起身上路，蝴蝶的路摇摇摆摆，就来到了斤竹岭。

竹子中间，一人打坐，腰杆直直的，双脚交错放在大腿上，脚心朝上，呼吸缓缓缓缓的。另一个人也在打坐。打坐的人，像是灵魂出窍的人。

带路的蝴蝶站在竹叶上，示意不要出声，莫要影响人家修行。

时间长了，只见一个打坐的打着哈欠，歪倒一边，把自己睡成了一个动物，一会儿又把自己睡成了一块会打呼噜的石头。

鸽子站在竹子上四处观看，打发乏味的时间，一看就看出了热闹，原来林中藏身着无数的暗道。水有水道。风有风路。云有云路。蚂蚁有蚂蚁路。鼠有鼠路。鸟有鸟道。蝴蝶有蝴蝶路。蒲公英的种子也有自己的路。树有树走的路。落叶有路。雪花应该有飘下的路。从树身上看，刀有刀的路，像庖丁解牛的那把刀，路数清晰干净。

舌尖的路有时在刀锋上。万物各有自己的路数。一只虱子也有自己的大道小道。一条路一条路一条路一条路一条路一条路一条路一条路一条路……每一条路都通向未知的秘密。

那个深入的打坐者身子动了一下，抬起手，在身上摸出一个虱子——形似琵琶者也，随手丢在地上……

一群虱子在路上慌慌张张地干什么呢？

一条蛇沿着它专用的高速公路行驶而来，草木连忙躲避……

渴的时候，喝竹叶水。

你呀，打坐不行，睡觉也不老实，又是翻身又是呼噜，吵得我够呛。一直打坐的那位说。

我还没有睡好呢，被你吵的。睡觉打呼噜的那位抱怨说。

我打坐还吵到你了？

可不是吗，住在你肉身的那个生灵，咬你一口，你一把把它摸出来，本想顺手把它掐死，这个飘絮也似的念头被你照着了，你想起不能杀生，想起它的生命和你的生命一样是生命，就把它放下了。放也该好好放嘛，你那么高把它往下一放，它摔到地上，就把后面一条腿摔折了，它哎呀哎呀叫唤着疼，它老婆孩子一大家子手脚忙乱地抬它去找郎中，吵得我根本没法睡吗。

打坐的那位笑了，打坐入定，万象并作，小径在密林中显现。告诉你呀，我写了一首诗：

檀栾映空曲，青翠漾涟漪。
暗入商山路，樵人不可知。

我也写了一首诗，你听：明流纡且直，绿筱密复深。一径通山路，行歌望旧岑。

野草正在包抄上来，明天这条路可能就找不见了。我们下山呀。

鸟道长空，那繁复的飞行路线，更是蜘蛛网一般，却不为地上的走兽所知。

来访的鸽子，你也该寻着鸽子的路回家了，路上要小心头顶上的夜鹰跟盘在树上的蛇。

原来，鸽子早被王维、裴迪察觉了。鸽子展翅“再见”。这时它看见，昨晚的那群虱子正顺着裴迪的裤线，翻过粗大的针脚向上爬行。

秘密通道，比公开的通道更可靠。

鹿柴

王维

空山不见人，但闻人语响。
返景入深林，复照青苔上。

鹿柴

裴迪

日夕见寒山，便为独往客。
不知深林事，但有麏麚迹。

『诗欣赏』

《鹿柴》是《辋川集》中的第五首。

鹿柴“倚飞云山之麓，叠嶂如屏，流泉作带。云濡履迹，翠染人眸。因忆右丞诗‘行到水穷处，坐看云起时’，又云：‘白云回望合，青霭入看无’。论者谓‘诗中有画’，而今知非诗中画，乃直写画境耳。”这是清人周焕寓眼中的鹿柴，见于他的《游辋川记》。

鹿柴（“柴”通“寨”，栅栏），有呦呦鹿鸣之胜。王维的名画《辋川图》里，依稀可见山间有栅栏，栅栏内出没八九只麋鹿，野物茂盛。裴迪的《鹿柴》写道：“日夕见寒山，便为独往客。不知深林事，但有麏麚迹。”

空山不見人
但聞人語響
返景入深林
復照青苔上

王維鹿柴一首
戊戌夏日吳振鋒書

足见鹿柴有鹿，不是虚语。

可以想象，王维和鹿们各自在彼此之间散步。冬日里，鹿的脚印在雪地里开花。或许王维一觉醒来，会看见窗子上挂着一张麋鹿的脸。

愈走愈深，愈走愈远。空山无人，景深而深静，时间似乎停留在太古。林深日少，青苔易长。在枝条交错的深山里，万籁俱静。忽听哪儿有说话的声音，放眼看去，远远近近，并没有人的影子。是天人语？是神在说？是木魅山鬼习人语？或者是诗人虚构的声音？刹那间，声音消失，好像走进了粗壮的树干里面。空山复归于原本的寂静。太安静了太安静了太安静了太安静了……鹿柴这地儿，安静得像眼深井，日光与时间还有声音，都挤不进来。石头跟老树上，苔翠阴阴，各自以各自的生命节律生生不息着。“须臾返照，胜却前空。”（《信心铭》）当夕阳西下时，落日余晖映照在历历苔痕上，影影绰绰，深碧浅红，相映成彩。那一刻，当下的鲜活糅入历史的幽深之中。

这首诗，展现出自然中的绮丽。一二句与三四句之间，有段距离，或者说有个“空白”，诗人用一个跳跃——意象的跳跃，完成了一个伟大诗篇。

王维作为画家，他敏感于景物的光色变幻。作为佛徒，他深悟于世相的空幻无常。王维在《鹿柴》中细致地描写声、色的对比与变化，把那种空蒙变幻、似有若无的境界表现得极为传神。空山如何才能“空”？来点声音在空旷中回响。空山里阴影太多了，那么点笔阳光。

美学家朱光潜认为：《鹿柴》“俨然是戏景，是画境。……是从混整的悠久而流动的人生世相中摄取来的一刹那，一片段。本是一刹那，艺术灌注了生命给它，它便成为终古，诗人在一刹那中所心领神会的，便获得一种超时间性的生命，使天下后世能不断地去心领神会。本是一片段，艺术予以完整的形象，它便成为一种独立自主的小天地，超出空间性而同时在无数心领神会者的心中显现形象。……诗的境界在刹那中见终古，在微尘中显大千，在有限中寓无限。”（《诗论》）

王维写出了“空山”变幻无常的色相。“空山”中，有景——“深林”“青苔”，有静——“不见人”，有声——“人语”，有动——“复照”，有色——“返景”。从有声有色处写，愈见其空——山空，林空，人空，我空。静也是空，动也是空。“空”，不是一无所有的顽空，不是无愿无作的偏空，而是亦色亦空，非空非色。起用是有，放下是空。观“空”，不能光看到有而看不到空，也不能只看到空而看不到有。这就是《心经》所说的“色不异空，空不异色，色即是空，空即是色”的色空观。

《楞严经》中说：“净极光通达，寂照含虚空。却来观世间，犹如梦中事。”自性光明，照见大千世界如梦如幻。

“空山不见人，但闻人语响”，这可能是王维在“空山”的实际经历，我们在山里也会遇到这样的情景。同时，也可能是他静心打坐时的景况。据说，修到天耳通时，可以听到天人之音。“返景入深林，复照青苔上”，形形色色，如梦如幻，没有自性，都是空的。起心动念之际，反观内照，没有一个真实的东西。

也许生活中不见光，像密林中没有光一样，诗人成了一束光的创造者、传播者，来穿过那些暗黑。“虚明自照，不劳心力。”（《信心铭》）一个洞尽幽微、充满圆融的人，他的生命中有光，这种光把自己点亮，同时会照亮世界。那束照亮深林青苔的光，既来自夕阳的“复照”，又来自诗人的内心。

静心即是佛。静默之中有无限的大美，最寂寞的地方是活泼泼的心灵。王维挣脱世俗的束缚，游心于寂寞，湛怀息机，澄怀味象，实现了内在生命的圆融。他与这片浩瀚的安静成为一体。

还有一种问题，就是“鹿柴”的命名。

《诗经》有《鹿鸣》：“呦呦鹿鸣，食野之苹，我有嘉宾，鼓瑟吹笙。”这是一个源头。

《四十二章经》曰：“（世尊）于鹿野苑中，转四谛法轮……”佛陀悟道成佛后第一次说法的地方，是鹿野苑。他在这里为五位第一批弟子宣讲佛法，主要讲的是《初转法轮经》，从此佛教具足佛、法、僧三宝。这是不是也是一种渊源呢?

王维和母亲都坚心信佛，王维暮年上表捐辋川别业为寺，初名清源寺，宋时改名为鹿苑寺。鹿苑寺壁上有王维画的《辋川图》。再后来，王维母亲的墓、王维墓都建在鹿苑寺的边上。

『诗现场·鹿柴绝密』

白鹿站在那里，隔着茂密草木，听王维诵经，听得内心水面一样平静，露珠一样透亮。

“……归根得旨，随照失宗。须臾返照，胜却前空……梦幻空花，何劳把捉。得失是非，一时放却……一切不留，无可记忆。虚明自照，不劳心力……”

白鹿站在那里，看王维打坐，竟然可以坐得这样美好这样安静这样舒泰这样不被打扰。鹿走近他，猴子压断树枝，蛇在他腿上爬过，他都没有知觉一般。鹿很好奇，学着王维的样子，关闭了眼耳鼻舌身意，万物逐渐消失了色声香味触法。王摩诘禅定时，肉身是否会投胎转世到“空”里面?

山旮旯里，新枝很新，大树很旧。各种树木形成一个枝叶交叠的穹顶，万岁枯藤缠绕其间。一枝南蛇藤高高地爬上树，一个跳跃，从这棵树跳到另一棵树，吐出新芽。林子茂密得鸟们几乎飞不进来，阳光也洒不进来，寂静幽暗得好像时间停止在林子之外或绕道走了。王维就这么轻易地闪身进来，念经，坐禅，像枯坐庙里。

林子一声不响，松皮如鳞，柏皮缠身，每一棵树都在打坐的样子，高处的藤条也伸长脖子来听经。白鹿想，隐藏一个隐者的最好去处是山林，正如隐藏一头鹿的最好地点是林子一样。

吠声如豹。黄昏正从东山蔓延过来。王维起身，走下山去。村里人要喝汤了。

诗人走了。一林子的叹息声。一只猫头鹰在悄悄地唤着谁。

白鹿有些不明白，王维回家，树木叹息什么呢？傍晚，人家都要回家喝汤，喝汤之后睡觉。暗夜就是为动植物为人类设计的睡眠时间，黑夜蕴藏着最大的营养，为众生提供源源不断生生不息的养分。王维每次从这里走后，树木们都现出失望的样子，都会叹息一番，为什么呢？

一棵高出所有树一头的树，仰脸看看天空和云朵，看看西下的太阳，说，树不可能通过树的方式走出树，这样的机会千百年来没有几次，这对树对王维对人类都很重要，不能再错过了，我们得学说人话。

白鹿听了，没有听得很懂，也没有当真。鹿有鹿的语言，草木有草木的语言，草木唱歌是很好听的。

斜照的阳光照进林子里，照着树，照着藤蔓，照着青苔，这是一天中林子唯一能够见到阳光的时刻。白鹿睡着了。梦中它听见，树木在嘟嘟囔囔学说人话。白鹿梦中告诉自己，这是在做梦。它的嘴边弯出浅浅的笑纹。

白鹿住在这片林子里。王维把这里命名为“鹿柴”。

白鹿奇怪，自己最近做梦，老是梦见林子里的树趁王维不在的时候，在它睡着的时候，学着说人话，像幼童牙牙学语，当它迷迷糊糊地睁开眼看时，树木并没有说话。白鹿知道，自己是在做梦。怎么老是做同样一个梦呢？

拥挤的树木，拥挤的枝叶，拥挤的青苔，拥挤的草木气息……王维走进来，环视了一下林子。“真是一座空山。”他说罢，盘腿坐下来，坐在厚厚的青苔上，坐进了自己的庙里，进入禅定状态，捉住寂静生长的声音。

这山里面满满的，怎么是“空山”呢？白鹿抬头扯下从树上垂下来的藤蔓。

吠声如豹，响如叩物。夜晚即将以黑暗的方式收回光芒。王维起身，往山下走去。

突然间，哪儿响起一声“hai”。鹿回头，看见那棵最高的树，说了一句人话，树皮的嘴唇还没来得及合上。

王维也惊讶地回过身来。拥挤的树木，拥挤的枝叶，拥挤的青苔，拥挤的草木气息……老树遍体是鳞。一切如常，没有任何动静。王维自己笑笑，以为幻听了。转过身，他往外走。

白鹿一只眼看王维，一只眼看那棵刚刚发出人声的大树。

树鳞动了一下，“hei”，立即合上了嘴。

白鹿想起来了，这和自己梦中听到的声音是一样的。这些树难道真的在我睡觉的时候练习着说人话?

王维慢慢地转过身来，周围眼空无物。他静静地走过来，走了一圈，又走了一圈。再走出林子，正走一圈，反走一圈。林子内外没有人迹。他好像要进一步确认似的，又回到林子中。

白鹿看着那棵说话的大树。它装着没有说话的样子。——林子里竟然藏着这么大一个秘密。

在王维困惑的表情中，在林子斑斓的暗光里，明晃晃的一滴水滴下来。它是大树有意摇下来的，可惜没有被王维的眼睛捉着。大树再抛出一片黄叶。明晃晃的，一片落叶飘下。这片叶子旋转着旋转着旋转着旋转着旋转着旋转着……王维看见了这片带着阳光的落叶，只见它明一下暗一下明一下暗一下明一下暗一下明一下暗一下明一下暗一下飘呀飘呀飘呀飘呀最终落到长满青苔的树上。王维的每一根毫毛都竖直了腰杆，他的眼神豁然闪亮：夕阳的光，以交错的光柱与光斑，照在树上青苔上，昏暗的林子忽然亮起来，柔和的亮，黄金的碎片，斑驳，陆离，树呀青苔呀已被文身。十万化身，十万浮屠。

王维仰面叹道：

空山不见人，但闻人语响。
返景入深林，复照青苔上。

王维把诗友裴迪领来，是第二天傍晚。他说，多少年来，我在这里打禅，昨天耽误了一会儿，就看到了这个从来没有看见过的奇异世界，花了十年。兴来每独往，胜事空自知，今与秀才共享。

裴迪四下看看，一眼从树木花草的间隙看到了白鹿。四只眼睛对视瞬间。他也吟了一首诗：“日夕见寒山，便为独往客。不知深林事，但有麏麚迹。”

蝙蝠用黑色的翅膀搅动天空。一只白狐跟一只红狐，迤逦乱走。四周的天空中，萤火虫点亮了灯笼，有几百几千盏。沿着狐的足迹，王维与裴迪从诗境里携手下山。白鹿看见，王维的脚印在他身后发芽，转瞬之间长成了莲花。

暗夜的林子里，响起一片掌声和笑声。

安静下来后，那棵会说话的大树拿眼睛看着白鹿。

白鹿说，我看见，我听见，我不说，保密一千年。如果遇不见有缘人，一千年后也不说。就像《庄子》中“麋鹿食荐”的“荐”是什么草，我至今不告诉任何人……

木兰柴

王维

秋山敛馀照，飞鸟逐前侣。
彩翠时分明，夕岚无处所。

木兰柴

裴迪

苍苍落日时，鸟声乱溪水。
缘溪路转深，幽兴何时已。

『诗欣赏』

《木兰柴》是《辋川集》中的第六首。

木兰柴（柴，通寨，栅栏）是一个围着栅栏种木兰花的地方。屈原《离骚》有“朝搴阰之木兰兮，夕揽洲之宿莽”句。东汉文学家王逸在《楚辞章句》中说：“草冬生不死者，楚人名曰宿莽。……木兰去皮不死，宿莽遇冬不枯，以喻谗人虽欲困已，己受天性，终不可变易也。”屈原取木兰的去皮不死、宿莽的经冬不枯，表达自己的坚贞气节。王维的“木兰柴”，似乎可以从这里找到命名渊源。

白云初晴，幽鸟相逐。当秋山将要收起夕阳最后的

秋山斂餘照飛鳥逐前侶彩
翠時分明夕嵐無處所

王維 木蘭柴詩

方英文

光，林间鸟儿自在地啼叫着，洒一天追逐的呼声，飞往家园。在落日的多棱镜下，光线明暗变化，云霞色彩变幻，山林雾气朦胧不定，万物色彩斑斓，明灭闪烁。

四句诗全是画，见诗如见画。王维画了一幅“秋山夕照图”，展示出玄奥的“色空”佛理。

这世界上总有一些关心自然光影变化的人，看出落日跟日出时的云彩，确有神奇之处。读《木兰柴》，令人想起东晋慧远和尚《庐山诸道人诗序》中的一段话：“游观未久，而天气屡变。霄雾尘集，则万象隐形；流光回照，则众山倒影。开阖之际，状有灵焉，而不可测也。……俄而，太阳告夕，所存已往。乃悟幽人之玄览，达恒物之大情；其为神趣，岂山木而已哉！”

王维的《送方尊师归嵩山》中有“瀑布杉松常带雨，夕阳苍翠忽成岚”句，与《木兰柴》中的“彩翠时分明，夕岚无处所”异曲同工，都是从表象的世界抽离，转而凝视内在。

落日，秋山，归鸟，夕岚……离象得神，披情著性，为黄昏的终南山写照。

佛教认为，一切物境都是生灭无常的，世界就是生灭现象。“诗佛”的心性也是虚空无常的。王维这首诗，明写木兰柴的景色，暗写事物的缘起与因果，刹那间的生灭，以及现象（色相）的虚幻不实。佛经中有“色空不二”之说，即色悟真。王维习禅，他看世界，万物性空，只有宁静永恒，已经不起生灭心了。

王维在《荐福寺光师房花药诗序》中说过：“心舍于有无，眼界于色空，皆幻也，离亦幻也。至人者，不舍幻而过于色空有无之际。”就是说，不以万法为实有，也不否定万法的假有（“不舍幻”），自由往来于“色空有无之际”。《木兰柴》这首心目俱远之作，是王维的审美体验，也是他的宗教体验。

裴迪的《木兰柴》同样精彩。他写道：山中落日时分，鸟声和流水声缠绕在一起。沿着溪流走向山林深处，访幽的兴致不能自已。

王维诗中，“落日”是个重要意象，他有几十首诗写到了落日与夕阳。辋川二十首中，《木兰柴》和《欹湖》写到落日。他对从容、自然的落日有一种发自内心的喜爱。

《观无量寿经》中讲了“十六观”，其中第一观就是观落日。经曰：“有目之徒，皆见日没。当起正念，正坐西向，谛观于日欲没之处，令心坚住。专想不移。见日欲没，状如悬鼓。既见日已，闭目开目，皆令明了。”或许王维修炼过“观落日”？

『诗现场·木兰柴的落日』

王维面朝西方，将光线收入身体，盘腿打坐在白云的影里。一下子，风的声音水的声音鸟的声音叶的声音都退到了声音之外，唯有寂静跟寂静生长的声音。

枝上挂猿，溪边伏鹿，藤花中暗藏的猱子，椿树丛中的红白狐狸，刚吃过柏叶的香獐子，还有喜欢王维的喜鹊、刺猬、白鹭等，都停下自己的事情，学着王维的样子，面朝西方，闭上眼睛，盘腿打坐。它们都知道，打坐是一件美好的事情。

一轮落日，状如悬鼓，出现在喜鹊、鹿、红白狐狸、刺猬等的眼前。落了落了。红狐狸最先看见了落日，明明是上午么，怎么会有落日？它睁开眼，看见刚从东山露面的太阳。它闭上眼，又看见黄昏的太阳悬在西山那里。

喜鹊摇摇头，揉揉眼，对着东边的太阳说，我怎么看见落日了？

白鹿、刺猬说，我也看见了。

落日，是一种神示。白狐狸指指王维，王维仿佛正在怀抱落日，缓缓下沉。大家立即安静下来。

闭上眼睛，又看见了落日。喜鹊看见，夕阳下，一群飞鸟投林而去，自己落在最后面，从来没有见过如此多的天空在身体之外，也没有比翼的伙伴。它紧张地追赶前面的身影，有些被吓着了。一只鸟如何思考方向？它连忙睁开眼，天空无痕，没有一只飞鸟，也没有肯定飞鸟存在的翅膀下的影子，自己正稳稳地站在树枝上。

红狐狸看见，夕阳照耀的山坡，层林尽染，自己走在那变幻的山色中，红濡濡的毛被风吹着，华丽的尾巴在夕阳下像火炬一般。它睁开眼，只见眼前秋山，簇簇幽林，杂树生花，自己仍站在朝阳下的一簇椿树中。

白鹭看见，许多云彩赶到落日身边，不知是来镀金还是送行。那初起的云彩，叫作岚气。薄的岚气叫烟，厚的岚气叫云，每一朵云都有金边。轻烟为霭，重而阴昏的烟叫作雾。云、烟、雾、霭在夕阳下，红紫灿烂，霞光一片。片片晚霞，生灭变幻。白鹭展翅翱翔，却永远抵达不到那遥不可及的美丽。白鹭睁开眼，金边云彩立即消散，天空干净得跟刚刚洗过似的，自己仍站在水边的石头上。

这时，一只猛虎从落日中走出来，目光温柔，像邻居家的大哥。喜鹊、鹿、红白狐狸、刺猬等走过去，抚摸它宽阔的额头和长长的尾巴。

快晌午的时候，睁开眼，白昼从身体里走出来，王维吟道：

秋山敛馀照，飞鸟逐前侣。
彩翠时分明，夕岚无处所。

仿佛大梦初醒，喜鹊、鹿、红白狐狸、刺猬、白鹭等睁开眼，看见当头的日头。两个时辰凭空消失。再闭上眼，已经看不到落日。

望着王维的背影，众精灵展开酸麻麻的腿，七嘴八舌地感叹，先生太神奇了，大上午，给我们上演了一出黄昏落日。先生太神奇了，伸手从落日中捞上来一首诗。

花猫毛茸茸的爪拾起王维遗落的《观无量寿经》。书本里站起来一条书虫，大声说，告诉大家吧，先生修行的是“观落日”，看无常，学无生……你们看到的落日不是落日是先生在修行中看到的落日，是慈悲的落日。

喜鹊、鹿、红白狐狸、刺猬、白鹭说，观落日，学无生，我们学不会呀。

啄木鸟在银杏树上一下一下地雕刻声音。书虫说，坐为根本，努力勤坐。

银杏树说，至少可以从王维身上学到一种美德——欣赏落日。

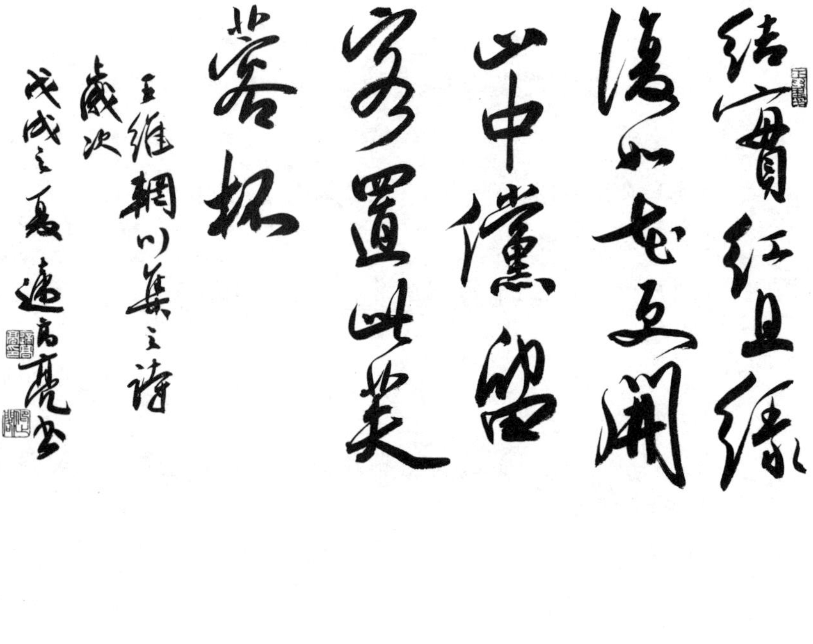

结实红且绿
复如花更开
山中傥留客
置此芙蓉杯
王维辋川集之诗
岁次戊戌之夏 远高亮书

茱萸沜

王维

结实红且绿，复如花更开。
山中傥留客，置此茱萸杯。

茱萸沜

裴迪

飘香乱椒桂，布叶间檀栾。
云日虽回照，森沉犹自寒。

『诗欣赏』

《茱萸沜》是《辋川集》中的第七首。

一些幸运的植物一经王维说出，立即名满天下。比如红豆："红豆生南国，春来发几枝。劝君多采撷，此物最相思。"从此，一粒红豆，是信物，可传情，能许身，寄相思。每当我们的情绪与生命无以寄托的时候，总有一粒红豆来指点迷津。

九月里，红豆红了的时候，茱萸也红了。

茱萸也是因为王维而红遍天下的。王维十七岁时在长安作《九月九日忆山东兄弟》："独在异乡为异客，每逢佳节倍思亲。遥知兄弟登高处，遍插茱萸少一人。"

这首诗直抒胸臆，全是深情，特别是王维摄千千万万人的情感化作一句“每逢佳节倍思亲”，成为名句中的名句，千古传诵。这首诗之后，华夏子嗣即使没有见过茱萸也知道茱萸，节日里每每升起思念之情就会想起“每逢佳节倍思亲”这句诗，何其妙也！

红裙翠袖的茱萸一直追随着诗人王维。

王维进山，它也进山。王维看见了，又写了一首《山茱萸》：“朱实山下开，清香寒更发。幸有丛桂花，窗前向秋月。”写出了山茱萸高洁清逸的品性。

王维上朝，它也进宫。王维在《奉和圣制重阳节宰臣及群臣上寿应制》中，写下“茱萸插玳筵”的句子。

茱萸，有山茱萸、吴茱萸、食茱萸。春天里，茱萸开着明黄细花，吸引蝴蝶飞来，茱萸花也像美丽的蝴蝶，人们叫它蝴蝶树。

九月九日，重阳节，又叫登高节、茱萸节。《风土记》曰：“俗尚九月九日，谓上九。茱萸至此日，气烈熟色赤，可折其房以插头，云辟恶气御冬。”传说茱萸可以辟邪，所以它还有一个雅号叫“辟邪翁”。《艺文类聚》等书中，也有茱萸辟邪的记载。

《续齐谐记》中讲了一个故事：汝南有个叫桓景的人，常年跟随费长房游学。一天，费长房对桓景说：九月九日你家将有灾难，你赶快回去，让家人做香囊，里面放上茱萸，系在臂上，在九月九日那天登高，饮菊花酒，可以避祸。桓景听了老师的话，九月九日佩带茱萸香囊，举家登山。等到晚上回到家里，只见家养的鸡犬牛羊都死了。长房说，好了，家禽替你家承受灾难了。从此，九月九日佩茱萸囊、登高、饮菊花酒可避灾祸的传说就流传下来。

王维定居辋川后发现，一片半月形的水塘边生长着数株茱萸，就给这里命名为“茱萸沜”。

王维习静观茱萸。秋天，茱萸结出红红果实。从那颗颗微粒上，感受异香，感受生命，感受时光。茱萸的果实吸引了诗人，他联想到茱萸春天开花的样子。茱萸散发的香味，也深深地住进他的肉身。宜药宜佩宜重阳的茱萸，更宜“思亲”与“留客”。酒中泡制茱萸，那味道更加醇厚，还能祛灾避邪……

醉眼看花，人生几何？君与我，且酒中自宽，酒中自适，酒中行乐。

陶渊明的“采菊东篱下，悠然见南山”，表达了一种自然的生活方式。这种方式用佛家的世界观看，是小乘思想或者叫小乘心理：自在而已，不管其他了。“闭门不管窗前月，吩咐梅花自主张”“各人自扫门前雪，莫管他人瓦上霜”也是这种思想。王维的“山中傥留客，置此芙蓉杯”，则是大乘思想的诗意投射。

体物著情，寄怀感兴，形式浑圆，语多活泼，王维这首结构清新的佳章，令人陶醉。

作为一种平凡的植物，茱萸因为王维的高举，而在中国文化中具有巨大的知名度，成为对人护持的神物，成为文化的植物、改变人心的植物。

裴迪的《茱萸沜》稍逊于王诗。诗的大意是：茱萸的香味让人分不清是花椒还是肉桂，茱萸的紫叶间杂着青翠的竹叶。夕阳回光返照，山中幽寂清寒。

『诗现场·修行的茱萸』

时光如露珠一样透亮，茱萸站在水边，日夜修行，汲取天地精华。

许多片白云从头顶上飘过去，野草安静地成长。人在，人不在，茱萸都在修行，像王维那样修行。不埋怨，不分别，不执着，自己不和自己斗，自己也不和外部世界斗，自己活出自己的样子。就这样，慢慢地长高，慢慢地修来遍体异香。茱萸这一身异香，满满正气，压迫邪气，抵御邪物，防止邪事。它往那一站，魑魅魍魉烟消云散，妖魔鬼怪不敢靠近，牛鬼蛇神遁逃而去。

“折一枝茱萸，为身体和灵魂避邪。”秋天，茱萸把自己修来的果实挂满枝头，任人采折，任鸟叼食，为星星夜里增光。

狐狸鼻子吸着气对茱萸说，好香好香，你到底是植物还是动物？

野生的菊花一簇簇地开着。茱萸的香味引来了老远的蜜蜂。迎春花还躲在一丛枝条中做梦。

王维请秀才裴迪来到茱萸沜，喝陈年的茱萸酒。

猴子摘来红枣。花猫抱来咸鱼。野兔送来萝卜，有红萝卜白萝卜。松鼠帮忙嗑松子。老猿拿着石头砸开核桃。鸟儿满树林地歌唱。

鸭说，秀才最近不是腰膝酸痛眩晕耳鸣吗？茱萸酒可治呀。一边说一边做出一个喝酒的样子。

一只鹰在天空盘旋，啄木鸟敲着树大声提醒不远处的一群鸡，还有那几只野兔。

羊说，我看秀才有些虚脱，几步路就虚汗不止，喝茱萸酒补补呀，一边说一边做出一个喝酒的样子。

一声咳嗽，刺猬走过来。小狗好奇，走到刺猬前面时，刺猬停下脚步，球成一团，小狗绕到刺猬后面时，刺猬又匍匐前进了，一直走到王维脚下。

鸡说，秀才不是最近遇到一些邪乎事吗？让辟邪翁给你辟邪呀，一边说一边做出一个喝酒的样子。

四只公野鸡忽然飞起来，因为肥胖，展翅的声音听起来笨重。啊，长长的尾巴好漂亮。

老狗说，秀才身上不是寒气发作吗？不要老想着狗肉，喝茱萸酒祛寒呀，一边说一边做出一个进酒的样子。

菊瓣飘进酒杯。一张漂亮的脸一闪而过。

噫——狐狸，好俊俏的脸。

秀才你认错了，那是一只獾。獾最喜欢和人玩，喜欢胳肢人，你越笑，它越使劲胳肢你……

噫——会飞的猫。

林子里笑声一片。秀才那是猫头鹰不是猫……

鸡一句，鸭一句。一杯一杯复一杯。

蚊子叮了秀才几口，它飞起来就乱碰乱撞起来，撞得叶子上的水珠摇摇欲坠。

这壶中之酒怎么老也喝不完呢？秀才折了一枝茱萸，像线认针孔，一下子就将一枝带着红红果实的茱萸插入壶嘴。一只秋蝶上头。

树木和山路已经被喝得东倒西歪。菊花也醉了，一口一口地吐着花蕊。

狐狸穿上秀才脱下来的鞋，学习如何走出彬彬有礼的狐步。

麻雀、喜鹊、白鹭、鹿妈妈和它的孩子，都在一边拍手。它们看到自己把秀才劝高了，又有些不好意思。麻雀说，秀才呀你的书童洁白端丽，指甲用指甲花染得红红的，她是狐狸变的吧，我都看见她不小心露出尾巴了，她酒量大着呢，以后您让她替您喝呀。书童拿起一块土坷垃砸向麻雀，她并不是真的生气了，没有真生气，也必须拿起土坷垃去砸麻雀，她也不知道为什么。

酒桌喝得不省人事，四肢抱着大地不肯离去，童子抬也抬不动，拉也拉不走，急得茱萸杯前去帮忙，哗啦啦地跳到地上去拉它。

先生看在眼里，提笔写下《茱萸沜》：

结实红且绿，复如花更开。
山中傥留客，置此茱萸杯。

秀才想和一首，双手比画着，已无法将句子拢在一起。他一醉，更像秀才了。“飘香乱椒桂，布叶间檀栾。云日虽回照，森沉犹自寒”是他后来写的。

先生在前，秀才努力地克服身体的晃动和脚下的软，被两个童子牵引回家。身后跟着狗，狗后面跟着猫，猫仰起脸，对着伴飞的喜鹊眨眨眼，喜鹊喳喳叫了两声回应。狗检讨说，可不是我把秀才弄醉的。

麻雀赶来收拾卫生，老鼠拉走骨头，蚂蚁等虫子将馍渣之类的细物搬走……蚂蚁美如神。

茱萸沜宁静下来。最大的那棵茱萸树是族长，它召集茱萸家族开会。它说，这是先生为我们写的第几首诗了？第三首。不是每种平凡的植物都可以名满天下的。有了王维，看得见看不见的茱萸插在各地，长到人心。去求张旭，请他给我们写《九月九日忆山东兄弟》；请颜真卿给我们写幅《山茱萸》，他的字很壮很有力很稳重很男人，我喜欢。再请欧阳询写这首《茱萸沜》……他老人家已经去世了？那就请柳公权吧……他还没出生？……我也是老糊涂了……吴道子身体还好吧？请他给咱们画张茱萸图，去的路上小心公孙大娘的剑，再给寒山捎去一截茱萸做的打狗棍。这些事呀，得赶在落雪之前完成。

一阵秋风吹来，草木的叶子果子尽落，每棵树都露出真身。茱萸深藏异香，隐身隐居，只留下空的枝条和个别的果实，为霜雪留出位置。一枝看不见的茱萸在大地上走动。

宫槐陌

王维

仄径荫宫槐，幽阴多绿苔。
应门但迎扫，畏有山僧来。

宫槐陌

裴迪

门前宫槐陌，是向欹湖道。
秋来山雨多，落叶无人扫。

『诗欣赏』

《宫槐陌》是《辋川集》中的第八首。

槐树，宫中多有栽植，叫“宫槐”。有一种说法是，宫槐是槐之一种，叶子昼合夜开，别名守宫槐。从宫廷到民间，槐树是一种常见树。

王维家门口，有一条东西走向的小路，路的两旁种着槐树，沿着这条路一直走下去，就走到了欹湖。一湖碧水躺在四面的山中，山躺在水中，云、鸟和鱼在里面漫游。

王维“晚年惟好静，万事不关心”（《酬张少府》），常常“寂寞掩柴扉，苍茫对落晖”（《山居即事》），

仄逕蔭宮槐幽
陰多綠苔應門
但迎掃畏有山
僧來

右錄唐王維輞川集宮槐陌
戊戌春夜於長安 陳[illegible]勇書

一个人闭门修行。当然，他的别业毕竟在辋川山中，离长安城有曲曲弯弯百十里的路程，从外面进来一趟也不那么方便。

“终南有茅屋，前对终南山。终年无客长闭关，终日无心长自闲。不妨饮酒复垂钓，君但能来相往还。”（《答张五弟》）这是王维对自己隐居辋川之地的描绘和他悠闲生活的写照：因为少有客人，没有应酬，要么闭关修行，要么饮酒垂钓。他门前通往欹湖的小路，就像裴迪《宫槐陌》中写的那样“落叶无人扫”。

再看王维的《书事》：“轻阴阁小雨，深院昼慵开。坐看苍苔色，欲上人衣来。”雨天里，疏懒得成天连院门都懒得去开，感觉地上苍苔的鲜碧之色快要爬到自己身上啦。看，王维这个“封建文人”的身上，已经生长出“小资”味道。

青苔、苍苔，是王维诗中一个很鲜明的意象。《辋川集》中的《宫槐陌》《鹿柴》，还有一些诗，都写到苔：路上的苔，树上的苔，台阶上的苔，爬上人衣的苔……或者苍苔，或者春水绿如苔。滚动的石头不长苔。那苔呀，映照和打量着诗人的寂静与空灵。

忽然有一天，诗人好像有什么预感，一大早走出苔华老屋，吩咐家童扫地迎客。这就是《宫槐陌》描述的情形：小路上挤满宫槐的树荫，幽静的日子日复一日被青苔覆盖。今天要早早开门，洒扫院落，恐怕有高僧要来，不可怠慢。

山僧，是对山寺僧人的称呼，又是僧人自己的谦辞。

读这首诗，让人产生象外之象，想了解诗人的言外之意。

和尚来了吗？让我们从王维其他的诗中截取几个镜头——

王维的《酬诸公见过》有句曰“我闻有客，足扫荆扉”，听说有客人来，把那柴门内外扫了一遍。

《饭覆釜山僧》写道：“……将候远山僧，先期扫敝庐。果以云峰里，顾我蓬蒿居。籍草饭松屑，焚香看道书。燃灯昼欲尽，鸣磬夜方初……”院子清扫干净，云游的山僧来了，餐松屑，诵仙经，直到“夜方初”——初更时分。

王维的《田园乐之六》写道：“桃红复含夜雨，柳绿更带朝烟。花落家童未扫，莺啼山客犹眠。”酣然而眠，主宾都睡不醒了。大半是把酒畅谈了，大约是黎明时才睡了。当晨星隐为鸟鸣，那满山的桃花带雨与绿柳含烟，他们也无法欣赏了，家童连院落也没有清扫……

王维半官半隐于辋川别业，与山僧的交往从没有间断过。《宋高僧传》载：元崇禅师曾“入终南，至白鹿，下蓝田，于辋川得右丞王公维之别业。松生石上，水流松下。王公焚香静室，与崇相遇神交”。记载的是元崇禅师到辋川别业与王维会面的情形。

《宫槐陌》这首诗着墨之处在“宫槐”之下：槐树的浓荫，槐树下面道路上的绿苔以及洒扫宫槐道路以迎接山僧。“山僧”是这首诗的“眼”。奇妙的是，那个被隆重迎接的“山僧”并没有露面。

这首诗如果叫《山僧》是不是更有味道一些？不行，作者是以辋川别业的景点命名的，所以只能叫《宫槐陌》。这个以“槐”命名的景观，完全可以不称为“宫槐”，可王维他偏偏就称之为“宫槐”。

《周礼·秋官·朝士》上说：“面三槐，三公位焉。”说周王庭院种有三棵槐树，方便三公（太师、太傅、太保）上朝时，找准自己的站位。后人因此以三槐喻三公，槐树又被称为“公卿大夫树”。成书于唐代的《艺文类聚》引《三辅黄图》记载：“（汉昭帝）始元四年，起明堂辟雍，为博士舍三十区，为会市，但列槐树数百行。”唐朝时，“槐市”是学市的旧称。古代的读书人希望在“槐市”生活和学习，心中就自然有“槐位”——三公之位。

王维的《宫槐陌》，既写他与“宫槐”的联系，又写他与“宫槐”的疏离，毕竟他是“入世”又“出世”的人……

『诗现场 · 宫槐陌上扫落叶』

古槐两行。在路上急急漫漫地走。每一棵都枝干偃蹇，肤理若镌刻篆籀龙凤。

槐树有自己的世界观。它站在乡间，让仙人居住，等落脚的鸟，荫庇路过的人，让醉酒人做南柯梦，欢迎叶落归根。槐树与其他树，与树上的麻雀喜鹊等鸟，与树下的鸡狗猫猪羊和村民一起，组成了生生不息的村庄。

村西头路南的第二棵槐树，特别喜欢鸟，它让鸟在自己的枝杈间建起了五个鸟巢，像是五层楼，听晨啼暮噪。这不，一大早，上面的斑鸠就咕咕叫起来，把大槐安国里的槐树叫醒了，把周围的喜鹊也叫醒了。

槐树们伸个懒腰，槐花还有几片叶子纷纷落下。中间一棵槐树原地跳了几下，树半腰处的蚁穴就地动山摇。一只蚂蚁失足落地，连喊救命。一只长着翅膀的蚂蚁拉着救护警报飞驰过来救援，只见那只蚂蚁落在一片温柔如锦茵的青苔上，皮毛都没有伤着。

仄径荫宫槐，幽阴多绿苔。
应门但迎扫，畏有山僧来。

王维家的门吱呀一声开了，接着传出来布鞋拖地和念诗的声音。

家童揉开眼睛，打着哈欠，跟着王维出来，嘴里嘟囔着：先生起这么早，迎接露水呀。

我听见鸟儿在门前叫，说今天有客人来访。

《乐论》上说“乐律始于鸟鸣”，先生跟着鸟叫学乐律，跟着山水学绘画，难道先生还能听鸟声而知客来？

不仅鸟告诉了我，昨晚从宫槐上走下来一个白胡子仙人，他趁你的脑袋靠在膝盖上睡着时告诉我，今天有个老和尚要来。

那天晚上先生说“好客多乘月，应门莫上关”，结果裴迪先生蹚着露水来了。童子撇着嘴，那天是谁告诉先生的？

槐树家的千金大小姐告诉我的呀。我和裴先生吟诗的时候，她们姐妹三个还抚琴伴奏呢，开始你还背着“云对雨，雪对风，晚照对晴空”，背着背着你坐在门墩石上打着盹流着口水睡着了。

童子噘着嘴，半信半疑地看着老槐树上神秘的蚂蚁洞穴，他小小的心眼开始迷恋。

鸟在树上打瞌睡没事，你在树上做梦小心掉下来。

槐是木鬼，它从来没有让我做梦，也不跟我见面。童子说着，装着生气的样子打了槐树几下，却打到在树上休息的壁虎尾巴上，壁虎撕扇似的叫了一声，拖着尾巴往高处逃去。

落叶好些天没扫了，该扫一扫了。

家童顶嘴说：为什么要扫呢？

干干净净，神仙才来。

落叶很美，行走于落叶之上不是挺好吗？

还是扫一扫吧，再慈悲的和尚，也要防止他跌倒。

童子咧嘴一笑，牙齿洁白整齐。他隔三岔五地扫着，像在地上画画。槐叶故意在他身后面飘落。两只喜鹊打赌，一朵一朵地往下丢槐花，看谁丢到童子头上的花朵多。童子不知喜鹊事，自言自语地说，扫地扫地复扫地，没有尘埃扫啥地。本来没有不净地，先生让我扫空地。

王维笑起来，拿起扫帚，跟在童子后面一下一下地扫。

扫地的时候，给蚯蚓让路，躲开蚂蚁。

临湖亭

王维

轻舸迎上客，悠悠湖上来。

当轩对樽酒，四面芙蓉开。

临湖亭

裴迪

当轩弥滉漾，孤月正徘徊。

谷口猿声发，风传入户来。

『诗欣赏』

《临湖亭》是《辋川集》中的第九首。

这是诗人的自我抒怀。情趣盎然，清爽袭人，充满喜悦。一篇读过，心中莲花大开。

临湖亭，顾名思义是建在湖边的一座亭子。从“当轩对樽酒，四面芙蓉开”这两句诗可以看出，临湖亭在水中，离岸不远，可能通过一段曲桥与岸上连接。

亭是园林的定式，它在园林中具有聚览景观、标胜引景和吐纳生气的功能，是人们歇息、躲避风雨的地方，也是气场中的一个“点”。所以，亭子总是建在园林里面一个很要紧的地方。人在长亭短亭，可以坐观天地得

輕舸邀客上悠悠湖上來當
軒對樽酒四面芙蓉開

庚子 王維臨湖亭一首 麻天闊

全景，四顾山光接水光，正所谓“江山无限景，都取一亭中”。

临水，还有凭窗、登高、独语、叩问等，都是人类非常古老的行为和姿态。王维喜欢登高，也喜欢临水。

亭缘水而建，荷出水而美。《临湖亭》写道，轻舟迎来尊贵的客人，湖上款款游览之余，主宾举起美酒，和亭子一起把自己喝得摇摇晃晃，微醺中看见，四面的莲花恰到好处地开放了——像是来自莲花世界对人间情谊的赞美。

高人与上客宴乐。人融入世界，万物皆于我，浑然与天地一体。人生快哉莫过于此。

佛教中，大德高僧都坐在莲花宝座上。可以想象，王维醉卧于莲花之上，四面风来花瓣挡，他独卧莲当中，消受那红白莲花世界。

王维不是信佛吗？信佛能喝酒吗？王维在家修行，在家修行的戒律没有那么多那么严格。《维摩诘经》中说：维摩诘“入诸酒肆，能立其志。”菩萨是随俗的，要度众生，就要能负荷一切，不断诸漏。王维信仰的禅宗，其二祖慧可，也曾韬光晦迹，或过于屠门，或入诸酒肆，有人问他，您是学佛之人，怎么能够这样随便呢？慧可说：我自调心，何关汝事？总之，“色财丛里寻超越，酒肉林中觅举升”（重阳祖师），酒不是什么问题。正所谓：“一念心清净，莲花处处开。”

诗人乘着轻舟迎来客人，泛湖之余，把酒临风，一壶（湖）莲花，一杯美酒，不亦快哉。人醉了，每一朵都有了醉意。水波涟漪，万物微醺，摇摆着世间百态。一切一切，尽入诗人眼中。

古人评价王维："王右丞如秋水芙蕖，倚风自笑。"（《诗人玉屑》）王维为自己开辟了一片净土，把自己的心养成了莲花。

读王维的这首诗，想起白居易的那首小诗："绿蚁新醅酒，红泥小火炉。晚来天欲雪，能饮一杯无？"兴致之作，抵达彻悟的境界。白居易期望红炉点雪，诗友会酒；王维则是莲花开时，临湖举樽。我与自然对话，现实与永恒对话。当下就是歌诗，诗意已成现实。

读王维的这首诗，想起孟浩然的那首《过故人庄》："故人具鸡黍，邀我至田家。绿树村边合，青山郭外斜。开轩面场圃，把酒话桑麻。待到重阳日，还来就菊花。"写农家生活，故人情谊，亲切而淳淡。一个是"当轩对樽酒"，一个是"开轩面场圃"；一个是"四面芙蓉开"，一个是"还来就菊花"，世以"王孟"相称，果然相宜。

裴迪的《临湖亭》描写的是夜景："当轩弥滉漾，孤月正徘徊。谷口猿声发，风传入户来。"临湖亭外，湖水弥漫，水波荡漾。孤冷的月亮映在水中，仿佛在那里徘徊。谷口传来的一阵猿声，顺着山风飘到亭阁里。这与王维《临湖亭》表达的欢乐心情不同，写的是一种孤寂。

王维还有一首《闻裴秀才迪吟诗因戏赠》，似乎是接着裴迪《临湖亭》而写的："猿吟一何苦，愁朝复悲夕。莫作巫峡声，肠断秋江客。"放在一起看，宛然《临湖亭》的续篇。

『诗现场·临湖亭畔醉莲花』

小船摇呀摇。

摇动一湖烟波。烟波小舟划破，看那一一风荷。风荷听见先生说，秀才你可知道莲花肩负使命。使命？先生你听，风动芦苇，高一声低一声。声声摇动，秀才你说，桨摇？舟摇？水摇？风摇？人摇？心摇？摇呀摇先生你把我"摇"晕了，肯定有个"不摇"的东西在，有"不摇"，才有"摇"，只是我找不到那个"不摇"的东西在哪里。在哪里？我问你秀才，水是波吗？波是水吗？水在笑着摇呢，摇动的是万象，不摇的是自性。自性……先生先生，先生别打嘴仗了，看储光羲他们在亭上招手呢。亭子怎么也在摇呀。

亭子摇呀摇。

摇晃着宴饮者的身影。身影跟着它的主人公。主人公敬天。敬地。敬水。敬亭。敬风。敬远山。敬柳岸。敬船公。敬莲花。敬蝴蝶蜻蜓。敬鱼。敬书童。敬书童怎么可以呀先生，先生秀才大人又喝高了，高得要敬我呢。我呢还记得先生写给醉酒秀才的诗，诗曰“酌酒与君君自宽，人情翻覆似波澜。白首相知犹按剑，朱门先达笑弹冠。草色全经细雨湿，花枝欲动春风寒。世事浮云何足问，不如高卧且加餐”，没有念错字吧先生？先生你看秀才大人他摇摇晃晃醉卧在自己的袍子里还举着酒杯敬莲花，莲花也嫣然摇动出一身醉意。

莲花摇呀摇。

摇动芙蓉露。露珠在荷叶上滑行。行走来了一只蜻蜓，蜻蜓站在花骨朵上。花骨朵边上有朵盛开的莲，莲花上扑棱棱落下一只麻雀，麻雀好像一脚踩上虚空，虚空吓跑了麻雀，麻雀踩下来的一瓣莲花飘呀飘呀飘落水中，水中有个小小的画舫晃动。晃动晃动，先生说起绕口令呢……水非波，波非水，波是水，水是波，摇是不摇，不摇是摇。摇动轻舸，到莲花深处，把时光虚度。度到彼岸，岸到了先生，先生你也醉了？醉了还能跟一朵莲花商量自己的来世来生？

轻舸迎上客，悠悠湖上来。

当轩对樽酒，四面芙蓉开。

先生摇呀摇。

摇呀摇先生。先生你知道吗裴迪醒来时东山上亮着月儿。月儿走我也走，月儿跟秀才叫我提烧酒。酒还能喝吗都从中午喝到黄昏。黄昏里我念了先生的诗给他醒酒。酒醉不醒的秀才说他梦中听见山中猿声，猿声是我学猴子叫的。我学猴子叫吗他可真逗他。他也哼了一首诗，诗曰：“当轩弥滉漾，孤月正徘徊。谷口猿声发，风传入户来。”他赖着让我给记下来又昏昏睡去，睡去了嘴里还嘟囔说下次他从长安城给我带个小礼物。小礼物我才不稀罕呢先生。先生您快醒醒吧，把您俩的诗记混了怎么办哪？

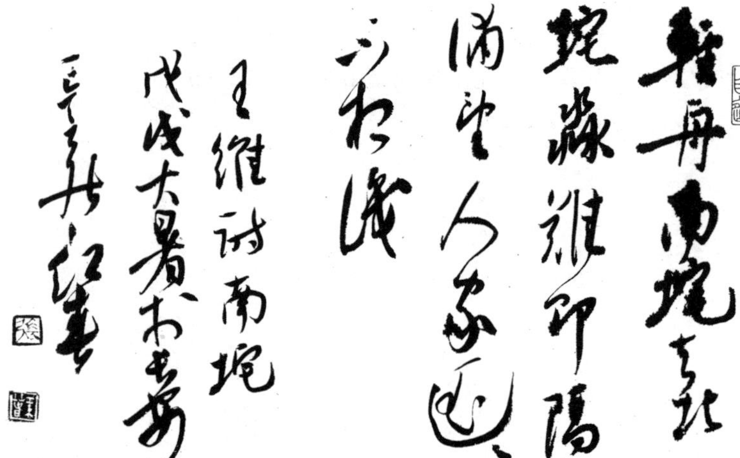
轻舟南垞去北垞淼难即隔浦望人家遥遥不相识
王维诗南垞
戊戌大暑于书斋

南垞

王维

轻舟南垞去，北垞淼难即。
隔浦望人家，遥遥不相识。

南垞

裴迪

孤舟信一泊，南垞湖水岸。
落日下崦嵫，清波殊淼漫。

『诗欣赏』

《南垞》是《辋川集》中的第十首。

湖南边的小土山叫南垞，湖北边的叫北垞。裴迪的《南垞》可证，南垞与欹湖北岸的北垞隐约相望。

王维的《南垞》，写轻舟闲眺北垞的情景：人在船上，划动淡淡云烟、深深笼水，北垞可望而不可即。隔着湖水远远看去，北垞几间茅屋掩映在波光林霭之中。一水盈盈渺漫，也识不得是哪户人家了。

在水一方的遥望，对彼岸的遥望，似乎有一种隐喻。真实的一切都存在于不真实之中。其实，真实与不真实，又有多少区别。流水淡然去，孤舟随意还。人和万物同流，与世界相往返。

王维中年之后，在朝为官，丰禄有余，半官半隐于辋川，与当地百姓是一种若即若离的关系。他不像陶渊明那样亲自耕种，不用参加体力劳动，也没有浸染于农俗农务，所以他的诗行里几乎没有麦子、谷子等农作物。他是修行者、外来者、外省人，是无事的闲人。他出世，又入世。他也世俗，但不庸俗。偶尔的相逢，形成瞬间的历史。他用自己的心灵感觉书写人间烟火——

采菱渡头风急，策杖林西日斜。
杏树潭边渔父，桃花源里人家。

《田园乐之三》

斜阳照墟落，穷巷牛羊归。
野老念牧童，倚杖候荆扉。
雉雊麦苗秀，蚕眠桑叶稀。
田夫荷锄至，相见语依依。
即此羡闲逸，怅然吟《式微》。

《渭川田家》

幽闲野趣，田家情事如绘，让我们看到辋川山水如画，看到杖藜的画中人。他是旁观者，欣赏者，审美者。这样的好处是，他不会陷入劳作的辛苦和实用主义的泥潭。农人眼里看到的“用途”，在他眼里都是诗意。美丽和诗意，更多的是实用之外的东西。作者拥有一颗空脱的心，任万物自由地穿过。

如果将《终南别业》和《南垞》中的句子抽出来一句，联句在一起，就像一首新的绝句了：

隔浦望人家，遥遥不相识。《南垞》
偶然值林叟，谈笑无还期。《终南别业》

『诗现场 · 南垞看北垞』

在欹湖南岸，隔着湖水，望青霭浮动的北垞，一群永远也不能抵达的生灵，发呆，议论，打听，猜测，他们在叹息，那深不可测的北垞啊。

那边的树怎么都长得那么模糊呢？五官长到一起了。那边的树像鸟一样在云中飘着，它们吃风喝云吗？那边的人那边的房子也在半空中呀，那不都成了神仙了吗？树都飘在半空中，风一吹不就倒了吗？那边的树好像长得一模一样，还在空中到处乱飘，鸟回来找不到家怎么办？树们望着湖那边的树困惑。

麻雀说，那边的树跟你们一样，杨树是杨树，柳树是柳树，枝是枝叶是叶，根都长在地上，叶都面朝阳光。

杨树柳树还有其他树都摇摇头说，不一样，我们都看见了，不一样。

蚂蚁爬上树梢瞭望：那边的树飘在空中吾怎么爬上去呢？爬上去后怎么下来呢？蚂蚁在空中怎么啃骨头呢？

传说那边的蜗牛说，谁说蜗牛不能上天？蜗牛羡慕地说。

听说，那边就是人们向往的桃花源，从前陶渊明去过，最近王维先生也写过：“遥看一处攒云树，近入千家散花竹……”

正在衔泥的燕子说，湖这边和湖那边的情形都差不多，植物、动物、百姓等，都差不多。

差不多你干吗到这边来衔泥？肯定是那边的一切都飘在空中没有你垒窝的泥嘛。

乌龟把尾巴举得比头还高，它说，那边朦朦胧胧，有一种令吾神往的原始之美、混沌之美。我要用无法前往的向往，前去考察。

小草跳了几下，看不见远方，吹起了口哨曲《遥远的桃花源》。蛐蛐拉响了小提琴伴奏。松鼠在树枝上跳舞。树木、草虫都跟着跳起来。

王维的小舟靠上岸来，一只在船上歇脚的蜻蜓也跟上了岸。

王维坐在树下休息的时候，听见关于北垞的种种议论。难道昨天的一场大风把大家都刮晕了？难道一水之隔就能够造成这么多的感受？难道说传说、想象加误解能够构成基本事实？江湖多风波，安静不易。

众生看见诗人来了，嚷嚷道，还是问问先生吧。

王维遥望北垞，平静地吟道——

轻舟南垞去，北垞淼难即。
隔浦望人家，遥遥不相识。

一位路过的采药人说：有一种草药在远方。

王维心里感叹：从北垞到南垞，北垞已属于远方……他将手心里的一枚松子，悄悄地递给了松鼠。他想起刚才身上的一枚开元通宝掉进水中时，他多么感激刻舟求剑的那位古人。那枚沉入淤泥中的铜钱能够成长为一朵莲花吗？

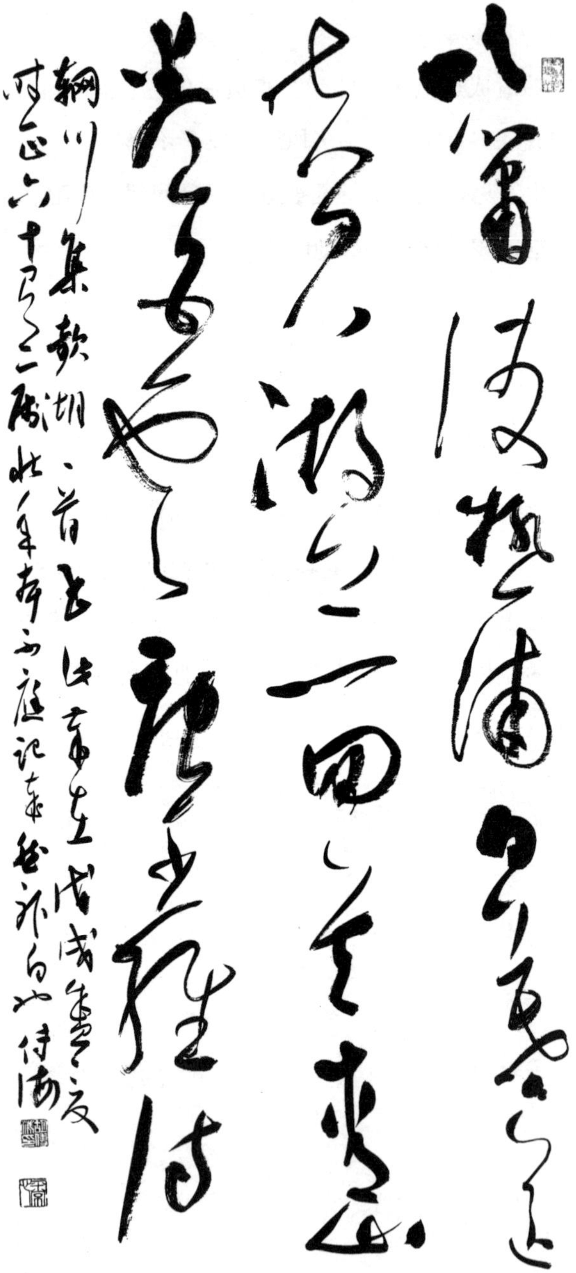
吹箫凌极浦日暮送夫君
湖上一回首山青卷白云
辋川集欹湖一首

欹湖

王维

吹箫凌极浦，日暮送夫君。

湖上一回首，青山卷白云。

欹湖

裴迪

空阔湖水广，青荧天色同。

舣舟一长啸，四面来清风。

『诗欣赏』

《欹湖》是《辋川集》中的第十一首。

欹湖是辋川二十景的中心。它像一只水灵灵的眼睛，长在辋川脑门。裴迪在《欹湖》中写道："空阔湖水广，青荧天色同。舣舟一长啸，四面来清风。"四周群山环绕，清波殊淼漫，草林鸟虫围绕湖泊唱歌，天光云影在其中徘徊，临湖亭站在岸边，夏天里八方芙蓉开，一年中四面清风来。

欹湖，空明澄澈，亦是王维的心湖，涵映万象，包括那青山白云。

一水一僧行，一山一叠影，一烟一迷情，一舟一鸟鸣……王维在《辋川集》中，从《南垞》看欹湖，从《北垞》看欹湖，从《临湖亭》看欹湖，还有这首以《欹湖》命名的诗，都不直接写欹湖，而欹湖之景美、声美、色美、山水美、人美等，已经美不胜收地呈现在我们面前。

佳友来访，宾主兴高采烈地游玩在欹湖。黄昏的时候，又不得不黯然送别于欹湖。王维吹箫为朋友送行，回首之间，“青山卷白云”一下子飞入眼睛。

“青山卷白云”，青山自青山，白云自白云，这是青山不碍白云飞的境界，是无分别的与青山白云同归的精神。这句诗，亦实亦虚，藏锋不露，意味深长，耐人寻味。“卷”字一出，画面活泼。它以“不说尽”“不说透”之笔，以融情于景的意象之句，含蓄地表达出作者的青山白云之志。诗人在《酬比部杨员外暮宿琴台朝跻书阁率尔见赠之作》中说“羡君栖隐处，遥望白云端”，在《送别》中有“但去莫复问，白云无尽时”，可以帮助我们理解“湖上一回首，青山卷白云”。

湖上一回首，青山卷白云。袅袅云烟，超凡脱尘，既是情景的刻画，又是抽象的表达；既是回首纵目之所见，更是诗人内心景物和内心世界的呈现。

身与尘世同在，心与白云共飘。亦官亦隐的王维，于青山之中远眺红尘，于滚滚红尘之中怅望青山，他经常处于这种矛盾之中，也时常消解着这个矛盾。人生有限，总会有些缺憾。当你超越有限，荡去有限和无限的分别，一回首，就会看见一个“青山卷白云”的圆融世界。

《欹湖》中，诗人采用两个典故。首句“极浦”，典出屈原《九歌·湘君》“望涔阳兮极浦”，《九歌·河伯》中有“惟极浦兮寤怀”。王维诗中多次用“极浦”一词。如《双黄鹄歌送别》：“几往返兮极浦，尚徘徊兮落晖。”《鱼山神女祠歌二首》的《迎神曲》：“吹洞箫，望极浦。”《和使君五郎西楼望远思归》：“惆怅极浦外。”人们把送别友人之地称为“南浦”“极浦”。第二句中的“夫君”，典出屈原《九歌·湘夫人》“望夫君兮未来，吹参差兮谁思”。夫君，“友人”的意思，“夫”是语气词。谢朓的《和江丞北戍琅邪城》曰：“夫君良自勉，岁暮勿淹留。”孟浩然的《游精思观回王白云在后》有“衡门犹未掩，伫立望夫君”句。

《辋川集》中每一首都有佛家偈语般的句子，“青山卷白云”“遥遥不相识”“四面芙蓉开”……明白如话，历历如画，言在意外，似浅似深，又深又浅，可谓灵心警笔，神性一现。把它作为文学境界，不失其美，亦得其味。若能细细品来，感受其中禅味，那就更上一层楼了。熟记这些句子，它们会在某个现场，或者你迷路的时候，伸出一指来提醒你……

《临湖亭》写迎客，《欹湖》写送客，都是无限深情。

王维写过不少以情动人的送别小诗，诗中的许多句子成为传诵千古的名句。如《淇上送赵仙舟》：“相逢方一笑，相送还成泣。祖帐已伤离，荒城复愁入。天寒远山静，日暮长河急。解缆君已遥，望君犹伫立。”

如《送邢桂州》：“铙吹喧京口，风波下洞庭。赭圻将赤岸，击汰复扬舲。日落江湖白，潮来天地青。明珠归合浦，应逐使臣星。”

如《渭城曲》（《送元二使安西》）：“渭城朝雨浥轻尘，客舍青青柳色新。劝君更尽一杯酒，西出阳关无故人。”

如《送梓州李使君》：“万壑树参天，千山响杜鹃。山中一半雨，树杪百重泉。汉女输橦布，巴人讼芋田。文翁翻教授，不敢倚先贤！”

……对于好朋友，王维希望“不妨饮酒复垂钓，君但能来相往还”（《答张五弟》）。这首《欹湖》，可谓“寂处有音，冷处有神，句中有句，味外有味”（清吴雷发《说诗管蒯》）。

有人说这首诗是送友诗，有人说是情人相别诗——这是某个注释本的说法，不知道出处在哪里。

我想《欹湖》中的客人若是李白，他将回赠一首：“李白乘舟将欲行，忽闻岸上踏歌声。桃花潭水深千尺，不及王维送我情。”历史性的遗憾是，两位同生于701年的伟大诗人没有见面，没有交往，更没有唱和。

王维的天空，“青山卷白云”。王维曾经说过“余生欲寄白云中”（《问寇校书双溪》）。他的诗中有许多使用白云意象的神奇之笔："共有白云心"（《赠韦穆十八》）、"心知白云外"（《答裴迪》），还有多首以白云结尾，像《酬比部杨员外暮宿琴台朝跻书阁率尔见赠之作》的"羡君栖隐处，遥望白云端"。此处有深意，此中有章法。云，禅宗格外青睐，它代表了一种随缘任运、无心自在的生活态度和审美境界："行到水穷处，坐看云起时"，任运自然；"湖上一回首，青山卷白云"，情景交融；"不知栋里云，去作人间雨"，话中有话；"椒浆奠瑶席，欲下云中君"，逍遥自在。

『诗现场·欹湖风波』

吹箫凌极浦，日暮送夫君。

湖上一回首，青山卷白云。

草木呀鸟兽呀吃饱之后，读王摩诘新写的这首诗，像人一样在一起议论长短。有的说，这首诗是送友诗。有的说，才不是呢，它是情人相别诗。……议论完了就完了。

许多滴水都想藏在水中，水就变成了湖泊。欹湖平静，许多秘密深藏其中。

林子大了，什么鸟都有。这两天不知从哪来了只奇怪的鸟，垂翼而飞，到处打听王诗人是否有情人。对，大家悄悄地叫它大头。《说文》上说，鬼都是大头。大头是不是那些对王诗人有敌意者放出来的探子，来抹黑王诗人的？欹湖东边最高的那棵白皮松树上，鸟和树们在一起交流辋川的信息。啄木鸟说，那不，就是站在芦苇上的那只鸟。果然是个大头。大家要互相告知一声，怀抱自己的温暖和隐私，不可以乱说。

大头鸟正在向喝水的芦苇打听：听说，王诗人是个吹箫好手。

芦苇直起腰说，那还用说吗，他年轻时就熟悉音律，一曲《郁轮袍》动公主，二十一岁任职太乐丞……

听说王诗人前几天在湖边吹箫，送他的女朋友？

芦苇说，他经常在湖边吹箫，他经常吹箫为朋友送行，有一次他随手掐了一片苇叶，吹出来好听的声音。你知道吗每一片叶子中都藏有声音，正如每一滴水里面都有一个大海。诗人曾说“舣舟一长啸，四面来清风”……芦苇喝口水，正要说下去，听见啄木鸟敲树的声音……你说他有女朋友？我怎么没见过？

“吹箫凌极浦”这句诗真好，大头鸟对一朵荷花说。

王诗人每句诗都很好呀，我最喜欢听诗人泛舟吟诗了。“当轩对樽酒，四面芙蓉开”，多美呀。

你知道吗，他的这首诗中藏着一个秘密——对你来说也不是秘密，你肯定是见过的。

荷花说，什么秘密呀我怎么不知道？

你知道“浦”字什么意思吗？这要从屈原说起了，屈子的《九歌》中说：“送美人兮南浦。”可见，王诗人是在送一位美人，有人看见了说是九公主，有人说是采蘑菇的小尼姑。

从一句诗中能看出他送什么人？太神奇了。荷花正说着，听见啄木鸟敲树的声音……简直是胡扯么。

大头鸟被荷花骂了，拍着翅膀来到湖西，见那里站着一只脖子上围着碎花围巾的鸽子，就念王诗人的诗：“吹箫凌极浦，日暮送夫君。”

鸽子说，你也喜欢王诗人？

我从南山之南听到王诗人这首诗，专门赶过来看欹湖，欹湖真是太美了。他说“日暮送夫君”，“夫君”好像是故意反着说的，他送的是个女子吧。

啄木鸟一下一下地敲响树木。鸽子像人一样低头喝了一阵子水，抬头看看远处的啄木鸟，说，他夫人去世多年了，除非他梦中给夫人吹箫，梦中到湖畔送夫人回娘家。

大头鸟默念着裴迪的《欹湖》，“空阔湖水广，青荧天色同。舣舟一长啸，四面来清风”，这里面没有任何与女人有关的消息。它贴着湖面飞，看见自己的影子和影子里的鱼，鱼被吓跑了，自己的影子也被弄乱了。

蝉唱蜓飞。蜉蝣之羽，衣冠楚楚。湖上，遇见一只麻雀，麻雀捂着嘴跑远了。

远远地看见一只白鹭，大头鸟念着“湖上一回首，青山卷白云”，算是打招呼。白鹭一回首。大头鸟说，看你回首的样子这么美，我就好奇，王诗人诗中的“一回首”，是诗人在回首？还是他的朋友在回首？这么深情的样子，这么难舍难分的样子，那个回眸者好像是个佳人，相看两不厌的样子。

当然是佳人啦……白鹭正说着，听见啄木鸟敲树的声音……佳人就是他夫人嘛，他一回首，他夫人已经飘在青山白云之上。知道吗，每一朵五彩云霞都载负着一个美丽的灵魂。

你怎么老是插嘴？大头鸟质问啄木鸟。啄木鸟敲敲身边的树，说，我是想告诉你，有个人杀了一只大头鸟，烤着吃，他吃大头鸟的时候，学着大头鸟叫。大头鸟问，为什么吃它还学它叫呢？

大头鸟在欹湖打听了几天，一无所获，就捉了几只蚊子做成大氅披在身上，绕湖三匝，垂其翼，飞回长安城里的一个深宅大院去了。

大头鸟走后，湖水松弛下来，每条鱼都高高兴兴，和每一滴水一样，青蛙高声朗诵自己的诗歌。只有岸边一棵平时不爱说话的树发愁，它自言自语说，怪鸟都消失了，这世界就没有意思了。

柳浪

王维

分行接绮树，倒影入清漪。

不学御沟上，春风伤别离。

柳浪

裴迪

映池同一色，逐吹散如丝。

结荫既得地，何谢陶家时。

『诗欣赏』

《柳浪》是《辋川集》中的第十二首。

柳树，像诗一样分行站立，风吹柳条，像波浪一样翻动。柳树站在水边，倒映在清澈河水里，宛然佳人临镜梳妆。这几乎是“止水澄波，万象斯鉴”的境界。

绮树，指柳树美好的样子。江淹《四时赋》曰：“忆上国之绮树，想金陵之惠枝。”

柳，谐音“留”。折柳送别，表示挽留，是古代风俗。《诗经·小雅·采薇》说：“昔我往矣，杨柳依依。今我来思，雨雪霏霏。”“杨柳依依”已包含着惜别情绪。六朝有本书叫《三辅黄图》，作者已不可考，其中最早

分行接綺樹，倒影入清漪
不學御溝上，春風傷別離
録輞川集柳浪詩一首

出现“折柳”一词。唐代清明节有“插柳”“折柳”“戴柳圈”的风俗。唐代文学家段成式在《酉阳杂俎》中记述：“三月三日，（朝廷）赐侍臣细柳圈，言戴之可免虿毒。”柳被折来折去，“折杨柳”成为一个词牌名，成为诗词的一个重要题材。中国的柳，也由一种植物转化成“别情”的象征。王维有句曰：“青青杨柳陌，陌上别离人。”（《观别者》）在中国的文学作品中，“出镜”最多的植物大概就是杨柳了。

李白有诗曰：“天下伤心处，劳劳送客亭。春风知别苦，不遣柳条青。”（《劳劳亭》）春风都不忍心看到人间春天里的离别愁苦，迟迟不让柳条返青。这是拟人佳句。李白擅长此道。

在王维笔下，辋川的柳自自然然，不学那皇宫河道旁的杨柳，不在春天中折柳相赠，为离别悲伤。辋川的柳，没有被世俗污染，解脱自在，柳是柳，保真着柳的本来面目。

御沟，就是流经皇宫的河道。晋代崔豹的《古今注》卷上曰：“长安御沟，谓之杨沟，谓植高杨于其上也。”

王维的“不学御沟上，春风伤别离”，与《文杏馆》的“不知栋里云，去作人间雨”类似，都是含蓄地说着自己对政治的疏远、与繁华的告别、从朝廷的出走。他要像一只林间的鸟一样，自在啼鸣。

“御沟”这个词中还隐藏一个故事。《古今诗话》

说：唐天宝末年，诗人顾况在洛阳苑游玩时，在御沟拾得一片桐叶，上面写着一首诗："一入深宫里，年年不见春。聊题一片叶，寄与有情人。"顾况心有所动，也在桐叶上题诗一首："花落深宫莺亦悲，上阳宫女断肠时。帝城不禁东流水，叶上题诗寄与谁？"写好后，将诗叶投放进御沟的上游。十几天后，顾况又从御沟流出来的桐叶上得诗："一叶题诗出禁城，谁人酬和独含情？自嗟不及波中叶，荡漾乘春再次行。"后来因缘际会，顾况遂娶了这位宫女。《云溪友议》则是另一种记载：中书舍人卢渥应举，偶临御沟，捡到从宫中漂出的一片红叶，一看，上面题写一首绝句："水流何太急，深宫尽日闲。殷勤谢红叶，好去到人间。"他好奇地把这片红叶放在巾箱中。后来，卢渥得娶一名宫女，恰是那个红叶题诗的女子。

"御沟题诗""红叶题诗"，本来讲的是青年男女追求婚姻自由的故事。王维用"御沟"典故，可能是反其意而用之，反映出他中年鳏居，不思再娶，喜欢闲适清静的隐居情趣。

诗人多次使用"御沟"典故一词。如《资圣寺送甘二》曰："不觉御沟上，衔悲执杯酒。"说的是送别时借杯酒浇愁。

王维的《戏题盘石》，涉及春风与柳树，却是另一种情调："可怜盘石临泉水，复有垂杨拂酒杯。若道春风不解意，何因吹送落花来。”盘石临水，举杯邀酒，谁说春风不解人意，你看春风让杨柳将花瓣撒进酒杯。景物会心，野兴甚浓。

《戏题辋川别业》之一也写到柳树：“柳条拂地不须折，松树披云从更长。藤花欲暗藏猱子，柏叶初齐养麝香。”柳无人折，松自在长，郁郁葱葱的草木是各种精灵藏身的天堂，端的是一派自然生机。

“柳浪”一词，形容柳枝随风摆动起伏之状，甚妙，这是王维的命名，是他存乎一心的创词。杭州西湖有个景点“柳浪闻莺”。

裴迪的《柳浪》亦细腻传神，清新可喜。他写道，翠柳倒映在水中，水柳一色。轻风中摇曳的柳丝宛如少女的长发。柳枝低垂接近地面，形成了浓浓的柳荫。在这美好的地方，怎能不感谢柳浪主人王摩诘呢。

『诗现场 · 柳浪语丝』

一棵小柳出远门，一林子的爷爷奶奶叔叔阿姨哥哥姐姐弟弟妹妹叮嘱她——

记得永远把手中之木卯在地上。记得低头。记得夜宿在章台与灞岸。记得每天临水自照，画好眉。记得看望那个因为爱柳而改姓为柳的柳下惠。记得不要把自己的头发弄乱，风乱心乱与柳丝无关。记得二月春风里剪发。记得清明迎接元鸟。记得妈妈的话，浪或者不浪。记得记录“昔我往矣杨柳依依”的孔子。记得杨柳小腰，腰者“要肉”。记得杨柳枝蘸水，方便观音菩萨普度众生。记得寒食节插柳。记得梦柳预示着远行。记得石头对柳絮说要深沉一些，不要学习杨花，下雪是雪的事情。记得禁城里飘出来的红叶在叙述爱情。记得“年年柳色，灞陵伤别”，不知道王维为什么总也不见李白。记得“五柳先生”。记得有人寻花问柳时不要回答。记得不入花柳巷。记得杜甫说的“枝枝总到地，叶叶自开春”。记得奶奶说柳眉不宜竖起，除非竖琴。记得不能用杨柳春风的心境去看白雪冰霜。记得炫耀满头青丝三千丈，莫待残花败柳时。记得“无心”就是王维的“着处是莲花，无心变杨柳”。记得每一只飞鸟都是我们的灵魂。记得不要站在人家屋后。记得风中奔跑或秋水安静，想想如是的样子。记得防止得一种带柳字的病。记得如果柳色来得晚，不要怪李白、王昌龄。记得未来一天柳公权的毛笔会在树荫里寻找柳体。记得每月用柳色新柳色金柳含金柳含烟柳初新柳枝词柳长春柳青娘柳垂金柳梢青柳摇金柳腰轻这些词牌赋新词。记得柳暗花明永不气馁。记得月上枝头时休息。记得戴上柳圈驱邪。记得因果。记得无常。记得无生。记得会有一只喜鹊告诉你一个好消息。记得先生就是在我们一声声“记得”中写下“分行接绮树，倒影入清漪。不学御沟上，春风伤别离”。

记得裴秀才的“映池同一色，逐吹散如丝。结荫既得地，何谢陶家时”。记得这是你的家。

颯颯秋雨中，淺淺石溜瀉。
跳波自相濺，白鷺驚復下。

戊戌之夏
张纬東書

栾家濑

王维

飒飒秋雨中，浅浅石溜泻。
跳波自相溅，白鹭惊复下。

栾家濑

裴迪

濑声喧极浦，沿涉向南津。
汎汎鸥凫渡，时时欲近人。

『诗欣赏』

《栾家濑》是《辋川集》中的第十三首。

《说文》曰："濑，水流沙上也。"《楚辞·九歌·湘君》有"石濑兮浅浅"句。王维诗句"水在石上流"，写的也是这个景象。

白鹭是在水一方的佳人，又像活泼的小鹿，经常出入于人间与诗歌。

那一日，王维信步在一片沙石流水处，此地叫栾家濑。飒飒秋风，绵绵细雨，山泉滑落，世界流动不息。一条赶路的溪水带着一群调皮的漩涡在石头上石头间奔走，飞花溅玉，水理漩洑。突然间，溪中跳出的波浪，惊飞了濑边捕食的白鹭。前水后水，水水相续。流水依然流水，雪白的浪花绽放又凋谢，凋谢又绽放。惊起的白鹭回翔少顷，看明白流水的秘密，知道没有什么危险，又飞落溪水中。

一幅流水白鹭图。画面里，全无人迹。水活石润，流水潺潺，白鹭活泼泼地起落，体现的是自然天真的情趣、容与徘徊的精神。王维截取局部，抓住瞬间——这是一个出人意料的捕捉，抓住一个瞬间细节、一个须臾之物，镌刻于不朽文字，凝固了一个“此景常有，人多不观”的景象，使我们感受到了一种活泼与趣味，同时也像白鹭和王维一样，进入与自然相与往返的境界。

《栾家濑》的脉络是由动而静，以动映静。静，也不是一切归于死寂，而是有着跳波相溅、白鹭起落的天然生机。即使是空寂静谧的无人境地，也自有一份动感和机韵，这其中表达的是至深之禅机。

庄子观鱼，看见鱼之快乐，其中仍有自己。王维“以自然之眼观物，以自然之舌言情”（王国维），观鹭之神态，已经浑忘我相，进入“无我”境界。他如闲云野鹤，闲适安然，跳到了时空的金刚圈外。

《栾家濑》中的忽兮翻飞的白鹭，不是《诗经》中高高飞出来的那一只，不是寻常莲池中被船桨惊动的那一只，不是李白独立沙洲旁的那一只，不是杜甫展翅上青天的那一只。王维的这只白鹭，只有用流水、月光和佛经洗净的眼睛才能看清——它惊飞起来，变成一团白色的雾，返回时，回归白鹭的本来面目。它翻飞于尘世之中，与天地同体，与物优游，契合天地之节奏，于相而离相。

“跳波自相溅”，是生命中经常遇到的一种现象。我们每时每刻都杂念纷飞如潺潺溪流成为烦恼，自己与自己冲突，自己与外界摩擦，自己吓着自己。驰波跳珠的心理状态每个人都曾经过。佛教把人的一呼一吸作为一念，一念之间有八万四千种烦恼。佛教讲的戒、定、慧，不是要人不起心动念，而是要人“于念而不念”（《坛经》），念念都在定中，起心动念的念头都是纯净至善的。王维通过“跳波自相溅”，形容人们的起心动念，通过白鹭飞起复飞落，引导人们摄心不乱，摆平内心激荡，解除人与世界的冲突感，妄念不生不起，鱼水空明，心常安住，念念归空，如如不动，回归生命的和谐圆润。

一滴水珠溅起来，轻轻地落在人们的心灵上。

万物彼此互联，世界充满漩涡与跳波。真正的悟者，不为漩涡所转动，不为跳波所惊动，不被激流所卷走，纵浪自适，顺应自然，泠然而行。

王维的《鸟鸣涧》与这首《栾家濑》共美：“人闲桂花落，夜静春山空。月出惊山鸟，时鸣春涧中。”落花无语，天地有大美而不言。真静啊！句句静，静得听得见桂花落地，静得春山跟空的似的，静得月亮一出吓了山鸟一跳，静得一声声鸟叫在山间回荡。《栾家濑》则是动，句句动，秋雨飒飒是动，石水浅浅是动，一朵朵浪花是动，白鹭飞起来又落下也是动。两首诗的最后，《栾家濑》是浪惊白鹭，《鸟鸣涧》是月惊山鸟，最终是人与天地自然契合无间，身世两忘，万念皆寂，归结于那万古的“空”。

王维的诗，即使我们悟不出那字里行间中表达的佛理禅境，也能够明白无误地感受到诗意的空灵挥洒。

读“白鹭惊复下”，想到林清玄的那首禅诗：“白鹭立雪，愚人看鹭，聪明见雪，智者观白。”吾以为：白鹭立雪，有人看鹭，有人见雪，有人观白，皆大欢喜。

看《栾家濑》，有人看见秋雨，有人看见流水，有人看见白鹭，有人看见跳波，都是好。水流水自在，鹭飞鹭自在，鹭不飞亦自在。看《栾家濑》，自在。

『诗现场·栾家濑里惊白鹭』

是谁把雨点下放到尘世？是文杏馆里飘出来的那朵云吗？是谁的手在岩石键盘上叮咚叮咚地弹奏？是曾在欹湖边上吹箫弄琴的王摩诘吗？

落叶并秋雨旋舞着飘下。溪水一步一跳地从山坡上奔跑下来。

蜻蜓、蝴蝶在树叶下听雨。蜜蜂大声说，美丽的白鹭，你得小心，谁临水自照，谁的面孔将永远留在水中，被水妖收藏起来。

一只长腿白鹭立于溪流，正看水中流淌的故事——

一群乘兴出游的鱼，兴致那么高，放它们过去吧。两条鱼在接吻，像甲骨文中的一个字，不忍心坏了它俩的好事，嘴下留情。一条梦游的鱼。一条不合群的鱼。一条负气出走的鱼。一条得了抑郁症的鱼。一条探出头来希望听到王摩诘鼓琴的鱼。一条鱼一条鱼一条鱼一条鱼一条鱼一条鱼一条鱼一条鱼一条鱼……还有几个不知从哪里冒出来的水泡，溪水能够把泡影带往远方吗？

一尾白鱼，向白鹭问路。白鹭想起“高唐之女，偶化鱼游，为君所得”的故事，它轻轻地拿起白鱼，放到眼前来看，思想就走神了。

白鹭思考的时候，上游的几条鱼和几滴调皮的水商量着如何吓一吓白鹭，它们处心积虑地地设计好了方案，然后貌似漫不经心地走到白鹭跟前的一块石头上，有计划有预谋并且别有用心地突然大喊一声，一起跳跃起来。

心中一惊的白鹭，本能地跳起来，翅膀一拍，落在了不远处的岩石上。

是什么吓我一跳？白鹭赫然惊异，回眸谛视，只见水花和小鱼给它做个鬼脸，向山下跑去。一群围观的水滴笑出了眼泪。竟然被一朵浪花吓了一跳，这是自己吓自己呀。是败于流水，更是败于自己。白鹭正在嘲笑自己，看见飘落的两根羽毛被山鸡捡到。

你是怕裸泳的鱼吗？你还白领呢，白穿一身仙家羽衣，干脆脱了算了。还号称见过大世面呢，就这胆，要是你对象知道了不吹才怪。我曾想耗尽一生的积蓄换取你一身羽服，看来算了吧。动物们七嘴八舌地议论。

白鹭上下其羽，回到溪流，鸟瞰流水。此水彼水，脉脉不绝，白鱼无踪无迹。已非前水，已非前鱼。水流成声音，后面的声音永远也追赶不上前面已经消失的声音。一切一切，都是无住无常。永远不能和刚才的鱼、流去的水在同一地方相遇了。

一个戴着斗篷，穿着蓑衣的人从小溪走过。白鹭送走他背影的时候，他的声音传来：

飒飒秋雨中，浅浅石溜泻。
跳波自相溅，白鹭惊复下。

白鹭一听，诗人把自己写到诗里面去了，诗里面的白鹭，好像跟动物伙伴讥笑的一样可笑，它委屈的眼泪就掉下来了，好在有雨滴掩饰。

白鹭难过的样子还是被鱼看见了，像水疼鱼一样，鱼有些心疼白鹭了。

鱼和大家一起开始劝解白鹭：王诗人不是批评你呀，诗人是说自己呀，他的心中也常常怀着不安和恐惧，只不过借你的行为说他自己的心理罢了。许多鸟许多虫许多植物主动投奔诗人门下，诗人都不许它们入诗，你多幸运呀。“白鹭惊复下”多可爱呀，谁都会喜欢这个样子的白鹭。“漠漠水田飞白鹭，阴阴夏木啭黄鹂”，诗人写的是你姥姥家的事情。“水惊波兮翠菅靡，白鹭忽兮翻飞”，是写你哥哥。你今天被诗人一写，你就和他是亲戚了，你在白鹭家族中就与众不同了，你还不开心呀？

出水的青蛙，雨后的蚂蚁，花瓣上的蜜蜂，长尾巴的灰喜鹊，还有蟋蟀，都在学习白鹭“惊复下”的样子，把白鹭逗笑了。

白鹭心无挂碍了。它展翅在天地之间，飞翔于无所对待的境界中……

日飲金屑泉
少當千餘歲
翠鳳翊文螭
羽節朝玉帝

王維輞川集金屑泉
戊戌夏日 吴川淮書

金屑泉

王维

日饮金屑泉，少当千馀岁。

翠凤翊文螭，羽节朝玉帝。

金屑泉

裴迪

萦渟澹不流，金碧如可拾。

迎晨含素华，独往事朝汲。

『诗欣赏』

《金屑泉》是《辋川集》中的第十四首。

诗人是语言的炼金师。面对泉水，诗思如神泉。王维从泉水中提炼出神奇想象，他把这眼山泉命名为“金屑泉”。王维善于在泉水中、在日常生活中、在平常语言中，变造出黄金般的诗句来。

泉水在日光下闪着金屑般的光芒，好像太阳在水里施展炼金术。每天饮用金屑泉水，可以活到一千多岁，能够乘着神鸟驾驭的神车，飞登青天，去拜访玉皇大帝。郭璞注《山海经》中曾说：“有赤水，饮之不老。”王维诗中的“日饮金屑泉，少当千馀岁”，可能从古老的神话故事中吸取了营养。

我想象着，王维像山中的兽一样，每天来到泉眼旁，趴在那里喝上几口。

酌泉以励心。神奇的金屑泉，用来漱齿，烦嚣顿除，一饮之下，凡骨立蜕。在此长饮，可以摆脱桎梏，轻举能飞，修真成仙。

清潭水底，影像昭昭。禅宗常以空潭月影来表达心灵之开悟。王维的金屑泉，写出了他向往的清洁精神和仙家游乐生活。

“翠凤翊文螭”，出游时坐着文螭拉的翠凤辇。“翠凤”，神仙的车辇，传说中西王母乘坐翠凤辇。文螭，传说中一种没有角、有花纹的龙，常为神仙拉车。王嘉《拾遗记》曰：“西王母乘翠凤之辇而来，前导以文虎、文豹，后列雕麟、紫麏。”《楚辞·山鬼》曰：“乘赤豹兮从文螭。”由文螭等瑞兽拉着翠凤辇，在天地之间翔游，这是神仙的生活。

“羽节朝玉帝”，手持羽节朝见玉皇大帝。“羽节”，一种信物，或为仙人的仪仗。《桓真人升仙记》：“五色霞内见霓旌羽节，仙童灵官百余人。”李峤《太平公主山亭侍宴应制》曰：“龙舟下瞰鲛人室，羽节高临凤女台。”

空潭泻春，古镜照神。若能外物不接，内欲不起，守一不二，空明澄澈，自有神仙接应，自是神仙境界。

读罢此诗，仿佛置身于金屑泉边。辋川的上空，天现佛光，云如千佛。蓝天白云里，王维乘坐着神仙的车辇，在虚空中自由巡礼。

裴迪的《金屑泉》说，泉水静静地流出来，好像不曾流泻，阳光下的泉水金灿灿的，似乎伸手就可以捞出黄金美玉。早晨的泉水晶莹清澈，有个诗人常常带着瓦罐独自去泉边打水。

自称是王维“门生”的储光羲有《咏山泉》：“山中有流水，借问不知名。映地为天色，飞空作雨声。转来深涧满，分出小池平。恬淡无人见，年年长自清。”诗中“不知名”的山泉，与王维的《金屑泉》一脉相连，落拓声色形影之外，是写水也是写人，是写景色更是写禅意。

『诗现场·金屑泉传说』

风很轻，日子越来越平淡。带上一本书，不一定打开，让清风翻阅。

生命中总有一些时间是用来浪费的。比如，面向泉水，看白云归来。比如，在泉边支起炉灶，煮茶。虚度时光，直到那些被虚度的事物在身后荒芜成废墟或者长成诗歌。

一瓢下去，将直射下来的阳光、树影泄露下来的光斑、白云和鸟的影子、草木的色彩和鸟虫的声音全部打上来，打上来的只有水。瓢是半个葫芦挖的瓢。葫芦是从《庄子》和自家院墙边生长出来的。

火镰打着火石，麻雀找来野棉花引火，喜鹊添柴，东风扇风助火。西边树上的乌鸦说，烟到我的眼睛了，你换个方向吹风好不好。

一只巨大的神鹰在山顶之上的空中微微颤动。

王维在金屑泉煮茶。不知从哪儿飘下一滴雨，也来到金屑泉找水喝。它问孔雀，这里咋会有个泉呢？

从前不知是哪个动物一脚叩下个蹄印，它大大咧咧地走了，水涌出来，偷来一片天，成了一汪泉。

刚会飞的新燕问，泉叫什么名字？

泉抢着说，有一天，我拦着先生说，你天天喝我水，得给我起个名字呀。先生的书童说，他从泉水里打出来一罐金子，先生就给我取名金屑泉。

水里能够淘金吗？

清澈的词语可以写诗。清亮的嗓子方便诵经。

先生，黄鹂看您将树叶放在水中泡茶，也学着衔来红的黄的树叶丢在泉中，它好像也懂得树叶的辩证法。

我把茶品成了水，把水喝成了酒，把日子过成虚空。树叶的小小肉身，足以解释禅味。

先生我不明白，水与泉水的分别，难道泉水非水吗？

泉水就是泉水就是泉水就是泉水就是泉水就是

泉水……

桶掉井里——扑通（不懂）。

有一天我起得早，来到金屑泉边，看见树下停着一匹马，泉边有个少年正饮水，我念起从前的诗句："新丰美酒斗十千，咸阳游侠多少年。相逢意气为君饮，系马高楼垂柳边。"那少年听了，哈哈笑起来，他说，我呀，每天在这个泉里喝水，已喝了三百年。我正吃惊，只听他说，在天为少年，人间一千岁。说话间打马放蹄，飞天而去。

先生，泉水您也喝了多年，以前没遇见过那个神仙那个白马？

俗书常见，仙书难求。仙境易得，仙人难见。

金屑泉总该知道吧？

诸神渴了，也要喝水。每位神都有自己喝水的地方。金屑泉守口如瓶。可以告诉你们的是，自从被先生碰上，那位天人少年就不来这里饮水了。

狗和狼的舌头如勺，一勺一勺地从泉中舀水喝。一条鱼从水中探出脑袋问，鱼没有跳入龙门前如何做？

做跳龙门之前的事情。

先生也快成仙了吧？

从前，有人在东海遇见一个神仙，看见神仙吃的枣跟西瓜一样大。有一个人上天，见到太上老君，太上老君给他两枚大枣，枣大如鸡蛋。……你们看，神鹰在指示我，那个叫文螭的神龙，正拉着翠凤辇往金屑泉飞来，它们要接我去天上朝见玉帝，谁愿与我同往？

纵目晴空，山峦之上半天之中，有祥光五色，瑞霭千重，变幻的云彩中星星闪亮。忽见一道赤光穿云而下，贯通金屑泉，众神弥漫其中。天上的车辇于空虚中徐徐行来，停在离金屑泉数尺的空中，天神几乎与王维把臂相交了。

王维吟唱曰：

日饮金屑泉，少当千馀岁。
翠凤翊文螭，羽节朝玉帝。

清钟响起。转瞬之间，泉中开出一朵莲花。王维素手把芙蓉，虚步蹑太清。

一阵翅膀拍打的声音，几百只喜鹊铺天盖地飞来。天花如雨，与喜鹊同飞……

白石滩

王维

清浅白石滩，绿蒲向堪把。

家住水东西，浣纱明月下。

白石滩

裴迪

跂石复临水，弄波情未极。

日下川上寒，浮云澹无色。

『诗欣赏』

《白石滩》是《辋川集》中的第十五首。

辋川里的一草一木、每块石头都有故事。老子说：“不欲琭琭如玉，珞珞如石。”中国人喜欢玉，也喜欢未经雕琢的石头。老子喜欢石头，那是原始的真实，是生命的本来面目。

辋川的一处河滩，铺着许多白石。王维联想到诗经里“扬之水，白石凿凿”“白石皓皓”“白石粼粼”的诗句，就将此处命名为白石滩。

清人周焕寓在《游辋川记》中写道：“有白石数堆，不间他色，意即白石滩也，溪水萦回，跳珠溅玉，如无

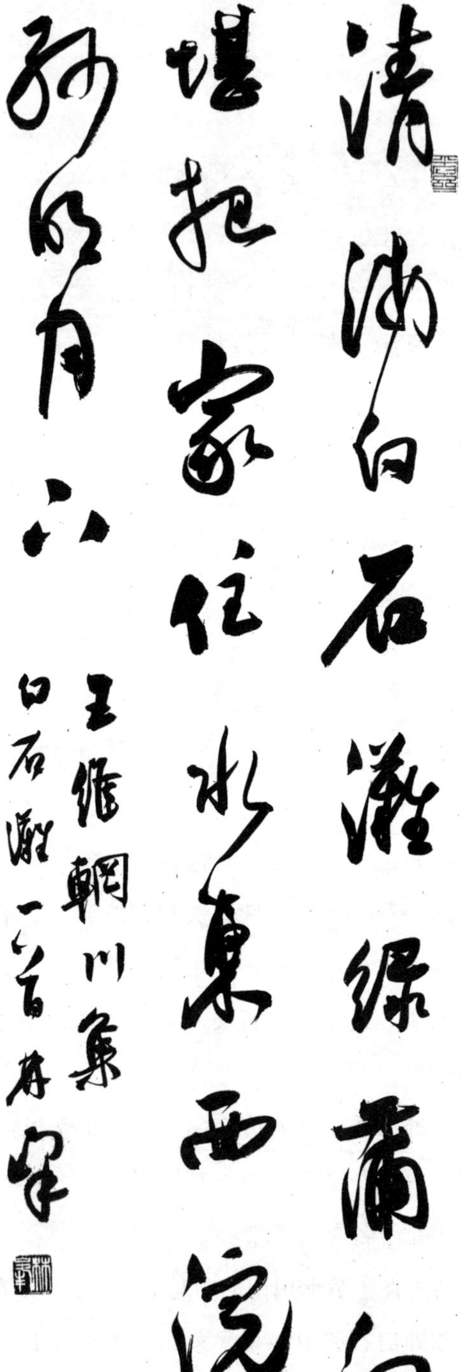
清浅白石滩绿蒲向
堪把家住水东西浣
纱明月下
王维辋川集
白石滩一首

数钟磬，发清响于丛石间，令人应接不暇。”

日暮的滩头，石白蒲绿，水清流浅。月出东斗，好风相从。一群住在水东水西的女子，不约而同地来到水边，冲洗衣纱，洗练明月，野山雀般叽叽喳喳。月光和流水在少女们的指间跳舞，一切皆淘洗澄静者也。

可以想象，一道清亮的溪流淌过心头，王维踏月来到水边，询问姑娘是哪个村子的。姑娘们你一言我一语，有的说住水的东边，有的说是西边那个村的，一会儿就把王维弄糊涂了，也高兴了。一片澄明中，浊重的肉身忽然变得轻盈。

四句诗，都是画，纯是白描。洗衣与玩耍的游戏，少女与流水的清洁，月光与人间的美丽，自自然然地“画”出一幅“月夜浣纱图”来，创造了一个纯洁静美的境界。诗中，不仅有如此美的画面，还有读者读诗可以读出来的溪流声、漂洗声、笑语声。这首诗，拂去三寸尘埃，没有丝毫杂质，素朴如老子的石头，皎洁如天上的月亮。

王维的《山居秋暝》也写过浣纱女：“空山新雨后，天气晚来秋。明月松间照，清泉石上流。竹喧归浣女，莲动下渔舟。随意春芳歇，王孙自可留。”飒飒空灵，色韵清绝，远尘而不离世，清静而又清高，得生命之大自在。《山居秋暝》与《白石滩》描写的是相似的景象，表达的是愉悦的心境；不同的是，《白石滩》写初夏，《山居秋暝》写秋天。

寒山有偈子曰："吾心似明月，碧潭清皎洁。无物堪比伦，教我如何说。"

再看王维十六岁（一说十八岁）写的《洛阳女儿行》：

洛阳女儿对门居，才可容颜十五余。
良人玉勒乘骢马，侍女金盘脍鲤鱼。
画阁朱楼尽相望，红桃绿柳垂檐向。
罗帷送上七香车，宝扇迎归九华帐。
狂夫富贵在青春，意气骄奢剧季伦。
自怜碧玉亲教舞，不惜珊瑚持与人。
春窗曙灭九微火，九微片片飞花琐。
戏罢曾无理曲时，妆成只是薰香坐。
城中相识尽繁华，日夜经过赵李家。
谁怜越女颜如玉，贫贱江头自浣纱。

前面十六句，铺采润文，雕金砌玉，写贵族女子日常生活与婚礼仪式的排场，无所不用其极，大力渲染富家子弟的骄奢淫逸；到最后笔锋一转，"城中相识尽繁华，日夜经过赵李家。谁怜越女颜如玉，贫贱江头自浣纱"，写贫困的浣纱越女，颜美如玉却无人爱怜，与前十六句形成鲜明对比，寄托了贫寒志士怀才不遇的深沉感慨。

《白石滩》与《洛阳女儿行》放在一起看，就会看到王维那种淡然、自然、安然的生活态度。中年以后的王维，澡雪灵府，洗练神宅，不夸张，不粉饰，不褒贬，不分别，身心清静，悠然神远。

王维的《山中》也写到白石："荆溪白石出，天寒红叶稀。山路元无雨，空翠湿人衣。"说的是秋天，溪水里露出白石，树上的红叶也日见稀疏，走在山路上，尽管没有下雨，衣服却被翠绿的水汽浸湿了。一派天趣。苏轼盛赞王维"诗中有画，画中有诗"就是以这首诗为范例的。

裴迪的同题诗《白石滩》同样幽淡而有情致：姑娘们先是光着脚丫站在石头上，然后垂足而坐，用脚拍打水面，激起浪花。她们玩兴正浓时，已是日薄西山，浮云淡而无色,凉意升起来……"日下川上寒,浮云澹无色"这两句尤其出色。裴迪的辋川诗,不失为王维之"劲敌"。

『诗现场 · 白石滩头狐狸语』

不知经过多少年的集结，辋川附近的白石头都集中到了这处河滩。那些不那么白的石头，要么把自己洗白，要么悄悄地搬家到别处去了。白石滩的石头自豪地宣称：这是我们白石的滩。

清泉石上流。巨大白石下还有圆润的白卵石、白色流沙。水和云在白石之间形成袖珍瀑布，汩汩流淌。经过多年的流水作业，白石滩上的白石，被磨得更加明亮。靠岸边的则被青苔覆盖。绿蒲长得齐腰高了。

溪流清澈，小鸟归巢。夜莺的叫声响起来：月亮如此明亮，灭掉了满天的星光；姊妹们，别浪费月光。

月亮从那东山顶上，露出半个脸。月光下的白石滩，仿佛是夜晚之神的虚拟场景。

东村西村的姑娘们，一群麻雀似的，来到白石滩洗衣裳。河流就成了女儿河。

小石头问妈妈，是哪个女子的纤纤素手第一个开启了洗衣服的模式?

大石头说，不知是那个爱数星星的女孩还是那个爱咬手指头的女孩。

溪水萦回，跳珠溅玉。衣服在水中飘舞。月光弯弯曲曲。大地沉浸在乳色中。

一个姑娘坐在石头上，长腿晃动，脚丫拍打水面，激起浪花。

先洗完衣服的那个女子，松开自己的长发，倾听流水冲洗头发的声音。

一条美丽的长鱼从一群腿或脚背滑过，以低低的姿态浣洗自己的衣裳。一群小鱼在谁的光脚上蹭着游着，痒得一个姑娘咯咯地笑起来。

一个姑娘把水撺向那个咯咯笑的姑娘：这么高兴，

是不是媒婆昨晚上你家提亲了？

一群姑娘都向那个咯咯笑的姑娘撵水：明年你就不能在这白石滩洗衣服啦。

接着是一群麻雀似的俏骂声：人家明年要到黑石滩、彩石滩洗衣服了。才不是呢，嫁个好人家，就不洗衣服了，没准还能洗到华清池呢。

水在飞，月光在飞，笑声在飞。岸边大树后面的一只狐狸，把华丽的尾巴收起来，闪身走进姑娘们中间，随手拿起一件衣裳洗起来，把自己洗成一个巧笑倩兮美目盼兮的女子。这一切唯有树上睁一只眼的猫头鹰看见了。

姑娘们的衣服湿了，紧贴肌肤。月色剪影出她们身体的波浪起伏，胳膊和腿闪着光亮。那是一个没有谁因为自己的身体而羞涩的时代。女儿们纯净着，河流也纯净着。

蝙蝠飞过来说，王诗人正朝这边走来。

“红豆生南国，春来发几枝。愿君多采撷，此物最相思。”不知谁起了个头，一群女孩子齐声诵读起来，个个星眸闪烁。

先生，她把衣服弄湿了，也把“相思”的“思”念成“湿”了。

先生，你说过的，采莲时“弄篙莫溅水，畏湿红莲衣”，她乱撵水，把莲衣弄湿了。

先生，她把我的衣服弄湿了，她是姐姐，得让着我呀。

姑娘们都认识诗人。王维也熟悉她们的面孔，或许叫不上名字。几年前的疯丫头，一下子就成了村里最漂亮的姑娘。这些跟植物叶子一样干净的姑娘，生活的压力、社会的阴影还没有降落在她们身上，她们是多么开心啊，生活中一些小小的不如意，很容易就在月亮下遗忘了，很快就被流水冲走了。没有一根白发打搅她们。王维思想着。

先生，听人说，这首诗是您写给红颜知己的。

先生，别听她胡说，她把自己的衣服弄湿了，也把你的诗也弄湿了。

在姑娘们嬉笑声中，王维看见一个姑娘偏着头一下一下梳头的样子，恍惚间胸中一紧，想起了夫人的长发，那是比春草还要茂密柔顺的青丝……我们没能一起把青云梳成白发，你提前进入下一个轮回，夫人呀如果咱家有女，也和她们一般岁数了。一条鱼似乎看见了诗人的心思，眼睛里噙着一滴泪。

先生，再教我们一首诗吧。

不是教过你们《春江花月夜》吗？

我们要先生为我们写一首呀。

清浅白石滩，绿蒲向堪把。

家住水东西，浣纱明月下。

月光皎洁无匹。回家的路，明晃晃像流水的小河。浣纱女穿过竹林回家后，才是真正的夜。谁家的孩子夜哭，引起狗叫，后来狗不叫了，夜哭仍响亮回荡。漆园里的漆树梦中说道，《庄子》书上说过，“有弟而兄啼”，看来这家要生小弟弟了。猴子看着萤火虫的微光说，不知是哪个投胎他家?

树枭夜鸣，狸猫夜走，一只母蝎背着一窝小蝎子夜游……许多奇妙的东西乐于夜间活动。这是辋川的黑夜，唐朝的黑夜，是真正的安静得没有杂质的黑夜。

夜半，天心月小。浩瀚黑夜里，星星发出微光，清风来到白石滩。在姑娘们洗衣服的地方，一只红狐狸对白狐狸私语，吾家有女，当让她踏着明月，浣纱白石滩。

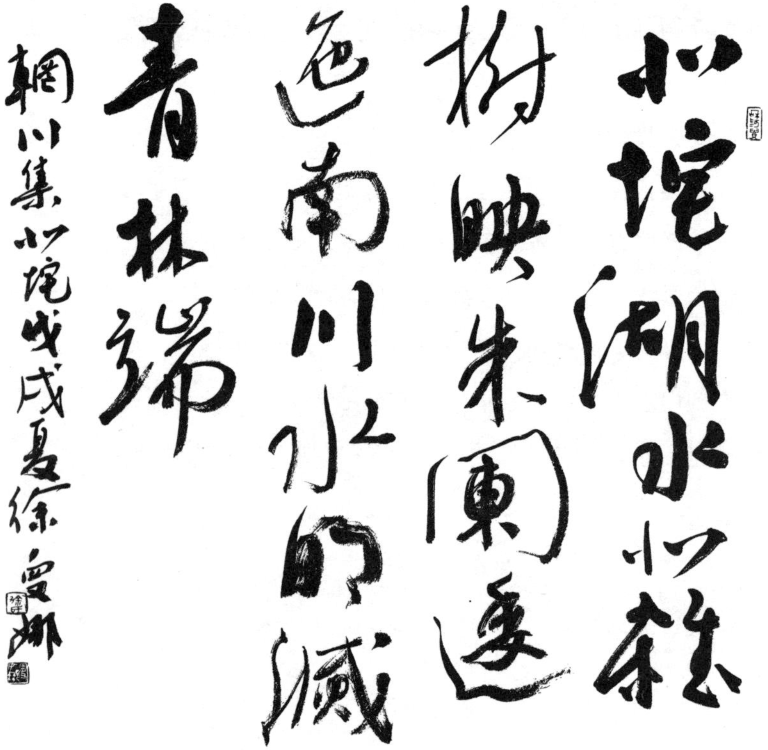
北垞湖水北
雜樹映朱闌
逶迤南川水
明滅青林端
輞川集北垞 戊戌夏徐愛娜

北垞

王维

北垞湖水北，杂树映朱阑。
逶迤南川水，明灭青林端。

北垞

裴迪

南山北垞下，结宇临欹湖。
每欲采樵去，扁舟出菰蒲。

『诗欣赏』

《北垞》是《辋川集》中的第十六首。

在辋川，欹湖之南有南垞，欹湖的北边是北垞。

诗人是以站在北垞或者欹湖上的目光来构筑这首诗的。目光先向北看去，再向南遥望，远眺于树巅，畅游于天际，心情是舒畅的。

山苍树秀。北垞的美，在于各色草木，以及草木丛中隐约的朱栏人家。注入欹湖的川水，蜿蜒南来，斗折蛇行，在远处树梢上星辰一般明灭。

湖水，山村，杂树，朱栏，扁舟，长河、青林……美丽的绿山跟流水，拥抱着山村，也拥抱着诗人。田园与诗人彼此守护。

《北垞》以平淡质朴的语言，曲尽山水飞动、丛林长流景色，给人以烟云变灭、邈远无尽的感受。托名王维的《山水诀》说：“塔顶参天，不须见殿，似有似无，或上或下。芳堆土埠，半露檐廒，草舍芦亭，略呈樯柠。”这些话可以帮助我们理解“杂树映朱阑”。《山水诀》中的“远岫与云容交接，遥天共水色交光”以及《山水论》中的“远水无波，高与云齐”，有助于理解“逶迤南川水，明灭青林端”。

《阿弥陀经》上说，西方极乐世界一切鸟、风、树等的声音，都在念佛、念法、念僧。在信佛的王维的眼耳鼻舌身意中，世界上所有的景象跟声音，都是不可思议的解脱境界。

水在流，云在飘，空气在流动，周遭的一切都在转瞬即逝之中。至于朱栏画栋，不过点缀片刻，与海市蜃楼无异，都是虚无……而修禅的王维，领悟“诸法空相”，有相无相入于平等，没有矛盾对立，于是他身在现象世界却可以不跟随一切现象而转，身心安静。

裴迪的和诗，用朴素清新的语言，勾勒出北垞“结宇临欹湖”的环境，每每想起采摘、打柴的时候，就拨开菰蒲，踏着扁舟而去……

『诗现场 · 北垞故事』

地上落满树荫。王维打坐北垞，形若枯木，无有动摇。

禅坐中，他聆听并进入一条连接远古大地的河流。水为什么奔涌？河为什么要无休无止地流向大海？终究是，万法空相，河流也不例外。

蛙声一片。坐也坐、卧也坐、走也坐、跳也坐的青蛙说，先生的禅坐是世界上最好看的坐。

身边的菜园子里，小葫芦闹着要听故事，把睡在葫芦花上的蜜蜂吵醒。

大葫芦说，你不是想长成大葫芦吗？从前，我们家族长出过一个大葫芦，大葫芦里能够装五石的水或粮食。

还有这么大的葫芦？

大葫芦惊动了两位名人，一个是庄子，一个叫惠子。惠子说，这大葫芦没用呀，用它盛水，它承受不了水的重量，把它剖开做瓢也太大了，一只手拿不动，瓢也没地方放。

怎么能说没用呢？让小矮人住进去，让山里的野蜜蜂住进去。

对呀，小有小的用，大有大的用。你猜庄子老先生怎么说？他说，把大葫芦做成腰舟，用来浮游江湖。

王维想，大与小有区别吗？江湖与庙堂对立吗？只有一面还是开元通宝吗？

小葫芦说，我还要听故事。

从前有个叫许由的人，一直用手捧水喝，有人给他一个瓢，这样喝水方便多了。他喝了水把瓢挂在树上，风一吹，瓢在树上咣当响，他嫌烦，就把瓢扔掉了。

奇怪的人。

还有更奇怪的呢。许由每天优游山林，显得与众不同，一个叫尧的大官听说了许由，想把自己的职位让给他，许由听说有人要把官位让给自己，感到耳朵受到了污染，连忙到河水里去洗耳……

人的世界观简直是太奇怪了。

王维忍不住，对葫芦说，耳朵不能留着声音，声音也不会污染耳朵，如果谁认为听到污浊的话感到自己被污染了，那是他自己内心先就有了污秽。

荷花说我同意。啄木鸟点头。狗说我老听人说脏话也没受污染。黑蝴蝶说我刚从绿油油的林子出来也没有被染绿。白鹭说我从一片红云中穿过也没被染红。炊烟说我从火中走出来身上也没带火。啃草的羊说我吃了这么多草也没有变成草。风说我从长安大明宫里来也没有被帝国的意识形态污染……

鼠说我不同意。猫的声音不仅污染我的耳朵，还给我的心理造成创伤，成了我的一块心病。

猫在湖边，正专心致志地用尾巴钓鱼。

不高不低的山，自自然然的田园，每棵树都按自己的样子生长，动物藏身其间，鸟虫清亮地鸣叫，蚂蚁也有说话的资格。草木散香，石头好看，泥巴亲切，乡邻朴素，大家不管远处的皇帝是谁，自己过自己的日子……

水一响，一条鱼翻身沉入湖水。蒲一动，飘出半个扁舟，是半个葫芦做的。王维正有些奇怪，看见裴迪从葫芦舟中直起腰来。

一滴水藏在水中，若是藏得太深，它会找不到自己。

裴迪吟唱道："南山北垞下，结宇临欹湖。每欲采樵去，扁舟出菰蒲。"扁舟载着他和歌声浮游欹湖了。一只蜜蜂跟了过去。

诗人纵目，追上蜜蜂，越过蜜蜂的翅膀和湖泊，投向远方。

许多顺道走的水走到了一起，形成河流。河流在山川树木临时构成的形色之间穿过，雷奔而下，声音渗透进石头与植物，终于无声。流下来的水，看上去像山里隐士燃起的一炷高香，曲曲弯弯地向上飘去。王维吟道：

北垞湖水北，杂树映朱阑。
逶迤南川水，明灭青林端。

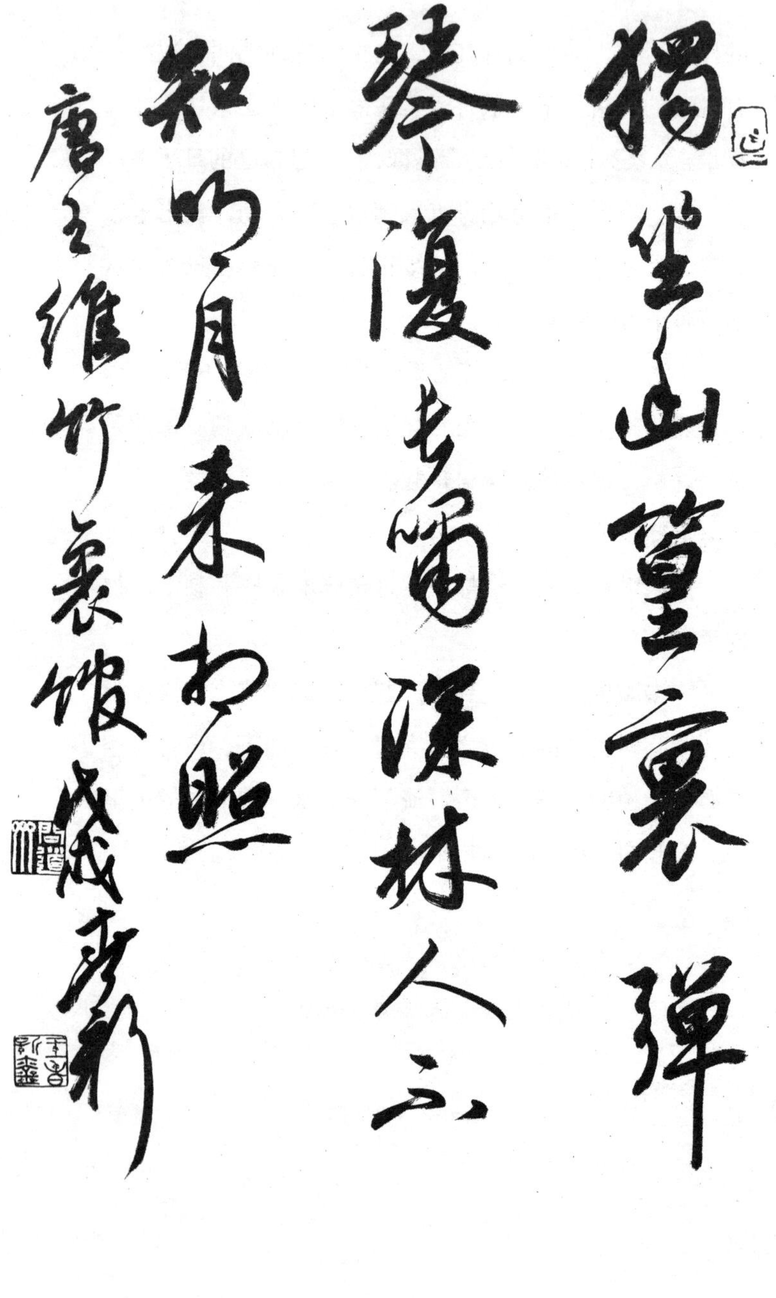
獨坐幽篁裏彈
琴復長嘯深林人不
知明月來相照
唐王維竹裏館

竹里馆

王维

独坐幽篁里，弹琴复长啸。
深林人不知，明月来相照。

竹里馆

裴迪

来过竹里馆，日与道相亲。
出入惟山鸟，幽深无世人。

『诗欣赏』

《竹里馆》是《辋川集》中的第十七首。

篁，竹林，竹子。千万棵竹子深处，搭间亭馆，起名叫竹里馆。半窗白日，半窗竹影。竹子，叶似翠玉，筠如苍玉，凌霜傲雪不凋零；清静自在，简淡逸远，修长挺拔而遒劲。屈原《九歌·山鬼》曰："余处幽篁兮终不见天……"王维的"独坐幽篁里"，就是从这里化来的。

琴与箫，是中国文人士子之最爱，也是《辋川集》中出现的两种乐器。琴声与箫声，最见风华。《诗经》中有句："妻子和好，如鼓琴瑟。"琴，作为中国历代士人最喜欢的音乐伴侣，成为寄情言志、纾解精神孤寂的好工具。“八音广博，琴德最优。古者圣贤，玩琴以养心。”（桓谭《新论·琴道》）琴以合天，琴以修德，琴以宣悲，琴以娱情。王维通过“弹琴”，沟通天地自然，抒发心灵深处的喜乐与慈悲，像嵇康一样“目送归鸿，手挥五弦。仰俯自得，游心太玄”。（《赠秀才入军》）王维在修篁翠竹与清越之声中，化入清净天地。

佛陀曾在“竹林精舍”修行，那片竹林方圆四十亩，是波斯匿王赠送给佛陀和他的僧团的。禅宗认为：青青翠竹，总是法身；郁郁黄花，无非般若。王维也在竹里馆修行：“独坐”“弹琴”，时而长啸。

撮口发出的悠长而清越的声音叫“啸”。啸，本是道教中的导引之术，后来成为精神的养炼之方。曹植《美女篇》有句“长啸气若兰”。魏晋以来，高雅之士好长啸。晋初文学家成公绥的《啸赋》曰：“发徵则隆冬熙蒸，骋羽则严霜夏凋，动商则秋霖春降，奏角则谷风鸣条。”陶渊明《饮酒十二首》之七说：“啸傲东轩下，聊复得此生。”沧海一声啸，是多少英雄的追求。啸傲山林的精神，为道家和禅宗所共爱。王维身处竹里馆，细细龙吟，意气深处，长啸一声。《竹里馆》这首诗，就体现了禅宗啸傲山林的境界。

乐在竹林，志求寂静。王维独坐幽彻的竹里馆，宛然把自己藏起来，藏在白夜庭院。摆脱万千纷扰，在竹影中诵经，在白云下弹琴，在空山里长啸。无争，无斗，淡泊，自然。朋友们不知他在竹林深处心斋坐忘，更不知道他的身心已在世界和时间之外。裴迪的“来过竹里馆，日与道相亲。出入惟山鸟，幽深无世人”，说的就是在竹里馆修行的王维。

援琴初为声，忽听修篁四面语，抱得琴来不用弹。翛然与翠竹清流同韵，飘然与山间白云同游。于脱然间、会心处，意态忽忽，落落长啸，天籁地籁人籁和声。今夕何夕，片刻万年。天人合和，不知过了多少岁月，月印万川的月，圆圆的脸静悄悄地来看望诗人，照亮了昏暗的竹林。

人在竹里馆，灵光满大千。摩诘与竹同伴，与琴相携，长啸抒怀，更有清风明月相照，正是“与天地合其德，与日月合其明，与四时合其序”，一派悠然。

与竹子同坐，与自然同体，与大化同在，穿过时间，超越生命，直达心灵的永恒寂静，身心越来越清澈了。

《竹里馆》，无警策，无惊艳，但在平实的诗句中，画面、音响、动态、静态有机结合；人性、物性、诗性、佛性融为一体，自然中见深味，平淡中见高远，妙在胸中绝无微尘，深意弥漫于文字内外。读这幽静恬淡的诗句，肺腑若洗，有一种生命的大喜悦。

左右修竹，中坐高人。《竹里馆》是王维的自画像。环境的幽静与他内心清净奇妙地结合在一起，表现出他同大自然孤独相处的时候，是多么的舒适自在。他把自己的人生观都写到景色里了。

《竹里馆》最后一句“明月来相照”，与《鹿柴》最后一句“复照青苔上”有些相似。一个是月亮来照，一个是夕阳来照，安静的自然中包含着些许生命的凉意。

《唐人万首绝句选评》点评此诗：“毋乃有傲意。”联想到《世说新语》中阮籍等人，他们的长啸带着放诞傲意，是为傲物。王维的诗中是否也流露出他清高与孤傲的情绪呢？我想，其中有傲物，也有“融物”吧。

王维的《酬张少府》可以帮助我们理解《竹里馆》：“晚年唯好静，万事不关心。自顾无长策，空知返旧林。松风吹解带，山月照弹琴。君问穷通理，渔歌入浦深。”两诗互映，反映的都是晚年心态。晚年的王维，不再为世事牵肠挂肚，好静，好松风，好山月，已经接近或抵达“穷通理”。“穷通理”是什么？诗句中没有直接回答，答案隐藏在“渔歌入浦深”这一句中，让读者回味无穷。《竹里馆》这一首，色籁俱清，更加通透。

诗人钱起是王维的朋友，写过一首《酬王维春夜竹亭赠别》：“山月随客来，主人兴不浅。今宵竹林下，谁觉花源远。惆怅曙莺啼，孤云还绝巘。”大概是宾主同游竹里馆后的作品。

王维写竹，画竹。他的《雪竹图》等画作中，多见有竹子的身影。难怪元人说：“唐人爱竹谁第一？精妙独数王摩诘。”王维还有一句诗叫“看竹何须问主人”(《春日与裴迪过新昌里访吕逸人不遇》)，真是好，好得每次看到竹，就想起这句话。

『诗现场 · 月照竹里馆』

竹林里，百草中，一群蚂蚁拉开架势打架，竹子正急急阻止，王维抱琴来了。

王维的一指琴声，把打群架的蚂蚁拨开。一群蚂蚁散去了，几个脾气大的蚂蚁还大声嚷叫着，一边挥舞着拳头，拉也拉不着。不刚不柔的竹子站在一边，看得笑弯了腰。

绿色的气息中，王维盘坐。他随手将帽子搁在刚刚冒出地面的笋尖上，放平琴，调匀呼吸，凝神息虑，弹一曲《鹿鸣》。

琴声中，山鸟不语，蚂蚁平和，梅花鹿从鹿寨跑来，远远地站在一边聆听。琴声明净透明，清静自在。得琴声之先的竹子，神清气爽，想起嵇康《琴赋》中的话：“状若崇山，又像流波，浩兮汤兮，郁兮峨峨。”果然，琴声可润枯肠。

竹笋在琴声中生长，绿的生气浮浮上升。一竿竹子一竿竹子一竿竹子一竿竹子一竿竹子一竿竹子一竿竹子一竿竹子一竿竹子……满山的竹子，宛然那八万四千偈。

再弹《鹊巢》《白驹》。琴声中，飞来几片云彩，缠在竹子的腰间。

王维抬起头，看见自己的帽子被白白胖胖的竹笋一下一下地高高举起，简直是跳跃一般。过一会儿，站起来也够不到帽子了。王维落落长啸一声，清峭连续，高拔幽卓。一种很古老的声音在山间荡回起落，引来了更多的禽鸟。十面埋伏的新生代竹笋，闻声也个个拔地而起。

果然是丝不如竹，竹不如肉。竹子听了王维之啸而暗自赞叹。

但愿我的长啸，没有叨扰了闲花与啼鸟的好梦。王维想着，独坐于古松慈竹，超然尘外，无有挂碍，无有颠倒梦想。

王维一边抚琴，一边诵念《心经》。不再起心动念，没有时间空间，进入一种亘古久远的无差别境界。

竹子看见，琴声宛然一丝轻烟缓缓上升，飞到竹林上空，云涌如白驹，渐渐化成一朵千瓣莲花，每一个花瓣上都闪着光……一个花瓣伴着琴的余音落下来，被最近的一片竹叶一把抓住。

清风过处，竹声萧萧。草木们都跟着诵唱《心经》。一只青蛙背着三叶草恰好旅行到竹里馆，也进入到诵唱的队伍。

一滴清露响亮地落在琴声中。大地拿着竹管在空中写地书，天空的手拿着竹管在地上写天书，写的内容都是《心经》。

仙鹤来仪，白鹭来仪，花豹衔来一朵木槿花。

竹子忽然看不见王维了。他在竹中，他在竹外。

琴声中，王维看见青青翠竹，都是清净法身。睁开眼，竹子仍是竹子。是的，每竿竹子都是禅门弟子。

不知什么时候，谛听的明月把自己低到白云之下竹林之中，当顶照着王维，如灌如沐。许久以后，它与王维耳语，先生把自己遗忘了，把昼夜遗忘了，把世界遗忘了。

王维睁开眼睛，烟消云散，天地澄澈，唯有一轮赤裸裸的明月。这是王维一生中见到的最大最圆最安静的月亮。王维轻轻地说，月光菩萨……他念诵《月光菩萨陀罗尼》，又随口吟了一首诗：

独坐幽篁里，弹琴复长啸。
深林人不知，明月来相照。

又圆又大的月亮和王维重叠在一起，光华圆满。

竹子第一次离月亮这么近，它看到里面并没有传说中的嫦娥玉兔，倒是坐着王维，站着翠竹。

帽子在竹竿上又长高了。

当一个伟大的声音出现之时，万物皆安静聆听。竹影，明月，虫子，猫头鹰以及林子里的四蹄动物，以竹林为家的几百只麻雀，本来在黄昏时都要嘤嘤然、喁喁然、泠泠然交流一天见闻，此时它们都如子女一般静默，状若无心，只有许多眼睛亮晶晶的。

王维踩着自己的影子回到家时，童子已经唤不醒了。

皎月临空，清辉匀撒。猫头鹰的圆圆大脸上，一双大眼睛注视着王维，只见他在油灯下，蘸着月色，以银泥打底，用粉细细点雪，又写下许多“个”字……很快画出了白雪翠竹跟一群没有尘心的禅门弟子，题名《祇园弟子图》。

深山里传来豹子的一声咆哮。清风习习，天地之间光华皎然。

王维在家同出家，心光如月光。

辛夷坞

王维

木末芙蓉花，山中发红萼。

涧户寂无人，纷纷开且落。

辛夷坞

裴迪

绿堤春草合，王孙自留玩。

况有辛夷花，色与芙蓉乱。

『诗欣赏』

《辛夷坞》是《辋川集》中的第十八首。

“辛夷坞”的命名，既来自辋川的一群辛夷树，又来自于屈原的《山鬼》：“辛夷车兮结桂旗，被石兰兮带杜衡，折芳馨兮遗所思。”坞，是四周高而中间低的山地。

辛夷，就是木笔花，就是春天常见的紫玉兰。辛夷花，就像长在树上的芙蓉花。

我猜想，有一天，王维在青山翠谷、岩穴溪流之间优游，一只鸟或者一只蝴蝶把他引向了山林深处。幽寂空谷，道路在身后消失，仿佛进入《山海经》中的大荒

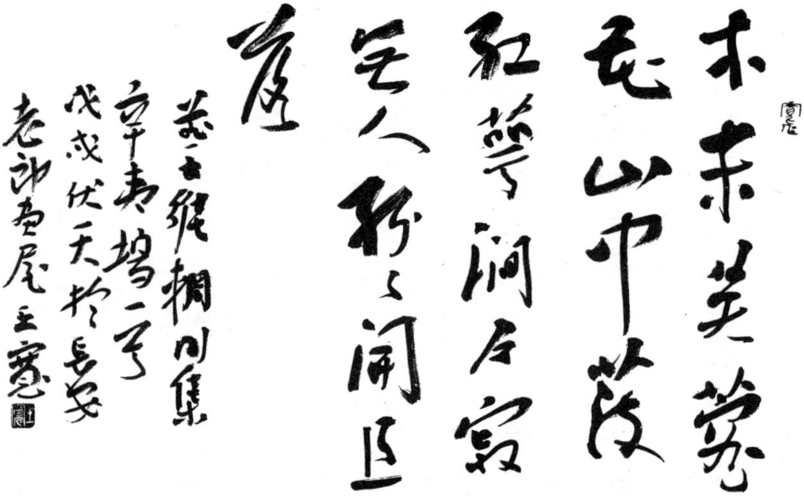
木末芙蓉花
山中發紅萼
澗戶寂無人
紛紛開且落
辛夷塢一首
戊戌伏天於長安

山中。不期而然，他一头撞进一个古老原始的时空，一个无人动过的陌生世界，一个独立于大唐王朝之外的土地，一个红尘飞不到的地方，这里长着一群不为人知的辛夷树，鲜亮绽放，自开自落。王维被惊住了。“当下”那一瞬间，扑面而来的辛夷花直接契入他的生命，他顿时“空”了。他变化成为辛夷树中的一棵，成为辛夷花中的一朵。他的身体与思想全部打开，他的知识、观念全部卸掉，那被遮蔽的清净自性，霎那澄明地呈现出来，他成为自然的一部分，同时也成为诗的接收器。《辛夷坞》诞生了。

辛夷树举着小小的画笔，蘸着三千大千世界的“空”，于“无”的画板上，描画自己的花朵。花开花落不知年。在这几无人烟的山涧，一朵花一朵花一朵花一朵花一朵花……不求人知，不冀人赏，无缚无类，一任自然，自己为自己绽放。她们发于自然，自开自落，开也是落，落也是开。开与落，只是花的形态上的变化，无有分别，没有价值判断。花自开落，无论蜂蝶来与不来，没有期盼，没有喜欢，也没有恐惧。

王维的《辛夷坞》，让辛夷花说，辛夷花在皎皎然地说。诗人的肉身不介入、不践踏，意识形态也不进入，不分别。于是乎，诗中的辛夷花，穿越时间，超越生死，无爱无嗔，自足而圆满，清静且空寂地开放了。

自开自落，这是生命最本质的特征。空山无人，水流花开。山涧的辛夷花，一派天然，清淡出尘，脱然世外。这些都被王维“抓”到，融进诗中。

李泽厚在《美的历程》中评论《鸟鸣涧》《辛夷坞》说：“忠实、客观、简洁，如此天衣无缝而有哲理深意，如此幽静之极又生趣盎然，写自然如此之美，在古今中外所有诗作中，恐怕也数一数二。它优美、明朗、健康，同样是典型的盛唐之音。”

辛夷花静静地开放又静静地飘落，这是山中的自然景象。在这木芙蓉的必然开放与必然凋落中，王维表达着对佛教的世间万法毕竟空寂观念的认同。他在《与胡居士皆病寄此诗兼示学人》第二首里写道：“空虚花聚散，烦恼树稀稠。”他的《积雨辋川庄作》中也有“山中习静观朝槿，松下清斋折露葵”的句子，他经常以草木作为观照，静观而悟禅。

辛夷花的自然而然，映照人的不自然、人的做作。

花的开与谢，就是花的开与谢，从来跟人没有多大关系。花开的意义不待他者来决定。在花面前，有人看见笑脸，有人看花溅泪，有人看见儿童的脸蛋，有人看见朱颜消瘦……都是我与物相对，将人的主观强加于花。无论人们对花开花落产生怎样的感受、做出怎样的言说，都是人的一厢情愿，而不是自然的花，不是花的本来面目。

“纷纷”二字，最为触目惊心。喜悦者读出欣欣之喜，寂寞者读出无人之空，忧伤者读出飘零之悲。有人为“纷纷开且落”而叹息，联想到才情的飘落、红颜的枯萎，士子的无可奈何，却是辜负了摩诘。“诗佛”以其精深的修行和高妙的诗艺，早已将人生诸般情绪消解于无形，转化为通透跟圆融。

王维少年时就有观花名句，如《息夫人》中的“看花满眼泪，不共楚王言”，《从岐王过杨氏别业应教》中的“兴阑啼鸟换，坐久落花多”等，花中有我，我中有花，甚至是花中有满满的“我”。《辛夷坞》只有花而没有“我”，或者说，“花”就是“我”，“我”就是“花”，作者和“花”一样解脱与清明。

一朵辛夷花，照亮了王维。

王维的《辛夷坞》，把众人的心灵照亮了。

《辛夷坞》是王维自我精神世界的写照，他与造物相表里。

读《辛夷坞》时，联想到柳宗元的《江雪》曰：“千山鸟飞绝，万径人踪灭。孤舟蓑笠翁，独钓寒江雪。”两首诗，通篇全是画，都是绝顶之作。柳宗元“以我观物”，美丽峭凛的画面中，明写一舟一翁一钓事，句外暗传天地之间无人倾听的冷峻和孤独。王维“以物观物”，《辛夷坞》寂美空灵的画面中，体现了对宇宙和生命的大彻大悟。胡应麟曾对比点评说：“‘千山鸟飞绝’二十字，骨力豪上，句格天成，然律以《辋川》诸作，便觉太闹。”

人总希望被人关注，被人“看”，被人“点赞”。这样一来，人就是为别人而活着，活在别人的眼神里，活在别人的褒贬中，活在别人制造的牢笼里，于是产生贪、嗔、痴、慢、疑，自己折腾折磨自己。王维的“辛夷花”提醒我们，要像山中的辛夷花那样，自己作为一个单纯的独立的个体，自己描绘自己的花朵，自己开放自己的花朵，一切放下，永离盖缠，安住在自家的清静中……

《辛夷坞》是诗中的极品，是纯粹的文学。同时，它也是佛法思想“汉化”出来的文学精品。明人胡应麟称这首诗是“入禅”之作，“读之身世两忘，万念俱寂”。

《五灯会元》说，世尊在灵山会上，拈花示众，不言不语，弟子都不明白怎么回事，唯有迦叶尊者破颜微笑。——当下，花与拈花者无有分别，所见之花与观花者无有分别。王维看辛夷花，一心不生，与花合一，悟出了不生不灭。

《维摩诘经·观众生品第七》说，天女散花，花雨缤纷，花瓣落下来，菩萨身上一瓣也没有沾，而罗汉身上沾了许多花。成佛的境界是没有一丁点的贪恋与挂碍，也没有分别妄想。所以《老残游记》中有句诗说：“刹那未除人我相，天花黏满护身云。”品《辛夷坞》，可见作者身心明澈，心无挂碍。

《信心铭》曰：“梦幻空花，何劳把捉。得失是非，一时放却。”写《辛夷坞》的王维，一切放下，一任世界自在兴现，直呈本来风光。

每一首被千载传唱的好诗，都有八万四千个翅膀，看你如何打开它了。毕竟王维孤军深入辛夷坞，不是浅浮者可以潦草解读的。好在即使我们不懂得佛家的说法，不解其缥缈曲折，也不妨碍我们从王维诗中感受单纯的美好与朴素的智慧。需要小心的是，王维的诗，不解它也在，说不定解多了还糊涂了。当心乱花迷眼。

读《辛夷坞》，想起《孔子家语》中孔子的话：“芝兰生于深谷，不以无人而不芳。”芝兰不管有没有人欣赏，它芬芳自己的。孔子说出了芝兰的自性。

读《辛夷坞》，想起王阳明“南镇观花”时说过的话：“你未看此花时，此花与汝心同归于寂。你来看此花时，则此花颜色一时明白起来，便知此花不在你的心外。”王阳明说的“寂”，是寂寥、寂静、空寂、禅寂而非死寂；他说“未看此花时，此花与汝心同归于寂”，不是说花开的事实不存在，而是花开的意义未彰显；他说“你来看此花时，则此花颜色一时明白起来”，是说此境有花也有心，心与花同时呈现，一气流通。王阳明是把人作为主体、花及万物作为客体了，他还没有超越“主客二分”的认识模式。王维在《辛夷坞》中，平息主宾，无有彼此。

裴迪的诗也描写了辛夷坞的景色和自己的感受：绿堤上春草茫茫，我愿意留在这里尽情玩赏，更何况有辛夷花，辛夷花与芙蓉花几乎让我分不清谁是谁了。

唐代还有几首写辛夷花的诗，可与王维的《辛夷坞》对比着读——

白居易的《题灵隐寺红辛夷花，戏酬光上人》："紫粉笔含尖火焰，红胭脂染小莲花。芳情乡思知多少，恼得山僧悔出家。"

元稹的《辛夷花·问韩员外》："问君辛夷花，君言已斑驳。不畏辛夷不烂开，顾我筋骸官束缚。缚遣推囚名御史，狼藉囚徒满田地。明日不推缘国忌，依前不得花前醉。韩员外家好辛夷，开时乞取三两枝。折枝为赠君莫惜，纵君不折风亦吹。"

皮日休的《扬州看辛夷花》："腊前千朵亚芳丛，细腻偏胜素柰功。螓首不言披晓雪，麝脐无主任春风。一枝拂地成瑶圃，数树参庭是蕊宫。应为当时天女服，至今犹未放全红。"

『诗现场·自然辛夷坞』

辛夷坞不远的地方，有个林子，正开着大片的辛夷花。远远近近的动物植物听说了，都跑来观赏。风跑得最快，当然要不是辛夷站在那里等它，它也追不上辛夷树。莲花赶来和辛夷花合影。蝴蝶站辛夷花上自拍。蜂鸟跟辛夷花亲嘴，蜜蜂说你不会近一点么。蚂蚁气喘吁吁地爬上树来，说，去年来晚了，今年我终于没有迟到。狐狸在树下对猴子说，你帮我摘一朵花嘛我要戴在头上，还要一朵我要送给老虎哥哥，它踱着狐步说，还要一朵我要拿回去给我九尾白狐姑姑。

猫熊坐在另一棵辛夷树上，看着眼前造法自然的景象，大声地说：多么好啊，花朵、蚂蚁、风等，各是各的样子，各唱各的，各说各叫，多么好啊。

辛夷树说，怎么没见乌鸦来呀？

有人说它是不祥之鸟，追打它，它在南山的密林中躲藏着呢。风说。

猫头鹰说，我来的路上，一个黄口小儿看见我说“夜猫子进宅准没好事”，还连吐三口唾沫。

他们夸我呢，说“鸡有五德”，我咋不知道我有“五德”？今天早晨，我没有打鸣就出来了，天不是照样亮了。一只公鸡大声说。

辛夷树说，人总是充当上帝，想当然地“文”“化”万物，自以为是，胡说八道，结果挪动了世界。他们的文字、语言具有欺骗性。他们所谓的美学其实是丑学，扭曲了天下尤物。他们说的玫瑰不是玫瑰。他们画的竹子不是竹子。加法减法都不是自然之道法。万物本身没有所谓的好坏美丑，美丑好坏的价值判断都是人类的，与我们万物无关。一粒沙子是美是丑？一河沙分为几个阶级？太阳并不是为人类升起的，也不是因为鸡叫升起来的。水从来没有反对过火。风也不是火的助手。人类的语言文字、价值观污染了万物，万物成为他们的说教之物，成为他们施暴的对象。我们需要正名。

我们要找个代言人，让他帮我们说话。金丝猴说。

人都是社会人，都抱有意识形态偏见，代言人可不好找。野猪说。

我们邻居中不是有个王维吗？我看这事只有他能够帮忙。你们读过他的《鹿柴》吗？人家不介入，不持立场，写大自然的本初状态，写得真好。梅花鹿说。有人正墨斗吊线去测量他的“大漠孤烟直，长河落日圆”是否准确，王维听说了浅浅地笑一下。王维应该能够帮上忙。

林子里响起一片掌声。

喜鹊说，王维刚从家里出来，正山林优游禅呢。

蝴蝶说，我去召唤他。

白皮松说，造物者不是人。人站出来，把自己弄得高于万物的样子，对着万物指指点点，万物都成了他的对象。人以自己为主，粗暴地占有对万物的解释权。他们把自己身体内的善恶装在我们身体上，他们充满偏见、邪见、窄见的言说，污染到空气、水以及每一棵小草。他们全面入侵，强加于万物，施暴于万物，遮蔽了万物的事实与本来面目。

麻雀说，王维遇到一段很陡的路，被荆棘纠缠得跌跌撞撞，掏空的样子，上不来的样子。

石头说，我去给他铺台阶，顺便告诉路边的树，拉他一把。石头说罢，跑下山去。

银杏树说：世界万物不是为人而活着，不是为意义而活着。如果硬说有意义，也不是人类所说的意义。

刚入群的乌鸦说：人自不量力，说什么“喜鹊叫喜，乌鸦叫祸”，他们说得清我下一翅膀飞向哪里吗？乌鸦说着，在风面前把自己的羽毛弄平，在天空涂一把鸦。

狐怎么媚啦？猫头鹰夜里进宅怎么啦？杜鹃何时啼血？杜鹃花跟杜鹃不是人们所传说的那种关系。蛇腰多长与人何干？丹顶鹤头上的红色顶子什么时候有毒？还有什么鸡有五德、蝉有五德、玉有五德，难道人还比蓝田玉更了解蓝田玉吗？哪有什么毒草恶木，蒺藜也是好伙伴。造化妙手，岂是自作聪明者能够明白的。一群动植物嚷嚷道。

风的嘴唇说：王维走渴了，想回去呢。

山泉叮咚着说，我马上赶过去送去甘泉，让他文思泉涌。

狗熊说：世界万物是个大合唱。没有什么“我是谁？从哪里来？到何处去？”的问题，没有什么“为什么”的问题。人类那些耸人听闻的说法把自己哄住了、唬住了、吓住了。人的语言文字把人限制了，把人弄坏了。为天地立心，你立得了吗？万物仍是万物。万物不是可以随便摆弄的。大家都在场。只有存在，没有意义。与任何毁誉无关。天地无德，万物无意义。

人类侵入动植物世界，必须对人类进行批判。莲花说，我也渴了，去喝点水。

青蛙说，我爷爷告诉我要永远保持皮肤的湿润，我陪你去。

喜鹊说，王维喝了水，现在走得汗流浃背，正在蝴蝶的引导下往咱们这走呢。

风说，风姐妹们正给吹风呢，让他放松轻松。

斑鸠说，让人类自己继续误判下去。让他们在自己制造的概念意义这些垃圾面前继续沾沾自喜吧。让人骗人吧。当然我们要活泼泼的，吃阳光，吃月光，吃风，吃水，吃等等，被阳光吃，被月光吃，被风吃被水吃，被等等吃，自自然然的。我们要躲闪着，防止人类把观点跟意义强加于我们。我们有自己的节律、自然的节律，与其他无关。我们要保持我们的本来面目。我们不要意义。我们没有意义。只有无意义才是意义。我们不要人类给我们文身。鸟要飞得快，树要立得稳，藤要缠绕自己的，水就是水，我们要让他们的意义无有着落，成为孤魂野鬼，成为他们自己的枷锁。

松鼠倒吊而行：王维快到了，大家自然，让他身心放松，让他打开自己的身体，让他书写属于万物的宣言。

辛夷树说，我们不否认我们与人的关系性存在，但是我们否定人对万物的理解特别是误读，更讨厌他们实用主义的立场。让我们站在更高处、站在边上看他们的荒谬。当然如果是我们不小心做梦了站歪了而给人类的眼睛和思想那里投射出本来不属于我们的自性，我们要检讨。对万物指手画脚肯定是人类不那么高明的地方。让他们鼓噪去吧，天塌不下来，树照长，鱼照游，母亲照样生孩子……

——嘘，王维来了。燕子告诉大家。

万物安静，归于自然，各忙各的，各自干着自己的事情。

经过寸步难行之后，王维一头撞进来，双脚陷进厚厚落叶也顾不上了，他眼睛里出现一道闪电——

古树林。万籁俱寂，深不可测，好像野兽也没有来过。几棵不知倒伏了多少年的老树——树上一个蘑菇想喊一声先生，自己忍住了。辛夷花辛夷花辛夷花辛夷花辛夷花辛夷花辛夷花辛夷花辛夷花……万千朵辛夷花映入眼帘。有的骨朵着，开的在开，落的在落。各开各的，各落各的，各美各的。开的阳光似的开。落的乘着风的滑梯滑行，在风中荡秋千，盘旋，追逐。个人舞，双人舞，集体舞。地上的花瓣、空中的花瓣与树上的花，都自自然然。它们自个儿开落自个儿的，自个儿玩自己的，自己完成自己的……

王维一下子被击中，忘记自己，置身虚空荒芜。他的影子飘起来，像一件披风。没有时间的时间，没有地点的地点，盘踞于身体里的价值观、道德、理性一下子都消失了。他也成为辛夷树中的一棵，他也成为辛夷花中的一朵。无相无念，不住不二。他的身子随着影子摇晃了一下，一首诗已经降落：

木末芙蓉花，山中发红萼。
涧户寂无人，纷纷开且落。

漆园

王维

古人非傲吏，自阙经世务。

偶寄一微官，婆娑数株树。

漆园

裴迪

好闲早成性，果此谐宿诺。

今日漆园游，还同庄叟乐。

『诗欣赏』

《漆园》是《辋川集》中的第十九首。

辋川里，生长着一些与庄子“沾亲带故”的漆树，这个地方被王维命名为漆园。漆园在鹿柴寺西。

王维不仅引禅入诗，亦引儒引道入诗。他相当多的诗文中，引用儒家道家的典故与思想，毕竟他从小是受过儒道思想熏染的。在《辋川集》及其许多作品中，洋溢着庄子的逍遥精神。

《史记 · 老庄列传》曰：“庄子者，蒙人也，名周。尝为蒙漆园吏。”从前的庄周，安于管理漆园，喜欢对着漆树的伤口发呆与思考，他与漆园里的蝴蝶游戏，经

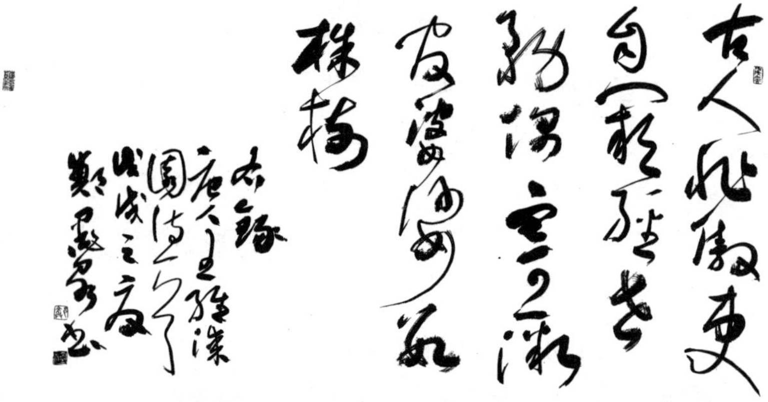

常和虫子们说话。当楚怀王以丰厚的待遇邀请他出山为相时，他自称无治世之才干，拒绝了高官丰禄，继续做自己的小吏，活出了简朴的自由。庄子说“吾将曳尾于涂中”，自愿做泥潭里的自由自在的没有名分的龟。郭璞《客傲》中说，“庄周偃蹇于漆园，老莱婆娑于林窟”。

王维亦官亦隐在辋川。看到漆园里的漆树，难免联想起庄子。郭璞《游仙诗》中写道：“漆园有傲吏……”意思是说庄子生性孤傲，所以不入仕，不愿去做所谓的大官。王维认为，庄子不是“傲吏”，为什么这样说呢?“自阙经世务”，庄子他对自己有自己的定位与把握。“偶寄一微官，婆娑数株树”，宁愿当个芝麻官，那样婆娑自在地起舞。这是庄子的态度，也是王维的态度。

那些拼命往上爬的尘土之官，那些“崎岖见王侯”的言行，王维已经厌倦了，也不需要了。名利本为浮世重，世间能有几人抛?别人“前进”，他“后退”。王维由嗷嗷为世所用到无用于世。他从“动为苍生谋”（《献始兴公》）的人生理想，从“岂学书生辈，窗前老一经”（《送赵都督赴代州得青字》）那种济世豪情中，主动退步，从朝廷退到山野，从长安退到蓝田。后退，乃至退出，做一个天下“不紧要”的人。朝里朝外有人会说“王维傲得很”，或者其他种种议论。毕竟他身在朝廷，拿着俸禄，半官半隐也不是为官之正道。

诗人情怀幽邃，一些难言之隐，只能通过古人与典象，影映而出。诗人用诗的形式，借评价古人，把自己的想法说出来，用词语将那些人的嘴巴堵起来。《漆园》就是回答那些闲言碎语的。

王维在许多诗中，一而再地、“委屈”地为自己解释：“苦无出人智”（《赠从弟司库员外绿》），“自顾无长策”（《酬张少府》），“无才不敢累明月”（《早秋山中作》），“冯唐已老复何论”（《重酬苑郎中并序》）等。这是伏弱，是自知之明跟退步之道，是通过自贬而自保。这是人在江湖、身在官场的老套路，“老司机”都懂的，真是屡试不爽，好用得很呐。

这首诗中，诗人不用比兴，不用象征，不用隐喻，直是“赋”来。如果说他在用典，也是故意用典，故意让人看出来这是用典，从而为庄子辩护，也完成了为自己的辩护。田园诗成为诗人的护身盔甲。

中国文人在进退仕隐的人生机运中，总是徘徊于有情与忘情之间。烟云供养，山水凄迷，王维已经忘情于“婆娑数株树”了。

婆娑，两个半边同文的联边字，在汉语中是舞动的意思，在佛教用语中是指“堪忍世界”。“堪忍世界”包括两个含义：一是认为这个世界充满不堪忍受的苦难，众生罪孽深重而不觉悟。二是说佛菩萨在这个苦的世界里自度、度人。王维一语双关，说出自己的世界观。

王维在《与魏居士书》中说，“长林丰草”与“官署门阑”无异，“顿缨狂顾”与“俛受维絷”无异。他将传统的魏阙与山林的矛盾统一起来，“冬天”在朝廷“取暖”，“夏天”在山林“乘凉”，亦官亦隐，身官而心隐。

作文之法，直写其物，直陈其事，直抒其情，是一种；曲陈其事，曲抒其情，曲体其物，又是一种。《漆园》介乎二者之间，又直接，又不直接。

王维的辋川组诗二十首，唯有这一首没有写景。景色都藏在诗句的背后。他直接地说庄子的故事，曲折地说出了自己的生活态度和生命状态。

朱熹对曾任伪职的王维评价不高，但他对王维的《漆园》评价颇高。他说：“余平生爱王摩诘诗云‘漆园非傲吏，自阙经世务。偶寄一微官，婆娑数株树’。以为不可及，而举以语人，领解者少。”（罗大经《鹤林玉露》）他说，他喜欢王维的这首诗，经常拿这首诗说给人听，可是能够懂得这首诗的人太少了。

官场上，人一当官，被放在某个位置上，能够利用公共平台、调动公家资源做些事情，又被周围的人恭维，慢慢地自己就膨胀得不知道自己是老几了，缺乏自知之明，以为自己无所不能乃至是治国安邦的栋梁之材，目空一切，知进不知退，骄横得不行。这一点，朱熹看得清楚。所以他拿这首诗说给人听，是一个提醒，可是，又有几个人能够听得进去呢？

禅宗的玄觉说过这样一段话：“是以见道忘山者，

人间亦寂也；见山忘道者，山中乃喧也。必能了阴无我，无我谁住人间？若知阴入如空，空聚何殊山谷？如其三毒未祛，六尘尚扰，身心自相矛盾，何关人山之喧寂耶！”大意是说，修行的人，能够见道忘山，那么人间也像山中一样寂静；如果见山忘道，山中也像市井一般喧嚣。如果有修行的决心，不管入山还是住在城市，其实都一样。王维四十多岁后，基本是半官半隐。他入山出山，出俗入俗，亦出亦入，最终走出一条自己的修行路子。

裴迪的诗写了在漆园与王维谈论佛事的欢乐情景。大意是，王摩诘早年就已奉佛，现在已经在佛那里找到归宿。今日我们游玩于漆园，像庄周一样无比快乐。

『诗现场·漆园里的一只蝴蝶』

漆树婆娑，满满生意。一群蝴蝶在漆树林中穿来穿去。

庄子拦住了一只帝王蝶，说，我刚才做梦，梦见自己变成蝴蝶，翩翩飞舞，放浪山林。梦醒了，庄子还是庄子。我就困惑了，是我做梦梦到蝴蝶了？还是蝴蝶做梦梦见庄子了？

帝王蝶说，我刚才做梦，梦见自己变成庄子，做个管理漆园的小吏，半官半隐，纵情自适。梦醒了，蝴蝶还是蝴蝶。我就困惑了，是蝴蝶自己做梦梦到庄子了？

还是庄子做梦梦见蝴蝶了？

漆树林里笑声一片。山鸡的脸比人脸好看，猴脸比人脸好看，它们笑起来更好看了。

帝王蝶说，有位王维，正想庄子，我去看看。

帝王蝶穿过漆叶上的虫洞，飞进漆园深处。

漆园深处，王维禅定。

帝王蝶站在王维的鼻子上，跟着王维进入禅定中。

祥鸟和天使在王维头顶之上飞来飞去。王维睁开眼睛的时候，看见眼前的帝王蝶，他轻轻地把它放在跟前的一朵花上。花上还有一个七星瓢虫。

帝王蝶说，庄周做梦，王维禅定，这都是好玩的事情。

王维对帝王蝶说，咱们聊聊庄子如何？

那你先告诉我，你的前生前世，那个写诗画画的是谁呀？

你刚才进入了……我？

我看到你将会写一首诗，我先替你念出来如何："……老来懒赋诗，惟有老相随。宿世谬词客，前生应画师。不能舍余习，偶被世人知。名字本皆是，此心还不知。"

是呀，我既然叫维摩诘的名字，就不该再去追求诗人画家的浮名了。

出世入世？官乎隐乎？先生正在抚平自己。

郭璞《游仙诗》中写道："漆园有傲吏……"郭璞

不懂庄子，庄子哪里是傲啊。在庄子的世界观里，傲世，傲骨，傲气，傲慢，傲娇，等而下之；无为，无用，无能，无才，才是最高境界。要做一棵无用的樗树，生长于无何有之乡，不夭斤斧，逍遥自在……蝴蝶，不知我理解的庄子是不是庄子？

一会儿先生从漆园出去，又会写一首诗，名《漆园》，为庄子辩，也为自己辩，我先替你念出来吧："古人非傲吏，自阙经世务。偶寄一微官，婆娑数株树。"

你在过去？你在现在？你在未来？

我还知道你的朋友裴秀才未来一天会和你一首《漆园》，我也先替他念给你吧："好闲早成性，果此谐宿诺。今日漆园游，还同庄叟乐。"

你是蝴蝶？你是庄子？你是我？你是裴秀才？

庄子正念叨王摩诘呢，我过去看看。

帝王蝶翩翩飞上一片漆叶，穿过虫洞，进入漆园深处。帝王蝶的振翅声中传来四个字：微尘，木槿。

王维快乐上眉。这时候，园子里有八万四千只蝴蝶在飞舞。

椒园

王维

桂尊迎帝子，杜若赠佳人。
椒浆奠瑶席，欲下云中君。

椒园

裴迪

丹刺罥人衣，芳香留过客。
幸堪调鼎用，愿君垂采摘。

『诗欣赏』

《椒园》是《辋川集》中的第二十首，最后一首。

“香草为君子，名花是长卿。”（《春过贺遂员外药园》）草木通灵。椒园（种植花椒的园子）里，多有奇异的草木，花椒，桂花，杜若……注视草木，内心安详，幻想着灵魂于肉身上化蝶而出：盛满桂酒迎帝子，采来杜若赠佳人，花椒泡酒来祭神，请来天上“云中君”。这是对“绝地天通”之前时代的怀念，是对天地人自由往来的吟唱。

《椒园》是向伟大诗人屈原致敬之作。

首句“桂尊迎帝子”，典出屈原《九歌·湘夫人》：“帝

桂尊迎帝子杜若赠佳人椒浆奠瑶席欲下云中君

王维辋川集椒园 戊戌孟夏
书于长安大学校园 杜中信

子降兮北渚，目眇眇兮愁予。袅袅兮秋风，洞庭波兮木叶下，登白薠兮骋望，与佳期兮夕张。”帝子，指湘夫人，传说是尧的两个女儿，即舜的两个妃子娥皇、女英。王维的意思是说，用桂尊酒迎接帝子的到来。

第二句“杜若赠佳人”，典出屈原《九歌 · 湘君》：“采芳舟兮桂春，将以遗兮下女。”《九歌 · 湘夫人》：“登白薠兮骋望，与佳期兮夕张。”“闻佳人兮召予，将腾驾兮偕逝。”唐代常以“佳人”代称友人。王维这句诗的意思是说，将香草杜若赠给那位佳人。

第三句“椒浆奠瑶席”，典出屈原《东皇太一》：“瑶席兮玉瑱，盍将把兮琼芳。蕙肴蒸兮兰藉，奠桂酒兮椒浆。扬枹兮拊鼓，疏缓节兮安歌，陈竽瑟兮浩倡。”屈原诗中说，为表示对东皇太一（天帝）的尊重，以华贵的祭品和歌舞来祭祀。王维说，把椒浆摆上精美的宴席祭奠。

最后一句“欲下云中君’，典出屈原的祭祀云神之作《九歌 · 云中君》：“灵连蜷兮既留，烂昭昭兮未央。”意思是，云中君（即“灵”）回环欲下，光华照耀未有穷尽。云中君，即云神。云神，一说为丰隆，一说为屏翳。王维诗句说，云中君马上就要降临。

《辋川集》中，唯此一首句句用典。用典过多易于滞重，往往失之轻灵，有“獭祭鱼”之嫌。不过这一首还好，文字浓重而寓意空灵。

王维这首诗，明写“椒园”却不见椒园，而是另造新境，写椒园之外。全诗优美而缥缈，绚丽多姿。作者通过幻想，实现人的肉身与天上神仙的交流、人间和仙界的沟通。

裴迪的和诗也很有意思。他说，红色的椒刺挂人的衣服，芳香的椒味引人注意，它是烹调的佳料，希望您多多采摘。三、四句“幸堪调鼎用，愿君垂采摘”，显然是从王维的“愿君多采撷，此物最相思”化来的，似另有深意。

『诗现场·椒园的秘密』

老花椒树梦见夫人了，梦见王维昨晚也梦见夫人了。

梦中，夫人说，一晃三十多年了，你长这么大了。老花椒树泪眼婆娑，自己是王夫人亲自栽下的，夫人走后，先生把它移栽过来，它就日寸月尺地长起来。

老花椒树知道，先生一会儿就会到椒园来。他梦见夫人、想念夫人的时候，他就会来椒园，侍弄一会儿园子里的花草和蔬菜，站在花椒树前待一会儿，念“每逢佳节倍思亲”，或者“君自故乡来，应知故乡事。来日绮窗前，寒梅著花未”……

枝头上，一只麻雀对另一只麻雀说，刚才我到金屑泉喝水，王维也去打水，你猜我和王维在水中看到了什么？恍惚看到一个女子云鬓轻挽，坐在一朵彩云之上。

王维一见就流泪了。一个依然鲜亮，一个两鬓如霜。

老花椒树一听就知道，那是夫人的样子。

老花椒树知道先生年轻时追求这个姑娘的传说故事。据说先生设计了一套“中药谜”，到药铺去抓药，试探柜台里面那位容貌秀丽、文静素雅的少女说，这个药方，我却不懂，姑娘可否指教？姑娘答道，治病救人，医家本分。

先生道，一买宴罢客何方？姑娘略加思索，莞尔一笑答道，酒毕宴罢客‘当归’。

先生说，二买黑夜不迷途。姑娘道，夜不迷途因“熟地”。

先生说，三买洛阳牡丹妹。姑娘道，牡丹花妹“芍药”红。

四买出征在万里。——万里戍疆有“远志”。

五买百年美貂裘。——百年貂裘好“陈皮”。

六买八月花吐蕊。——秋花朵朵点“桂枝”。

七买不见熟人面。——不见熟人是“生地”。

八买酸甜苦辣咸。——世人都称“五味子”。

九买蝴蝶穿花衣。——“香附”粉蝶双双归。

十买青藤缠古树。——青藤缠树是“寄生”。

藏着的中药名，姑娘都猜对了。先生中进士后，便去求婚。他们新婚的院子里，就种了花椒、桂花、杜若、牡丹、芍药……花椒自古以来就是定情信物。夫人喜欢花椒，花椒也成为她烹饪中的调料。家搬辋川后，先生把花椒树移了过来，把这个园子叫椒园。这是只有先生和花椒树才知道的秘密。

老花椒树等呀等，等到自己的影子藏到了脚下，也没等来王维。是不是一个梦，打开了他折叠几十年的悲伤和隐藏了多少层的思念？

喜鹊叫了一声，正在打盹的老花椒树睁开眼，看见一只绿玉般的翠鸟，叫不上它的名字，它是旅行中歇脚的鸟还是偷青菜的鸟？熟人似的麻雀，点点滴滴地落到周围树上，眼睛都朝着一个方向。老花椒树顺着朝那个方向看去，先生和裴迪，身后跟着两个童子，正往园子里走。后面还跟着一只老猫。

桌子摆在老花椒树前，四碟小菜，两个铜樽。酒是桂花酒、椒浆酒。先生和裴迪捧的是杜若草。只听先生吟道：

桂尊迎帝子，杜若赠佳人。
椒浆奠瑶席，欲下云中君。

在先生的沉吟中，似有神灵在周围走动。诗毕，先生朝着老花椒树拜了三拜。拜得老花椒树有些不好意思，连忙躲闪，被土地从下面拉住了。它看见先生弯腰时的泪水，看他仰脸装着看太阳，藏起热泪，成为寸心。他在祭拜和迎接梦中的夫人，只不过，那虚虚实实的诗句，用神仙玄幻将真事真情隐去。先生他在想，未来哪一天遇见前世的爱人？

美丽的女神是否会降落在椒园？

裴迪吟诗道：“丹刺罥人衣，芳香留过客。幸堪调鼎用，愿君垂采摘。”

裴秀才最是先生知己，他最后一句诗，化用先生的“愿君多采撷，此物最相思”，说出了先生对夫人的怀念思念以及对先生的寄语。老花椒树心想。

先生三十岁时，夫人病故。有了一个爱了无数世的人，他今生今世不再娶。面对人们的叽叽喳喳，闲言碎语，先生打坐如僧，从不做解释，也不在诗文中比翼双飞。他将夫人没有用完的花椒全部埋进自己的身体。他一个人用老花椒树上的刺刺破手指，蘸着写《维摩诘经》。谁都有自己一生不敢再碰触的东西。

青鸟婉转。一朵五彩云飘来，停在椒园的上空。

老花椒树被彩云吸引。忽然，一只鸟扑面而来。它定神一看，青鸟衔着一枝花椒飞去，留下一截新鲜的断痕。

这时，蒲公英一朵一朵一朵一朵一朵一朵一朵一朵一朵……漫天飘来。

卷四·神游

一个人，
如何与王朝相处？
与他人相处？
与自然相处？
与自己相处？
且看王维——

“无可无不可”
——从《与魏居士书》看王维的世界观

王维“年且六十”时写《与魏居士书》，敦请德行高洁的魏居士响应朝廷召唤出任“右史”。在这封信中，“佛系”王维罕见地放出重话，批评许由、嵇康、陶渊明三位以“隐”闻名的古人，引导魏居士以出世的态度看待入世。尤其值得注意的是，王维融合儒、佛、道思想，提出“无可无不可”的“适意”论，将自己的处世哲学全盘托出，亮出了自己的世界观。“无可无不可”，可谓王维一生立身处世原则的总结，值得玩味。

王维批评许由、嵇康、陶渊明

这里省略《与魏居士书》开头部分，直接看王维是如何臧否古人，对许由、嵇康、陶渊明进行批评的——

首先，王维批评了许由：

古之高者曰：许由，挂瓢于树，风吹瓢，恶而去之；闻尧让，临水而洗其耳。耳非驻声之地，声无染耳之迹，恶外者垢内，病物者自我。此尚不能至于旷士，岂入道者之门欤！

从前有个叫许由的人，一直用手捧水喝，有人给他一个瓢，他喝了水把瓢挂在树上，风一吹，瓢在树上咣当咣当响，他嫌烦把瓢扔掉了。尧听说了许由，准备把自己的职位让给他，许由听到这个消息，感到耳朵受到了污染，连忙到河水里去洗耳……这是历史上很有名的一个故事。

王维批评了许由做作的行为。他认为，许由避世隐居，是“恶外者垢内，病物者自我”。厌恶外物，反使自己内心受到垢染，把外物当作患害，全是由自己造成的。这样的人连旷达之士都谈不上，更不要说登堂入室而得道了。《维摩诘经·方便品》曰：“入诸淫舍，示欲之过；入诸酒肆，能立其志。”心有净土，则一切不污。“心净则国土净”。真正的大德，看空一切，不执着于外物，酒肆淫舍都去得，而不会为环境所垢染，为万物所牵累。

然后，他批评了嵇康：

降及嵇康，亦云：“顿缨狂顾，逾思长林而忆丰草。”顿缨狂顾，岂与俛受维絷有异乎？长林丰草，岂与官署门阑有异乎？异见起而正性隐，色事碍而慧用微，岂等同虚空，无所不遍；光明遍照，知见独存之旨耶？

嵇康是魏晋时期的文学家，“竹林七贤”之一。他听说好友山涛准备推荐他做官时，写《与山巨源绝交书》，拒绝了山涛荐引，宣布与山涛绝交，字里行间洋溢着不与世俗同流合污的兀傲情绪。嵇康在《与山巨源绝交书》中写道，麋鹿如果从小就捕捉来加以驯服养育，那它就会服从主人的管教约束；如果长大以后再加以束缚，它一定会“狂顾顿缨”（疯狂地乱蹦乱跳，企图挣脱羁绊它的绳索），既是给它戴上金笼头，喂它精美饲料，它还是“思长林而忆丰草”——思念着生活惯了的茂密树林和丰美百草。

王维认为，嵇康将“顿缨狂顾”与“俛受维絷”“长林丰草”与“官署门阑”对立起来，是“异见起而正性隐，色事碍而慧用微”。一切事物和现象都是空的，一切万法都了无自性，这是正念，是正性，离开了正念正性，就是“异见”，“异见”会遮蔽断除一切烦恼的“正性”。不能认识“色”对人的种种妨碍，必然影响人们悟出“色空”之理。王维说，“等同虚空，无所不遍”。一切事物与现象在空性上无差别，空性遍及一切法。认识到一切皆空，则光明遍照，“长林丰草”与“官署门阑”无异，“顿缨狂顾”与“俛受维絷”无异。王维批评说，嵇康把二者对立起来，自以为是在追求自由，不过是从一种束缚走向另一种束缚，所以王维在另一首诗里还告诫弟弟“莫学嵇康懒”（《山中示弟》）。

王维第三个批评的是著名的隐士陶渊明：

近有陶潜，不肯把板屈腰见督邮，解印绶弃官去。后贫，《乞食》诗云：“叩门拙言辞。”是屡乞而多惭也。

尝一见督邮，安食公田数顷。一惭之不忍，而终身惭乎！此亦人我攻中，忘大守小，不知其后之累也。

陶渊明任彭泽令时，愤世嫉俗，因不肯屈身拜见督邮，毅然弃官归隐，失去了官俸。他“不为五斗米折腰”的精神，一直为后人所赞誉。

王维提到的陶渊明《乞食》诗，是陶渊明归隐后的作品：

饥来驱我去，不知竟何之，
行行至斯里，叩门拙言辞。
主人解余意，遗赠岂虚来，
谈谐终日夕，觞至辄倾杯，
情欣新知劝，言咏遂赋诗。
感子漂母惠，愧我非韩才，
衔戢知何谢，冥报以相贻。

诗的大意是说，自己行乞时，不知道说什么好，主人知道来意后便以酒饭款待，于是谈笑终日，即席赋诗，同时又感叹自己不能像韩信报答漂母那样报恩主人。从这首诗可以看出来，陶渊明虽然穷至乞食，却依然保持着乐观态度。

对陶渊明的窘境，王维不怎么同情。他不认为忍饥挨饿是诗人的标志，那也不是诗人的正面形象，更不具有道德优势。向五斗米弯腰，不至于腰肌劳损。王维从《乞食》诗中挑出一句“叩门拙言辞”，讥讽陶渊明“屡乞而多惭”。王维说，这就叫“一惭之不忍，而终身惭乎”。在王维看来，陶渊明执着于虚幻的“人我”，“忘大守小”，因为一时恼火而辞官离去，家国情怀丧失了，体制内的待遇失去了，生活没有着落，导致行乞而丧失尊严，是不那么明智的。

同时代的大诗人李白一腔治国平天下的情怀，他也不那么赞成陶潜，这且按下不表。

王维性格中和，卷而怀之，素有佛家涵养，像这样“白眼看他世上人”（《与卢员外象过崔处士兴宗林亭》），口无遮拦说古人，特别是批判他喜欢的陶潜，这是很罕见的。

王维为“无可无不可”灌注新内涵

王维批判三位古人之后，抬出孔夫子。

孔宣父云：“我则异于是，无可无不可。”可者适意，不可者不适意也。君子以布仁施义、活国济人为适意。纵其道不行，亦无意为不适意也。

“无可无不可”一语出自《论语·微子》：“子曰：‘不降其志，不辱其身，伯夷、叔齐矣！’谓：‘柳下惠、少连，降志辱身矣，言中伦，行中虑，其斯而已矣。’谓：

‘虞仲、夷逸，隐居放言，身中清，废中权。我则异于是，无可无不可。’”

孔子说：不降低自己的意志，不屈辱自己的身份，这是伯夷、叔齐吧。柳下惠、少连尽管“降志辱身”，但说话合乎伦理，行为合乎人心。虞仲、夷逸过着隐居的生活，说话自由，洁身自好，离开官位合乎权宜。孔子对这几位的作为都予以同情和理解。他接着说，与这些人不同，我呢不拘泥于定式，我是该仕则仕，该隐则隐，随宜而行，不一定非要这样、非要那样。孔子把自己的处世原则归纳为一句话，“无可无不可”。

孟子说：“可以仕则仕，可以止则止；可以久则久，可以速则速。”这几乎是孔子“无可无不可”的注释。无可无不可，具有很强的变通性，可选择、可变化的空间大，这也是中国传统文化的一个重要方面。

王维引用孔子的话，在“无可无不可”这句名言中，填写了自己的内涵：“可者适意”，“不可者不适意”。“适意”就是舒适、合意、闲适，就是心愿得到满足。他的意思是说，无可无不可，自己“适意”则可。王维三十多岁时写的《赠房卢氏馆》中就有“达人无不可”句。可见，他的“无可无不可”思想由来已久。

“无可无不可”，令人想起《维摩诘经》中说的“无在无不在”这个佛法中最高的不二法门。

王维的“无可无不可”至少包含三个方面的内容。

其一，“布施仁义”“活国济人”。即王维所说的“君子以布仁施义、活国济人为适意”。好男儿当建功立业，驰骋宏图，流芳百世，如此方为“适意”。这是他敦促魏居士“出仕”的重要依据，也是他“入世”而在朝为官的理论基础。这里更多的是儒家思想。

其二，“长林丰草”与“官署门阑”无异。王维提出，自己觉得“适意”即可，无往而不适，这就否定了欲洁其身而隐居不仕的思想和行为，同时也为王维自己“出世”找到一个理论支点。这里面有道家佛家的思想。当然王维的表述存在着不够严密的地方：既然“长林丰草”与“官署门阑”无异，自己为什么还劝导魏居士“出仕”呢。不能不说，这是王维在表达自己观点时出现的一个漏洞，这也是他思想上的矛盾之处。

其三，“无可无不可”思想还贯穿着佛学的“空”理以及“无处不净土”的思想。王维以“诗佛”名世。他的《与魏居士书》中所说的“离身而返屈其身，知名空而返不避其名”；《荐福寺光师房花药诗序》曰：“心舍于有无，眼界于色空，皆幻也，离亦幻也。至人者，不舍幻而过于色空有无之际。”表达的都是佛教的“空”理。“空”是说世界万物都虚幻不实。《坛经》有偈曰：“菩提本无树，明镜亦非台。本来无一物，何处惹尘埃。”到处都是净土，无所谓“庙堂”与“山林”之分别，在朝也是在野嘛。

或许，可以把“无可无不可”命名为王维的“朝隐”理论。

王维在这篇文章中说，“身心离相，理事俱如，则何往而不适”。人的身体和名声本来都是空虚的，泯灭身心，则随遇而安，委运任化，无论人是仕是隐、道行与不行，都不会感到“不适意”。

孔子以来，士大夫崇尚修身、齐家、治国、平天下。“学成文武艺，货与帝王家”，走向仕途，实现自己的生命价值。往往是宦海沉浮一番后，无力回天，无可奈何，由向外发展转身向内发展，把山水田园作为肉体的避难所和灵魂的栖息地。但是，魏阙与山林之间的徘徊一直困惑着士子们，许多人苦闷终生。中国传统的“隐士”思想，提供了一种选择、一条路子，但在这条路子上生存不易，许多人也于心不甘。佛教的传入，为中国文化提供了另一种思想资源：出世。这样一来，中国人就有了孔子的入世、佛教的出世、老子庄子“无为无不为”三种道路可以选择。王维的“适意”与“不适意”理论就是在这样一个大的文化背景下出现的。

人生无常，心安便是归处。高义不在行止上的进退，在于内心“适意”与否。王维的“适意”与“不适意”，泯灭主客，消除了两元对立的森严壁垒，打通了“官”与“隐”的矛盾，在仕与隐之间找到了平衡。他身体力行，在红尘中坚守，在红尘外逍遥，出于尘而又不离于尘，于尘中而脱尘，使两个世界乃至两种以上的精神相遇并且长久地贴合在一起，从而美好相处。

不住涅槃住人间。王维走着“且隐且仕”的“适意”之路。他出世，念佛坐禅，爱好林泉，但没有真正走向虚无寂灭，始终有一种忠君孝亲的意识和济世情怀。他入世，官职步步高升，享受俸禄，但没有成为禄蠹官迷，始终保持着一颗清静空灵的诗心。他亦出亦入，亦官亦隐，得其两全而没有变得圆滑，既保有矫矫不群之志，又不失清静不染之心。他在“诗意”与“现实”之间，走着自己“适意”的人生道路。他身官而心隐，过着肉体吃肉、灵魂诵经这种且世俗且幽雅而飘逸的生活。

绕道谈谈白居易的《中隐》

在禅道哲学思想的引领下，盛唐文人大多以隐逸求仕，“不入于老，则入于佛”（韩愈《原道》），李白、王维、高适等，莫不如此。

读罢王维的《与魏居士书》，想起唐代大诗人白居易（772 年—846 年）的《中隐》：

大隐住朝市，小隐入丘樊。
丘樊太冷落，朝市太嚣喧。
不如作中隐，隐在留司官。

似出复似处，非忙亦非闲。
不劳心与力，又免饥与寒。
终岁无公事，随月有俸钱。
君若好登临，城南有秋山。
君若爱游荡，城东有春园。
君若欲一醉，时出赴宾筵。
洛中多君子，可以恣欢言。
君若欲高卧，但自深掩关。
亦无车马客，造次到门前。
人生处一世，其道难两全。
贱即苦冻馁，贵则多忧患。
唯此中隐士，致身吉且安。
穷通与丰约，正在四者间。

自古以来，仕、隐两途，各有其不同的价值观、不同的生活方式，犹如天星参商，各在一方，此出彼没，不相为侔。到了唐代，由隐而官，终南捷径，成为一种手段。王维、白居易等人却“创造性地”（实用主义地）将官、隐两途糅合在一起，亦仕亦隐，成为一个时代的特色。

白居易像王维一样，也是以维摩诘为榜样的。他既修行佛法又不与世俗生活隔绝，“半俸资身亦有余”，“迷路心回因向佛”（《刑部尚书致仕》）。

中隐，介于隐于朝的大隐和隐于野的小隐之间。白居易通过诗的形式，对“中隐”进行系统的阐述，提出“仕隐合一”的思想。他的意思是说，要按照“中隐”的模式来做官，在其位而不谋其政，按月领取朝廷俸禄，出入有车马相随，经常呼朋引类，请客吃饭、饮酒赋诗、游山玩水，衣食无忧，混迹于官场，无所作为。

白居易作为一个现实主义诗人，《中隐》反映了他对官场的无奈、对官场的揭露和对官场黑暗的躲避。诗中他写的是他自己，也是写官场中的一类人。

在官场浸泡日久，人生进入中年，默观世事，五味杂陈于心。这时候，激情褪去，内心生出无力感、无奈感，还有些许清醒和淡定，那些幽暗而深刻的道理已经洞明。比如说，在污泥般的官场里，干和不干、干多和干少、干好与干坏一样；升迁与否，关键不在于“干”，而在于“干”之外的某些因素。按理说“在其位谋其政”，可是，朝廷中的那些事，本来也是没有意义的，或者说是有负面意义的，甚至是于民有害的事情，尽心尽力去干这样的事，实在于心不甘、于心不忍。对于这样的官场，想反抗，反抗成本太高；想改变，却无力改变；想疏远，又离不开它，毕竟不能挂冠撒手而去，自己要生存，老婆孩子要生存，一家子要生存。干不过它，那就适应它。当一天和尚撞一天钟，甚至钟也不撞，尽管不太尽职，却也不增加危害。生活在其中，也是生活在别处。这样的生存策略，大家都在用，大家都不说。白居易说出了真相，还把它上升到“中隐”的理论高度，这其实是畅囿于黑暗世道的无奈选择。

白居易四十四岁之前，在官场算是有所作为，杭州西湖的“白堤”就是一点痕迹。但他的直言的优秀品质，在官场成为他的短处，妨碍了他高升“济天下”。他几次被贬，欲作为而不能，他无处倾倒。说是“绚丽过后，归于平淡”也好，说是不得意而自我放逐也好，进入中年之后的白居易，重新调整了自己的思想，重新组织了自己的生活，开始“中隐”。

“自遂意如何？闲官在闲地”（《咏怀》），“月俸百千官二品，朝廷雇我作闲人”（《从同州刺史改授太子少傅分司》），“不劳心与力，又免饥与寒”。他隐身官场，游戏三昧，疏远一些人和事，亲近另一些人和事，半官半隐半山水。

实践证明，“中隐”具有很好的隐身藏身、保身养身功能。白居易享年七十五岁，善终。

隐逸，是一种藏身的修养、放下的功夫。

真正的隐士，是在做人与做政治之间的矛盾中选择后退，通常是，对眼前的政治社会，采取旁观态度，放下责任，韬光养晦。他们远离风口浪尖，做一个自由人，一个神州袖手人——风流不在谈锋胜，袖手无言味最长——对于时政，不参与，不干预，不妥协，不表态，不说话，不动声色，任群蛙鼓吹，“千钧之弩不为鼷鼠发机”。特别是在大乱之世、在黑暗世界、在坏社会，隐其身，藏其志，收敛锋芒，混同尘埃，往往可以保全身家性命。

世界坏，官场坏，世风坏，人心坏，都没有关系，不要悲观失望，坚信不会“天地道断”。总有好人在黑暗中艰难前行，总有手眼心术非同寻常的拯救世界的大英雄在人间某个地方隐藏，他们先改造自己，再寻机改造社会，他们等待最佳时机。时候不到，不见他们出来，任它“泰山崩，黄河溢”也不管；时候一到，奋袂而起，重现江湖，从而拨乱反正，救世救民于山穷水尽处，开一番柳暗花明之局面，人间为之一振，天地从此耳目一新。正所谓“天下大坏而得以无恙”（李贽）。我相信，白居易如果时机于他有利而被重用，他会一改“中隐”的行为与形象，换一副济世救民的热心肠。

王维与陶渊明

陶渊明（352 年或 365 年—427 年），东晋末至南朝宋初诗人。他最后一次出仕任彭泽县令，不为五斗米折腰，弃官而去，从此归隐田园。他的傲骨为人称颂，因为写过《五柳先生传》，又被称为“五柳先生”。他还是中国田园诗的开山祖，历代作家对他推崇备至。中国的二十四史中，《晋书》《南史》《宋史》中都有陶渊明传，可见他的影响之大。

王维与陶渊明，有相似之处：都是自然之子，悟出大自然不可思议的妙谛；都用诗歌讴歌山水田园风光，成为中国山水诗的代表人物。

两人的不同之处是：

陶渊明可以舍弃一切，辞官而隐，半耕半读，过着自食其力的贫困生活；王维属于宫廷精英，半官半隐，游刃有余地游走于朝野。

陶渊明儒家出身，受老庄影响最深，佛教对他的影响不及王维那样深入；王维从小受儒家道家的影响，但受佛教的影响更大，对佛理有研究，对禅趣有感悟。

陶渊明之诗，篇篇有酒；王摩诘之诗（后半生），首首有禅，是中国受佛教影响最深且诗歌成就最大的诗人(如果再加上一两个诗人的话那就是谢灵运、苏东坡)。

陶诗着重白描，王诗长于彩绘。陶诗在描写自然风光中写个人生活感受较多；王诗情景交融，将个人情感深藏于景物描写之中。

王维在《与魏居士书》一文中，对陶渊明辞官归隐的做法持批评态度。

陶渊明做彭泽县令时，有三顷公田作为俸禄。他计划全部种秫，就是适宜酿酒的高粱。他写诗说："春秫作美酒，酒熟吾自酌。"他夫人不同意，毕竟一家人要吃饭呢。陶渊明只好让步，改为二顷五十亩种高粱，剩下的种水稻。陶渊明做了八十多天县令甩手不干了，计划中的高粱和水稻也就无从谈起了。结果是，夫耕于前，妻锄于后，常常面临无米之炊。所以，王维批评陶渊明“一惭之不忍，而终身惭乎”。从生存的角度来说，不能说王维批评得没有一点道理；从佛教的道理来看，陶渊明也太执着了。

王维在《请回前任司职田粟施贫人粥状》中曾表示，将自己的“职田”交回以赈济灾民。那时他是中书舍人、给事中，均为五品，有“职田”各六顷。王维和陶渊明比起来，过的是衣食无忧、富贵清静的生活。

王维一方面批评陶渊明辞官归隐，一方面又说，“却嫌陶令去官迟”（《早秋山中作》），后者是站在摆脱束缚、追求自在的立场说的。

王维对陶渊明的生平、诗文十分熟悉，从陶渊明那里汲取大量营养。他早年的诗作如《济州过赵叟家宴》等，仿效五柳先生风范。他在自己的诗文中，几十次使用“陶氏典故”，屡屡提到陶渊明，多是敬意，多是正面引用称颂的。这是一个伟大诗人对一个伟大诗人诗歌的尊敬与传承。《文献通考》说：“维诗清逸，追逼陶谢。”《后山诗话》称：“王右丞诗，学于陶渊明，得其自在处。”可以说，王维与陶渊明，在田园诗上是一脉相承的两座高峰。

陶渊明的《桃花源记》，写一位渔人误入桃源世界，进入一个秦时避乱的古村，这里百姓安康，邻里和睦，淳朴自在，古风扑面。从此，桃花源成为中国人心目中没有饥饿没有兵灾没有斗争没有压迫没有敌对没有恐怖的理想社会。王维太热爱《桃花源记》了，所以他在十九岁时以散文《桃花源记》为底本，化文为诗，化人为己，写下了《桃源行》——这是王维的“桃花源”：

渔舟逐水爱山春，两岸桃花夹古津。
坐看红树不知远，行尽青溪不见人。
山口潜行始隈隩，山开旷望旋平陆。
遥看一处攒云树，近入千家散花竹。
樵客初传汉姓名，居人未改秦衣服。
居人共住武陵源，还从物外起田园。
月明松下房栊静，日出云中鸡犬喧。
惊闻俗客争来集，竞引还家问都邑。
平明闾巷扫花开，薄暮渔樵乘水入。
初因避地去人间，及至成仙遂不还。
峡里谁知有人事，世中遥望空云山。
不疑灵境难闻见，尘心未尽思乡县。
山洞无论隔山水，辞家终拟长游衍。
自谓经过旧不迷，安知峰壑今来变。
当时只记入山深，青溪几度到云林。

春来遍是桃花水，不辨仙源何处寻。

王维进行艺术再创造，将陶渊明所描绘的逃避现实的世外桃源，写成了一个神仙境界的桃花源，叙事状景间渗透着诗人奉信的佛家思想，洋溢着人间田园的生活气息，反映出王维对至善至美的纯粹之境的向往。这首长诗三十二句，四句或六句一换韵，韵脚平仄相间，转换自然有致。长篇大幅，滔滔写来，一派富贵气象。“遥看一处攒云树，近入千家散花竹”“月明松下房栊静，日出云中鸡犬喧”，成为广为传诵的名句。清人王士禛对这首诗评价很高，他说：“唐宋以来，作《桃源行》最佳者，王摩诘（维）、韩退之（愈）、王介甫（安石）三篇。观退之、介甫二诗，笔力意思甚可喜。及读摩诘诗，多少自在；二公便如努力挽强，不免面红耳热，此盛唐所以高不可及。”（《池北偶谈》）翁方纲也盛赞说：“古今咏桃源事者，至右丞而造极。”（《石洲诗话》）

清人恽南田说：“桃源，仙灵之窟宅也，缥缈变换而不可知。图桃源者，必精思入神，独契灵异，凿鸿蒙，破荒忽，游于无何有之乡，然后溪间桃花，通于象外。”（《南田画跋》）王维的《桃源行》，是继陶渊明之后，中国诗人对同一个“乌有之乡”再度的深耕与神游。

“桃花源”频繁地出现在王维诗中。他的《田园乐其三》写道：“采菱渡头风急，策杖林西日斜。杏树坛边渔父，桃花源里人家。”《蓝田山石门精舍》中有“笑谢桃源人，花红复来觌”句。他被安禄山囚禁洛阳菩提寺时，除了《凝碧诗》，还有一首《菩提寺禁口号又示裴迪》曰：“安得舍罗网，拂衣辞世喧。悠然策藜杖，归向桃花源。”最艰难最危急的时候杖藜行歌，王维心里头最向往的是不受意识形态约束和政治动荡袭扰的桃花源。

“陶令”“五柳”也是王维喜欢使用的典故，多是拿陶潜自比。他喜欢的是潇洒、“适意”的陶渊明。比如：《奉送六舅归陆浑》中有“酌醴赋归去，共知陶令贤”。《送张舍人佐江州同薛璩十韵》中有“董奉杏成林，陶潜菊盈把”。《辋川闲居赠裴秀才迪》中有“复值接舆醉，狂歌五柳前”。《过沈居士山居哭之》中有“曙月孤莺啭，空山五柳春”。《戏赠张五弟諲三首》中有“秋风自萧索，五柳高且疏”。《老将行》中有“路旁时卖故侯瓜，门前学种先生柳”。《慕容承携素馔见过》中有“门看五柳识，年算六身知”。《田园乐其五》曰：“山下孤烟远村，天边独树高原。一瓢颜回陋巷，五柳先生对门。”

陶渊明辞官后的日子，就是干农活、喝酒、读书、写诗、想古人，生活在贫困线之下。他不入仕，却不能忘情于世事，其内心世界无时不在矛盾。何以解忧，惟有饮酒。他的诗中多见饮酒的诗句，单是《饮酒》题下就有二十多首。他的《读山海经其五》，还通过西王母的秘书青鸟向西王母提出两点请求：“在世无所需，唯酒与长年。”

陶渊明的《饮酒》影响很大，名声直追《桃花源记》。《饮酒其五》曰：

结庐在人境，而无车马喧。
问君何能尔？心远地自偏。
采菊东篱下，悠然见南山。
山气日夕佳，飞鸟相与还。
此中有真意，欲辨已忘言。

从这首诗看去，陶渊明过的是远离尘埃的清静、超脱、洒脱的日子。他真实的生活，缺少物质自由，并不那么安然诗意。在信仰大乘的王维看来，陶渊明这种自得其乐的“小乘境界”，也不值得提倡。

王维在《偶然作之四》中，写陶潜的“天真”且“耽酒”，生动地为陶渊明造像，同时对陶渊明进行批评：

陶潜任天真，其性颇耽酒。
自从弃官来，家贫不能有。
九月九日时，菊花空满手。
中心窃自思，傥有人送否。
白衣携壶觞，果来遗老叟。
且喜得斟酌，安问升与斗。

奋衣野田中，今日嗟无负。
兀傲迷东西，蓑笠不能守。
倾倒强行行，酣歌归五柳。
生事不曾问，肯愧家中妇。

萧统说陶渊明:“吾观其意不在酒。”(《陶渊明集序》)王维抓着陶渊明的爱酒，刻画出陶潜嗜酒的形象、天真的个性。这首诗与陶渊明的《饮酒》诗形成呼应，既包含有对陶潜“天真”的羡慕，又与他晚年《与魏居士书》思想一致，有些讥嘲之意。诗中说:

陶潜嗜酒——“陶潜任天真，其性颇耽酒”；

陶潜缺酒——“自从弃官来，家贫不能有。九月九日时，菊花空满手”；

陶潜喝酒靠人施舍——“白衣携壶觞,果来遗老叟”;

陶潜大口喝酒——“且喜得斟酌，安问升与斗”；

陶潜经常醉酒——“兀傲迷东西,蓑笠不能守”,“倾倒强行行，酣歌归五柳”。

写完了陶潜的烂醉如泥，王维笔锋一转，以家事发诘：陶渊明你呀，“生事不曾问，肯愧家中妇”。抛弃家国之事，身家也受到牵连，自己又不懂不善谋生，吃汗水中的盐、泪水中的苦,真的愧对家中老妻啊。这与《与魏居士书》中劝魏居士出仕以“禄及其室养”，说的是同一个道理。

在王维看来，贫困挨饿不能成为诗人的品质。陶渊明没有做到“无可无不可”，物质短缺，生活无着，乃至乞讨为生，有些不值得。什么最大？吃饭最大。吃饭是人生头等大事。吃的问题解决了，才有尊严。物质自由与精神自由同等重要。如果吃了上顿没下顿，那就别谈什么“采菊东篱下，悠然见南山”了。

当代一位女诗人说“陶渊明这个小白痴”，她昵称陶渊明为“陶小白”。王维可能有类似心态。他对陶渊明的诗，十分欣赏，他从陶诗那里学习和继承了许多，开创了田园诗的新局面。但是，他对陶渊明选择弃官而带来的贫苦、丧失尊严，真的是不满意、不赞同、不欣赏。他对陶渊明弃官后嗜酒无酒、乞讨生活的讥嘲，是建立在深爱和同情基础之上的。王维对陶渊明，有“欣赏”，有“不欣赏”。我好像听见王维也在感叹：陶小白啊……

无可无不可，人生不过如此，且行且珍惜。“行到水穷处，坐看云起时”，顺其自然，随遇而安。

王维坚持“无可无不可”的世界观。一只脚“在朝”，得官家之俸；一只脚“在野”，游逍遥之境。身体在大千世界，食人间烟火；灵魂在西天，享清净日子。他身在尘世，而心灵不染世尘。他打通人间与宗教，兼顾谋求仕途与坐禅论道，以佛家的通透分解稀释人间的万丈红尘，用朝廷的供给维持山林生活。他以诗人之身跻身官场，抵达绝大多数专职行政人员梦寐以求奋斗终生也没能达到的帝国高位，“无可无不可”的世界观起了关键作用。

王维的一生，与物优游，与物潆洄，与物沉浮。正所谓：无可无不可，半官与半隐。诗意且适意，青山卷白云。

高行健曰：“无可无不可，是为透彻。”

王维与几部佛经

且诗且佛，高者王维。王维被称为“诗佛”。

王维信佛，佛教修养甚高，这极大地提高了王维的文学境界。《而庵说唐诗》曰：“摩诘精大雄氏之学，句句皆合圣教。”王维诗文中，高者似禅，卑者似僧，贯注着佛家情怀。王维读过哪些佛教经典呢？或者说，哪些经典对他影响最大呢？

王维与《维摩诘经》

王维，名维，字摩诘。这个名字联系着印度高僧维摩诘。

维摩诘是释迦牟尼同时代人，曾给舍利弗、弥勒、文殊等讲解大乘教义。他打破了出世入世界限，住在凡世间而化导众生，不住相也不住法，修成正果，人称“在家菩萨”，有《维摩诘经》传世。《维摩诘经》说：“若有手得是经典者，便为已得法宝之藏。若有读诵，解释其义，如说修行，则为诸佛之所护念。……如有书持此经卷者，当知其室，即有如来。”

406年，鸠摩罗什将《维摩诘经》译成汉文，这部经典开始在中土广泛流传，成为中国文士特别重视的一部经典，维摩诘也被尊为禅宗祖师。

《维摩诘经》是对王维影响最大的一部经书。从“名”来讲，王维的名字是从《维摩诘经》化来的。从“实”来说，王维一边做官一边修行，并行于红尘滚滚与青山绿水而不相摩相悖，这和维摩诘不舍世间而在家修行，走的是一个路子。

开元十七年（729年），王维拜道光禅师座下，十年间“俯伏受教”（王维《大荐福寺大德道光禅师塔铭》）。开元二十八年（740年）或天宝四载（745年），王维在南阳临湍驿遇见南宗的神会大师，从此信仰了南宗，并留下了具有极高史料价值的《能禅师碑并序》。

佛为王维摩顶，也为王维的诗加冕。王维四十岁以后的诗文中，开始频繁地使用佛书故事与禅宗意象。其中，引《维摩诘经》入诗是比较多的——我统计是诸佛经中最多的。

看看王维在他的诗文中是如何化用《维摩诘经》的——

王维《能禅师碑》中说的“散花天女，能变声闻之身”，典出《维摩诘经·观众生品》：“维摩诘室，有一天女，见诸天人闻说所说法，便现其身，即以天华，散诸菩萨、大弟子上。”说的是，维摩诘与弟子传经说法时，屋子里忽然有个天女出现，将花篮里的鲜花撒下来，弟子身上沾满了鲜花，可是诸菩萨身上却不沾附一朵天花。广为人知的“天女散花”的典故就出自这里。王维的《西方变画赞并序》中的“衣捧六花，六时散于金地”，亦复出此。《能禅师碑》中说的“举足下足，常在道场”，化自于《维摩诘经·菩萨品》。

他的《谒璇上人并序》中，称赞谒璇上人“不定不乱”，这个词见《维摩诘经·见阿閦佛品》：“不进不怠，不定不乱，不智不愚，不诚不欺，不来不去，不出不入，一切言语道断。”这是中道境界。

《与胡居士皆病寄此诗兼示学人二首》其一中的“因爱果生病，从贪始觉贫”，源于《维摩诘经·文殊师利问疾品》：“从痴有爱，则我病生。”爱，贪欲的意思。

《题辋川图》曰：“宿世谬词客，前身应画师。不能舍余习，偶被世人知……”王维说，自己的前身是个画师。不知是不是他在坐禅深处看到了自己的前世。诗中的“余习”——残留的习气，是从《维摩诘经·佛国品第一》化来的：“深入缘起，断诸邪见，有无二边，无复余习。”这也是“余习”一词的出处。“不能舍余习，偶被世人知”，这两句诗说的是，我不能改变前世吟诗作画的习惯，名字被世人知晓。整首诗富于禅味。“宿世”“前身”是以禅语入诗；“不能舍余习，偶被世人知”是以禅理入诗。

《夏日过青龙寺谒操禅师》曰："龙钟一老翁，徐步谒禅宫。欲问义心义，遥知空病空。山河天眼里，世界法身中。莫怪销炎热，能生大地风。"这首诗中使用佛教术语比较多，不容易读懂。诗中的"欲问义心义，遥知空病空"，源于《维摩诘经·文殊师利问疾品》。

《胡居士卧病遗米因赠》中有诗句"既饱香积饭，不醉声闻酒"。《过卢员外宅看饭僧共题》中有句"乞饭从香积，裁衣学水天"。其中的"香积"，出自《维摩诘经·香积佛品》。经中说，有个香积国离我们很远，需要经过"四十二恒河沙"那么多的佛土才能到达。一粒沙等于一个佛的国土，一条小河中有多少粒沙子？四十二条大恒河的沙子那得多远啊，太遥远了。维摩诘有神力，弹指间就来到了香积国乞食，香积佛以香钵盛满香饭给他，他弹指间又返回来。经文中说，"食此香饭，身安快乐"，连身上的所有毛孔里都发出香味。王维的《赞佛文》《能禅师碑并序》中，也使用了"香饭"典故。

《胡居士卧病遗米因赠》中有诗句"莲花目"，出自《维摩诘经·佛国品》。

……王维的不少诗文，明明暗暗地引用过佛经特别是《维摩诘经》中的典故或经语。他的这些诗，以诗的形式说佛理，从艺术角度而言，有的艺术水平也许不是很高，但从佛教思想角度来看，具有很高研究价值。

长安城南有个香积寺。"香积寺"寺名源于《维摩诘经·香积佛品》："有国名众香，佛号香积。"维摩诘说，香积国的香，"最为第一"，那里的亭台楼阁都是香做的，香积佛亲自在那里说法。香积国说法，不用文字，也不用嘴说，只需各坐香树下，闻斯妙香，即可以悟道。

王维寻访香积寺，留下了著名的《过香积寺》：

不知香积寺，数里入云峰。
古木无人径，深山何处钟。
泉声咽危石，日色冷青松。
薄暮空潭曲，安禅制毒龙。

这首诗没有直接正面写香积寺，而是写香积寺周边的景物，"咽""冷"为诗眼，描绘出香积寺的深僻幽静。沿途所见的云峰、古木、小径，听到的钟声、流水声，既是诗人途中的实见实闻，更是禅寂心境的写照。妙的是最后两句，"薄暮空潭曲，安禅制毒龙"，表面上是说深潭中居住的毒龙没有了，想必是已被大德高僧制服；其实是说，起心动念是天魔与毒龙，而在禅修中调伏妄心，将那心猿意马等妄念降伏，从而永离盖缠，心平行直，不定不乱，同于虚空。

王维还画过《维摩像》《维摩视疾图》等。

王维与《维摩诘经》缘分很深。不读《维摩诘经》，不影响我们阅读王维。读了《维摩诘经》，对王维许多诗的理解就更方便更深入了。

王维与《六祖坛经》

王维与禅宗的关系最为密切。

王维的前半生，接触的是北宗。他的《请施庄为寺表》说，他母亲“师事大照禅师三十余岁，褐衣疏食，持戒安禅，乐住山林，志求寂静”。大照禅师是神秀的嫡传高足弟子北宗禅七祖普寂。童年的王维就是在母亲学佛这样的环境中成长的。开元十七年（729年），诗人未满三十，正式拜在道光禅师门下，“十年座下，俯伏受教”。（《大荐福寺大德道光禅师塔铭》）道光禅师是北宗中人。王维为北宗禅大师净觉撰写的《大唐大安国寺故大德净觉师塔铭》，盛赞净觉安居坐禅，达到了“猛虎舐足，毒蛇熏体，山神献果，天女散花，澹尔宴安，曾无喜惧”境界。

王维的后半生，信仰南宗，兼容北宗。

开元二十八年（740年，一说天宝四载即745年），王维在知南选途中与南宗禅大师神会相遇于南阳临湍驿。神会（668年—760年），是禅宗六祖慧能的晚年弟子，南宗重要的传人与创建者。当时，五祖的门人神秀声势广大，武则天奉他为国师。在神会的努力下，五祖门下慧能在禅宗中的正统地位得以确立。慧能被尊为六祖，神会也被尊为七祖。神会与王维的会见，从前不为人知。敦煌文献有关神会的材料出现后，人们才知道王维生平中还有这么大一件事。

《神会和尚禅话录 · 南阳和尚问答杂征义〔二九〕》记载：神会居南阳时，王维曾以“修道解脱”之事相询，神会答曰：“众生本自心净，若更欲起心有修，即是妄心，不可得解脱。”王维听后惊叹“大奇！”并说：“曾闻大德，皆未有作如此说。”他与神会禅师“语经数日”，反复参究，深膺其旨，叹曰：“此南阳郡，有好大德，有佛法甚不可思议！”

王维独膺南宗，对慧能深有领悟。所以，神会请王维撰写《能禅师碑》。

撰写《能禅师碑》，必须熟悉慧能生平，理解其思想。光与慧能弟子神会“语经数日”显然是不够的，还必须学习六祖思想最重要的载体——《坛经》。王维看到的可能是原始本《坛经》，本来面目的《坛经》。

王维的《能禅师碑》，是距离慧能年代最近时间撰写的，记录的史料是比较可靠的，对于后人理解《六祖坛经》、考证《六祖坛经》具有不可替代的作用。这里摘出几节可见一斑。

《能禅师碑》中，一开始就说：“无有可舍，是达有源。无空可住，是知空本。”意思是说，完成彻底地舍弃

“有”（存在），就通达了“有”的本原即佛性、法性、真如；舍弃了对“空”的执着，才是明白了“空”的根本。这正是《坛经》所说：“世人性本自净，万法在自性。”“外迷著相，内迷著空，于相离相，于空离空，即是内外不迷。”总之，就是“无念”“无相”“无住”。

《能禅师碑》中，用大量篇幅记载慧能的学佛经历。这些记载与现在通行的《六祖坛经》比较起来看，有一些差异——

“禅师俗姓卢氏，某郡某县人也。名是虚假，不生族姓之家；法无中边，不居华夏之地。”

敦煌本《坛经》谓“慧能慈父，本官范阳”。《神会语录》说“先祖范阳人也。因父官岭外，便居新州”。王维明确说慧能“不生族姓之家”，说明慧能并非出身于世家巨族的范阳卢氏。

关于弘忍向慧能传衣授法因缘，王维的记载比较平实。碑文里写到，慧能“安于井臼”即认真地服劳役，说他“默然受教”，从而“心知独得”，受到弘忍的器重，“……（弘忍）临终，遂密授以祖师袈裟，而谓之曰：‘物忌独贤，人恶出己；吾且死矣，汝其行乎。”这里虽然写到“人恶出己”，却没有暗示慧能与神秀的矛盾，更没有寺壁题偈（菩提本无树……）、深夜传法等今本《坛经》里面描述的一系列极富戏剧性的情节，也没有关于争夺袈裟的传奇故事。“南顿北渐”两派对立的观念在王维碑文里也没有痕迹。可见，南顿北渐的区别、南宗北宗的观念当时还没有形成。

“南海有印宗法师，讲《涅槃经》。禅师听于座下，因问大义，质以真乘，既不能酬，翻从请益。乃叹曰：‘化身菩萨，在此色身；肉眼凡夫，愿开慧眼。’”

王维没有提及《坛经》中关于“风动心动“的问难故事，没有《坛经》中所说的慧能听到《金刚经》“应无所住而生其心”而开悟的说法，而是说慧能听讲《涅槃经》。《涅槃经》是大乘经典，为大乘佛教前期作品，宣称“一切众生悉有佛性”。王维的这段记述，显示出慧能禅法与《涅槃经》、《坛经》与《涅槃经》的关系，这一点是被人忽视的。

“于是大兴法雨，普洒客尘，乃教人以忍，曰：‘忍者，无生方得，无我始成……’”

王维把慧能思想归结为一个“忍”字：能“忍”即能体得“无生”“无我”的真谛。王维说的这个“忍”，既包括见法无生、心智寂灭的佛法内容，又包含着中国传统的消极忍让的人生哲学。

“举足下足，常在道场，是心是情，同归性海。”这十六个字是对“顿悟见性”观念的精彩概括。担水砍柴，无非妙道；出家在家，都可成佛。无论何时何地，时时处处都是道场，都可以达到“性海”即“清净自性”。

“则天太后、孝和皇帝并敕书劝谕，征赴京城。”王维说，慧能得到朝廷重视，武后在位末期和重新即位的中宗两次召请他进京。这应是有事实根据的。

“至某载月日中，忽谓门人曰：‘吾将行矣。’俄而异香满室，白虹属地。饭食讫而敷坐，沐浴毕而更衣。弹指不留，水流灯焰。全身永谢，薪尽火灭。山崩川竭，鸟哭猿啼……”这一段与《六祖坛经》记载基本一致。

《能禅师碑》对慧能的身世、学法、传法、涅槃的记述，可以与《六祖坛经》互为印证。

王维与《心经》

有个朋友见我一边读《心经》，一边读王维的诗，问我一个问题：“诗佛”读过《心经》没有？

鸠摩罗什大约在402年翻译了《心经》，玄奘于649年又翻译了一遍《心经》。信佛的王维应该看过《心经》。但到目前为止，还没有见到他读《心经》的记载。

作为“天下文宗”的王维，笃志奉教，精通佛学。《心经》是六百卷《大般若经》的“心脏”，说他读过《心经》，也不是什么很不靠谱的事情。从他的诗词中可以看出一些端倪。

先看王维的《山居秋暝》：

空山新雨后，天气晚来秋。
明月松间照，清泉石上流。

竹喧归浣女，莲动下渔舟。
随意春芳歇，王孙自可留。

受佛道哲学的影响，一些人对“色”有一种恐惧，执着于“无色”，结果从一种执着走出来又陷入另一种执着中。诗歌与诗人，不能拒斥于“色”，还必须表之为色，显之理事。王维与“色”相接相遇，以性见色，以色悟空。你看，他笔下的“空山”不空，诸“色”纷呈。作者用明月、松树、清泉、石头、竹林、浣女、莲叶、渔舟等一个个具体而形象的“色相”，写出了“空山”不空、“空山”之“空”。这正是《心经》所说的“色不异空，空不异色，色即是空，空即是色”。《心经》的中心教义是“空”，这个“空”，不是了无一物的顽空，而是色空不二、空色合一，而是说形色性空——所有事物都以自己的形状色彩、面貌存在于世界之中，但它们的本质是“空”的，是“空性”。虚空中有妙有，妙有即虚空。王维通过写山中缤纷的现象，道出了色相俱空的“空山”，也证悟了空性，达到了众缘和合、非空非有、亦空亦有、空色圆融的大自在。

再看《辛夷坞》：

木末芙蓉花，山中发红萼。
涧户寂无人，纷纷开且落。

山中的这朵花，不求人知，不冀人赏，无缚无类，一任自然，体现了不以人的主观意志为转移的“自性妙体”。盛开的花朵，发于自然，自开自落，开也是落，落也是开，超越开落与生死。这正是《心经》所说的“不生不灭，不垢不净，不增不减”的“诸法空相”。四大五蕴的缘起和合，建立起人的幻相，只有悟出“五蕴皆空”，才能够生死圆融。这首“心无挂碍”之作，通过写花的开落自然，名言两忘，色相俱泯。诗人像尊者那样只是拈花微笑，“其意不欲著一字，渐可语禅”（刘辰翁《王孟诗评》）。所谓不用禅语，时得禅理；所谓诗之化境、禅之悟境，就是如此了。

还有《终南别业》：

中岁颇好道，晚家南山陲。
兴来每独往，胜事空自知。
行到水穷处，坐看云起时。
偶然值林叟，谈笑无还期。

呀，真的是释仙杖履，无住无沾，超然物外，悠然自适。非深于佛法禅理，如何能达到这般境地。

南宗有“行亦禅，坐亦禅，语默动静体安然”之语。王维的“行到水穷处，坐看云起时”，尽是禅机、禅悦、禅趣，写出了他对“色”与“空”的独特理解。“行到水穷处”，是逆流而上，下游的洪流中游的浪花上游的细水到源头都是“无”是“空”，在追根溯源中将那形形色色的万象看破，这是“色即是空”的境界，是从有“眼耳鼻舌身意”、有“色声香味触法”到“无眼耳鼻舌身意，无色声香味触法……无苦集灭道，无智亦无得”的境界。这里没有阮籍穷途末路时恸哭而返的痛苦，只有“去执”后返本归源、明心见性、得见本来面目的从容自在。“坐看云起时”，是立足于万物空性的立场，看那大千世界生生不息，这是“空即是色”的境界。水穷何碍？云起何干？关于这两句诗，清人徐增说：“行到水穷去不得处，我亦便止；倘有云起，我即坐而看云之起。……于佛法看来，总是个无我，行无所事。行到，是大死；坐看，是得活；偶然，是任运。此真好道人行履。谓之‘好道’，不虚也。”（《说唐诗》）本是兴来独往，超脱了凡尘，却不曾想，作者忽然转身，回到人间，与樵夫林叟“谈笑无还期”，这正是大乘的不避世之道，也显示着王摩诘游走于“出世”与“入世”之间的生活态度。王维的这首诗，水穷云起，自在流出，无挂无牵，纤纤出尘，进入了安身立命、动静圆融的神境。

王维在《绣如意轮像赞》中有诗偈曰：“菩萨神力不思议，能以一身遍一切。常转法轮无所转，众生随念得解脱。色即是空非空有，是故以色像观音。愿以净斯六趣福，回向过去不可得。”诗中的“色即是空”直接取自《心经》。诗中的“不思议”取自《维摩诘经》。

王维的组诗《辋川集》二十首以及他的许多诗歌，满是禅理。他存世的四百多首诗歌，用“空”字九十多次。“空”是他诗歌及生命的关键词，这是他的般若空观在诗歌里的投射。

“一切声色，是佛之惠”（希运）。一切声色，何尝不是诗之惠。这声色世界，是对诗人的恩惠。王维深谙此道。

可以说，王维读通了包括《心经》在内的大乘经典，沟通了佛教体验、生命体验与审美体验。众生难以形求的佛学义理，被他以诗歌的形式形象地显现和演示出来。他引禅入诗，以诗写禅，书写了他的“心经”——诗歌版的“心经”。他被称为“诗佛”，名副其实。

某日，我正酣睡，忽闻一阵诵经声，仔细聆听，是王维诗歌版的“心经”，连忙录记如下：

观自在菩萨，行到水穷处，坐看云起时，安禅制毒龙。舍利子，空山不见人，但闻人声语。清浅白石滩，跳波自相溅。来者复为谁，空悲昔人有。舍利子，当轩对樽酒，四面芙蓉开。湖上一回首，青山卷云来。是故独坐幽篁里，弹琴复长啸。深林人不知，明月来相照。雨中山果落，灯下草虫鸣。欲知除老病，惟有学无生。菩提萨埵，木末芙蓉花，山中发红萼。涧户寂无人，纷纷开且落。

故知山中一夜雨，树杪百重泉。明月松间照，清泉石上流。即说咒曰：君自故乡来，应知故乡事。来日绮窗前，寒梅著花未?

王维诗歌的关键词

顾随说：“文人，特别是诗人，自我中心。人说话总是三句不离本行。诗人写诗也有个范围，只是并非别人给他划出。试将其全集所用名词都记下来，夕阳、残阳、斜阳、落日……可见其不说什么，爱说什么，范围之大小，其中皆不离‘我’。”（《驼庵诗话·总论之部》）

我读王摩诘的诗，读出他的关键词：空，云，落日，射雕，早朝，应制，辋川，裴迪，寺庙，山僧，樵夫，无生，禅坐，柴门……这些关键词，涵盖了他一生中最重要、最有名的作品。这里且举几例——

射雕

“诗佛”当年曾“射雕”。

“射雕”是个著名典故。《史记·李将军列传》中，李广使用“射雕”一词形容匈奴中的善射之人。《北史·斛律光传》记载，斛律光打猎时，见到云中一只大鸟飞扬，引弓而射，射中其颈，形如车轮，旋转而下，乃是一雕，因此被人称为“射雕手”。

“射雕”及“射雕手”，本指射技精良、善于射雕的能手，后引申指技艺出众的能手。唐代的姚合编选《极玄集》，选诗人二十一人，诗作百首，以王维的《送秘书晁衡还日本国》为首篇，姚合自序曰“此皆诗家射雕手也。”

王维的确是位“诗家射雕手”。

开元、天宝年间，许多诗人参与到守边将帅的幕府，他们看见大军开赴边塞，千骑水流，万乘云屯，笳鼓震天，金甲耀日，射雕杀敌，无不心雄气旺。边塞风光和军旅景象，成为盛唐诗人的新题材。这类雄浑而戏剧性地展现边塞战事的诗作，就是文学史上的“边塞诗”。盛唐边塞诗，心雄万夫，最见大唐气象。

王维的边塞诗一部分写于刚入朝为官时，如《燕支行》《少年行》等，乃是少年意气、一腔热血之作，虽对大漠边塞无切身体会，然英雄游侠，气概逼人。737年至738年，他奉命出使凉州并在河西节度使幕中任职，亲身体会到边地之苍茫、战事之激烈，写下不少充满英雄情怀的雄浑之作。他这类诗作，虽然与同时代的高适、岑参和王昌龄比起来数量不算多，却十分有名。

风劲角弓鸣，将军猎渭城。
草枯鹰眼疾，雪尽马蹄轻。
忽过新丰市，还归细柳营。
回看射雕处，千里暮云平。

《观猎》

《观猎》写出猎、打猎、猎归，一个“猎”字统揽全篇。“鹰眼疾”对“马蹄轻”，连用“细柳营”“射雕”两个典故，直写得激情洋溢，格调遒劲，气势壮阔飞动，让我们看到一位威武豪迈、气度不凡的将军形象。顾随点评说：“才人是天生。王摩诘真有时露才气，如《观猎》一首，见真才，气概好。‘草枯鹰眼疾，雪尽马蹄轻’‘回看射雕处，千里暮云平’，伟大雄壮。然写此必有此才，否则不能有此句。”

居延城外猎天骄，白草连天野火烧。
暮云空碛时驱马，秋日平原好射雕。
护羌校尉朝乘障，破虏将军夜渡辽。
玉靶角弓珠勒马，汉家将赐霍嫖姚。

《出塞作》

暮云低垂，沙漠无边，枯草连天，猎火四起，盘马弯弓，夜渡朝驰，射猎一代天骄。前四句写匈奴秋日校猎的景象，暗指外敌入侵，写出“天骄”之盛。后四句写出将军之武：汉将军守卫阵地、破敌杀贼，朝廷赐给许多贵重物品。这首诗，句句从体验中来，字字从阅历里出，一气喷薄，麾斥八极，尽管有两“马”字犯、有两处“失黏”为人所指责，仍被人称为“古今第一绝唱”（方东树《昭昧詹言》）。

《使至塞上》《陇西行》《陇头吟》《老将行》《从军行》等边塞诗中，虽然没有使用“射雕”，亦是“射雕”气概：气势充沛，精神饱满，洋溢着蓬勃向上的盛唐精神。凭这些诗，王维确立起一个边塞诗人的地位。王维的射雕之作，吞吐大荒，舒卷苍翠，气象雄伟，与他那些极其幽静的山水田园诗形成鲜明对比。

落日

《红楼梦》中的才女美女林黛玉，最推崇王维的五言诗。

林黛玉向香菱推荐《王摩诘全集》，教她先把王维的五言诗一百首“细心揣摩熟透”。香菱把林黛玉红圈圈过的王维的五言诗都读了。黛玉问香菱：“领略了些滋味没有？”香菱笑道：“领略了些滋味，不知可是不是，说与你听听。”黛玉笑道：“正要讲究讨论，方能长进。你且说来我听。”香菱笑道：“据我看来，诗的好处，有口里说不出来的意思，想去却是逼真的。有似乎无理的，想去竟是有理有情的。”黛玉笑道：“这话有了些意思，但不知你从何处见得？”香菱笑道：

我看他《塞上》一首，那一联云：“大漠孤烟直，长河落日圆。”想来烟如何直？日自然是圆的：这“直”

字似无理，“圆”字似太俗。合上书一想，倒像是见了这景的。若说再找两个字换这两个，竟再找不出两个字来。再还有“日落江湖白，潮来天地青”：这“白”“青”两个字也似无理。想来，必得这两个字才形容得尽，念在嘴里倒像有几千斤重的一个橄榄。还有“渡头余落日，墟里上孤烟”，这“余”字和“上”字，难为他怎么想来！我们那年上京来，那日下晚便湾住船，岸上又没有人，只有几棵树，远远的几家人家做晚饭，那个烟竟是碧青，连云直上。谁知我昨日晚上读了这两句，倒像我又到了那个地方去了。（《红楼梦》第四十八回）

香菱列举的诗句，分别出自《塞上》《送邢桂州》《辋川闲居赠裴秀才迪》。十分巧合的是，她谈到的这三首诗，都与“落日”有关。

王维四季中偏爱秋色，一天里尤爱黄昏。落日、夕阳、黄昏，是王维诗中的一大意象，是王维诗的一个关键词。让我们抄录几联：

闲门寂已闭，落日照秋草。（《赠祖三咏》）

落日山水好，漾舟信归风。（《蓝田山石门精舍》）

夜漏行人息，归鞍落日余。（《同比部杨员外十五夜游有怀静者季》）

渡头余落日，墟里上孤烟。（《辋川闲居赠裴秀才迪》）

荒城临古渡，落日满秋山。（《归嵩山作》）

高城眺落日，极浦映苍山。（《登河北城楼作》）

落日鸟边下，秋原人外闲。（《登裴迪秀才小台作》）

新妆可怜色，落日卷罗帷。……向晚多愁思，闲窗桃李时。（《晚春闺思》）

清歌邀落日，妙舞向春风。（《奉和圣制上巳于望春亭观禊饮应制》）

落日下河源，寒山静秋塞。（《奉和圣制送不蒙都护兼鸿胪卿归安西应制》）

青山万井外，落日五陵西。（《青龙寺昙壁上人兄院集并序》）

遥知汉使萧关外，愁见孤城落日边。（《送韦评事》）

王维有着健康的“落日观”。他对落日怀有好感，或者说他热爱每一个黄昏，正如他热爱每一个当下。他站在那里看熔金的落日，看黄昏老去，看天黑呈现，看此刻寂静，没有日薄西山、人生晚景、王朝崩溃的感叹。许多人忧伤地看着落日，仿佛看见一大滴眼泪，都是以日薄西山的世界观悲观地看着这个世界。王维不是这样，他欣赏的是日落时分的景象，看到的是不可阻挡的坠落。他目送落日，会饮晚霞，体悟的是大自然生生不已、新新不停的生动活泼。平静的黄昏跟慈悲的落日，点燃了他的诗句。他一把抓住落日遁逝的光芒，放在他的诗行里。暗下来的是身外的世界，亮起来的是内心的光明和温暖的诗句。

让我们体会一下他写于开元二十五年左右的《使至塞上》：

单车欲问边，属国过居延。
征蓬出汉塞，归雁入胡天。
大漠孤烟直，长河落日圆。
萧关逢候骑，都护在燕然。

中间四句尤其精彩。“大漠孤烟直，长河落日圆”太壮观了！“大河”“落日”一联，独绝千古（徐增《而庵说唐诗》）；“直”“圆”二字，十二分力量（张文荪《唐贤清雅集》）。这首诗若无“大漠孤烟直，长河落日圆”一联，将黯然失色。所以王国维在《人间词话》里说，“大漠孤烟直，长河落日圆”是“千古壮观”。

铙吹喧京口，风波下洞庭。
赭圻将赤岸，击汰复扬舲。
日落江湖白，潮来天地青。
明珠归合浦，应逐使臣星。

《送邢桂州》

颈联“日落江湖白，潮来天地青”，被称为“豪朗名句，良不多得”（陈德公《闻鹤轩初盛唐近体读本》）。日落处，一般是彩霞万道，诗人偏偏接一“白”字，出人意料，写出了逆流看水、银光闪烁之景。

盛唐的光阴，每一寸都是好的。尤其是，它每一天都培育出壮美的落日，盛大、兴盛，充满沉甸甸的庄严。在盛唐诗人的笔下，落日亦是饱满，亦是力量，亦是壮观。当盛唐的落日皈依了地平线，中唐、晚唐依次拉开了帷幕。李商隐是唐诗中一抹绚丽晚香，“夕阳无限好，只是近黄昏”，迥异于王维，已是晚唐格调了。

渭城曲

说王维诗的关键词，不能不说《送元二使安西》（又名《渭城曲》《赠别》），它的名声太大了。

渭城朝雨浥轻尘，客舍青青柳色新。
劝君更尽一杯酒，西出阳关无故人。

渭城即秦都咸阳故城，这里的早晨下了一阵小雨，压住了地上的浮土，也洗去了客栈柳叶上的尘埃。客人要远行了，诗人压住心头别愁，推杯换盏，做豪爽语：“劝君更尽一杯酒，西出阳关无故人。”全是口语，先写春天发生的情景，再抒发告别的深情。此诗从格律上讲有失粘之处，依然被誉为绝句第一，成为千古绝调。

高适（704年—765年）的《别董大》中有句“莫愁前路无知己，天下谁人不识君”，是鼓励，是劝慰，是安抚。王维的“劝君更尽一杯酒，西出阳关无故人”，酒入别肠，豪爽而不伤感，以情真动人，真性朗然。

《麓堂诗话》说：“王摩诘‘阳关无故人’之句，盛唐以前所未道。此辞一出，一时传诵不足，至为三叠歌之。后之咏别者，千言万语，殆不能出其意之外，必如是方可谓之达耳。”

王维的这首诗，表现了离别这种普遍性的感情，语老情深，千载如新，极富艺术感染力。当时就有人配曲，名《渭城曲》《阳关曲》《阳关三叠》，在酒桌上传唱。唐朝大诗人刘禹锡（772年—842年）的《与歌者何戡》曰：“二十余年别帝京，重闻天乐不胜情。旧人唯有何戡在，更与殷勤唱《渭城》。”他的《与歌者米嘉荣》曰：“唱得凉州意外声，旧人唯数米嘉荣。”与刘禹锡同年出生的白居易（772年—846年）在《对酒诗》中也写道：“相逢切莫推辞醉，听唱《阳关》第四声。”可见，那时候《渭城曲》即《阳关曲》已经到处传唱了。

《阳关三叠》如何叠法？据专家考订，主要有以下五种：

第一种（刘永济《宋代歌舞剧曲录要·总论》）：

渭城朝雨，渭城朝雨浥轻尘，浥轻尘。
客舍青青，客舍青青柳色新，柳色新。
劝君更尽，劝君更尽一杯酒，一杯酒。
西出阳关，西出阳关无故人，无故人。

第二种（刘永济《宋代歌舞剧曲录要·总论》）：

渭城，渭城朝雨，渭城朝雨浥轻尘。
客舍，客舍青青，客舍青青柳色新。
劝君，劝君更尽，劝君更尽一杯酒。
西出，西出阳关，西出阳关无故人。

第三种（五代顾复《杨柳枝词》）：

渭城朝雨浥轻尘，浥轻尘。
客舍青青柳色新，柳色新。
劝君更尽一杯酒，一杯酒。
西出阳关无故人，无故人。

第四种（苏东坡《仇池笔记》）：

渭城朝雨浥轻尘，
客舍青青柳色新，客舍青青柳色新。

劝君更尽一杯酒，劝君更尽一杯酒，
西出阳关无故人，西出阳关无故人。

第五种（清徐本立《词律拾遗》）：

渭城朝雨，一霎浥轻尘。（平韵）更洒遍客舍青青。弄柔凝，千缕柳色新。更洒遍客舍青青，千缕柳色新。休烦恼，（换仄韵）劝君更尽一杯酒，人生会少。自古富贵功名有定分。（二换仄韵）莫遣容仪瘦损。休烦恼，（叠后起句韵）劝君更尽一杯酒，只恐怕西出阳关，旧游如梦，眼前无故人。（三换平韵）只恐怕西出阳关，眼前无故人。

《送元二使安西》又有琴曲，以王维的诗句为中心，增添词句，分为三段，故称《阳关三叠》。清人的《琴学入门》记载了《阳关三叠》：

初叠

清和节当春，渭城朝雨浥轻尘，客舍青青柳色新。劝君更尽一杯酒，西出阳关无故人。霜夜与霜晨，遄行，遄行，长途越度关津，惆怅役此身。历苦辛，历苦辛，历历苦辛，宜自珍，宜自珍。

二叠

渭城朝雨浥轻尘，客舍青青柳色新。劝君更尽一杯酒，西出阳关无故人。依依顾恋不忍离，泪滴沾巾，无复相辅仁。感怀，感怀，思君十二时辰，参商各一垠。谁相因，谁相因，谁可相因。日驰神，日驰神。

三叠

渭城朝雨浥轻尘，客舍青青柳色新。劝君更尽一杯酒，西出阳关无故人。芳草遍如茵，旨酒，旨酒，未饮心已先醇。载驰骃，载驰骃，何日言旋轩辚，能酌几多巡。千巡有尽，寸衷难泯。无穷的伤感，楚天湘水隔远滨，期早托鸿鳞。尺素申，尺素申，尺素频申如相亲，如相亲。

尾声

噫，从今一别，两地相思入梦频，闻雁来宾。

《阳关三叠》从唐唱到宋，一直唱到今天，成为“送别曲”“友谊曲”的代称。《送元二使安西》不仅被披之于歌，还被宋元时代的画家绘之为画，名为《阳关图》等，《阳关图》又引起苏东坡、苏颂、黄庭坚、陆游、郑嘉等诗人源源不断的题咏，有几十首之多，令人叹观。

1915 年，美国诗人庞德出版引起轰动的译诗集《神州集》，选译十九首中国古诗，其中有王维的《送元二使安西》：

Light rain is on the light dust.
The willows of the inn—yard.

Will be going greener and greener,

But you, Sir, had better take wine ere your departure,

For you will have no friends about you when you come to the gates of Go.

Omakitsu（庞德所译王维之名）

有人把庞德翻译成英文的《送元二使安西》又转译为汉语：

小雨在轻轻尘雾中，
客栈庭院中的柳枝，
越来越绿了，
而你，先生，最好在临行前喝下这杯酒，
因为从你离开以后就很难结交到好友。

一首《送元二使安西》，打通了诗、歌、音乐、绘画不同领域，诗人、音乐家、画家共同参与创造，中外共赏析，成为一种文化现象。中国历史之长，诗词之多，有如此“待遇”的诗，为数不多，王维这首《送元二使安西》只是其一。

荆扉

王维诗中多山林，多佛寺，还多“荆扉”。荆扉，就是农家的柴门。

荆扉，是田园诗的代表性词汇。中国的田园诗人，大多写过“荆扉”。陶潜的《归园田居》之二有“白日掩荆扉，对酒绝尘想”句。

王维诗中，有十多首使用了“荆扉”“柴门”这些表现农家生活的词汇。他田园诗的代表作是《渭川田家》：

斜光照墟落，穷巷牛羊归。
野老念牧童，倚杖候荆扉。
雉雊麦苗秀，蚕眠桑叶稀。
田夫荷锄至，相见语依依。
即此羡闲逸，怅然吟式微。

一首杖藜之歌。夕阳西下，牛羊回村，老人喊着牧童的名字，拄着藜杖等在家门。野鸡在麦地里叫着，蚕吃饱了睡在桑叶之间。农夫荷锄而行，互相说着什么。王维看到这样的情景，羡慕农人的“闲逸”，他想起《诗经・邶风》中的“式微！式微！胡不归？”自己真想早日归隐田园啊。

王维的这首诗是“拟陶诗”，模拟陶渊明的田园诗，向陶渊明致敬。

王维住辋川，写了许多田园诗，是陶渊明之后写田园诗最好的诗人之一。但从本质上讲，他不是田园中人。

王维厌倦尘世之喧嚣，也无法舍弃红尘之繁华，他平衡于“庙堂”与“柴门”之间，几乎做到了“允执厥中”。他的生活可比前辈诗人陶渊明富裕幸福多了，也比他的朋友孟浩然优越幽雅多了。他是大贵大德之人，有官家的俸禄，衣食住行都无忧无虑，不用“一个字搂紧自己的笔画取暖/一行诗搂紧自己的修辞取暖/一盏灯搂紧自己的光芒取暖/一滴血搂紧自己的伤口取暖……（章德益《冬夜写作》）”。

陶渊明是庄稼的耕种者，王维只是庄稼成长的见证人。陶渊明的田园诗像他地里的庄稼一样是他流着汗水在地里一锄一锄“干”出来的，王维的田园诗是他站在地边一眼一眼“观”出来的。

王维住在辋川，享受青山绿水，往来无白丁，亦无躬耕之劳苦，几乎没有深度地融入当地百姓。他是外来者，是旁观者。但作为一个优秀的诗人、作为拥有一颗慈悲心的佛教徒，尽管他没有农家艰辛生活的切身感受，但他静心看见了，温情体会了，欢喜地写出来了，这就足够了。这是那些没有乡村田园生活经历的诗人以及那些虽然接触乡村却不懂写诗的官员所不能企及的。王维朴素而怡然的田园诗，是在与田园又远又近、又隔又不隔的状态下完成的，表现出来的是温暖与宁静，当然其中不可避免地带些虚幻色彩。

篱间犬迎吠，出屋候柴扉。
岁晏输井税，山村人夜归。
晚田始家食，余布成我衣。
讵肯无公事，烦君问是非。

这首《赠刘蓝田》是写给蓝田县官的诗。诗人说，黄昏时分听见狗在篱笆间叫，以为家里来了客人，连忙出屋到门口等候，看到的是交税回来的农夫。他们把大多数粮食和布匹都上交了，自家仅仅剩下一点点，粮不足以糊口，衣不足以暖身。刘县令您能告诉我这其中的是非曲直吗？这是王维少见的关注乡村、关注百姓疾苦的作品。

王维不缺乏用诗歌反映当下生活的勇气跟能力，是他的“诗界观”不允许他用诗歌褒贬时代，他有“语言洁癖”，所以有的题材他选择不写。

《辋川闲居赠裴秀才迪》也是王维田园诗的代表作：“寒山转苍翠，秋水日潺湲。倚杖柴门外，临风听暮蝉。渡头余落日，墟里上孤烟。复值接舆醉，狂歌五柳前。”

早朝

王维有多副“面孔”。读王维，容易被他田园诗人的面孔吸引，容易被他佛教徒的面孔吸引，而忽视了王维还有一副帝国官员的面孔。

王维是大唐官员，体制中人，他得定期上朝。一大早上朝，就是早朝。诗人早朝时有所感，就写了《早朝》等早朝诗，还有一部分涉及早朝的诗。诗人的“诗疆土”，既可以占据帝王的宫殿，还可以抵达帝国武力达不到的远方。可以想象这样的情形：王维身在早朝，眉目肃穆，虔诚谦卑，而他的脑子里正构思酝酿着一首大诗。皇帝有办法控制人的肉身，却无法限制人的思想，对诗人的诗思更是无能为力，鞭长莫及。

且说，中书舍人贾至文才出众，地位显赫，曾为玄宗作传位册文。有意思的是，他的父亲贾曾，也做过中书舍人，也曾为睿宗作传位册文。唐玄宗对贾至说：“二朝盛典，出卿父子之手，可谓继美。”（《新唐书·贾至传》）

乾元元年（758 年）的一天，贾至写了《早朝大明宫呈两省僚友》：“银烛朝天紫陌长，禁城春色晓苍苍。千条弱柳垂青琐，百啭流莺满建章。剑佩声随玉墀步，衣冠身惹御炉香。共沐恩波凤池上，朝朝染翰侍君王。”

这首诗，引来杜甫、岑参、王维等人的和唱。王维和曰：

绛帻鸡人送晓筹，尚衣方进翠云裘。
九天阊阖开宫殿，万国衣冠拜冕旒。
日色才临仙掌动，香烟欲傍衮龙浮。
朝罢须裁五色诏，佩声归向凤池头。

《和贾舍人早朝大明宫之作》

王维不和贾诗之韵，只和其意；也不像贾诗写“共沐恩波凤池里，朝朝染翰侍君王”那样沾沾自喜，而是通过早朝前、早朝中、早朝后三个阶段，写帝王威仪和盛唐气象。首联说，天快亮的时候，戴着红巾的卫士通报时间，专管皇帝衣服的尚衣局给皇帝送去龙袍，渲染出早朝前各部门各司其职的庄严肃穆气氛；中间四句，正面写早朝，精整华丽，气势非凡，特别是“九天阊阖开宫殿，万国衣冠拜冕旒”，写活万国来朝的宏大场面，一个“拜”字更是突出了大唐帝国的威仪。颔联从大处着眼，颈联则从细处落墨：日光初上，仙掌一般的仪仗连忙挡风遮日；香烟祥云缭绕在龙袍的周围。结尾两句写早朝之后，中书舍人贾至来到中书省所在地凤池，用五色纸起草诏书。

杜甫和曰："五夜漏声催晓箭，九重春色醉仙桃。旌旗日暖龙蛇动，宫殿风微燕雀高。朝罢香烟携满袖，诗成珠玉在挥毫。欲知世掌丝纶美，池上于今有凤毛。"

岑参和诗曰："鸡鸣紫陌曙光寒，莺啭皇州春色阑。金阙晓钟开万户，玉阶仙仗拥千官。花迎剑佩星初落，柳拂旌旗露未干。独有凤凰池上客，阳春一曲和皆难。"

盛唐四大巨头，联手唱和，妙绝古今，成为文坛佳话。同时，也造成一大公案：四首诗，孰高孰低？排名顺序？一时众说纷纭，各不相让，争论至今没完没了。但是，不能不服气，贾至的"千条弱柳垂青琐，百啭流莺满建章"，王维的"九天阊阖开宫殿，万国衣冠拜冕旒"，岑参的"花迎剑佩星初落，柳拂旌旗露未干"，都是千古名句，而"九天阊阖开宫殿，万国衣冠拜冕旒"更被国人引以为自豪。

应制

诗人王维，一方面如鱼得水地游戏于中国最底层的乡村山水，一转身又走入大唐帝国的政治中心，长袖作舞。从他的应教诗、应制诗这类"宫廷诗"中，可以看出他官场生涯的经历与得意以及宫廷豪华的建筑、盛大的政治仪式等盛唐景象。

中国第一个完整的王维诗文注释本《王右丞集笺注》

的编著者赵殿成说："魏晋以来，人臣于文字间，有属和于天子曰应昭，于太子曰应令，于诸王曰应教。"应昭，又叫应制。就是说，奉诸王之命作的诗叫应教诗，应太子之命作诗叫应令诗，应皇帝之命作诗叫应制诗。

唐代有君臣唱和的风气，诗歌是宫廷生活的一部分。当然，作为大臣或诗人，能和皇帝一起玩诗，官位低了不行，没有机会接触皇帝不行，这不是每个臣子和诗人都有的机会。大诗人李白一首应制诗都没有，不是他不想写，是皇帝没有给他机会写。所以，对于诗人来说，写应制诗，是一种荣誉跟荣耀。这样的应制诗，哪怕诗意不多，诗人自己都很珍惜。

应制诗，是政治诗，类似命题作诗，内容都是歌功颂德，让皇帝高兴，粉饰乃至献媚也在所难免。这类拍马屁的诗，不是诗意袭来、灵感闪现时的作品，是硬写出来的。一般地说，这样写诗，是写不出什么好诗的。

王维留传下来的应制诗有二十来首，这是他诗作的一个重要部分。王维戴着镣铐跳舞，他在政治规矩、君臣顾忌、格律限制下展现天才，为大唐盛世放歌。在他的应制诗中，描写大明宫、兴庆宫、望春宫、九成宫、曲江池、华清宫等皇家宫苑美景，境界阔大，一派庙堂华贵气象。其中的一些，写成了经典，比如《奉和圣制〈从蓬莱向兴庆阁道中留春雨中春望〉之作应制》：

渭水自萦秦塞曲，黄山旧绕汉宫斜。
銮舆迥出千门柳，阁道回看上苑花。
云里帝城双凤阙，雨中春树万人家。
为乘阳气行时令，不是宸游玩物华。

“渭水自萦秦塞曲，黄山旧绕汉宫斜。”诗一开头把渭水、黄山和秦塞、汉宫作为长安的陪衬和背景写出来，写出由大明宫阁道中向西北眺望见到的景象，增强了时空感、历史感。“銮舆迥出千门柳，阁道回看上苑花。”皇帝的车驾驰出层层宫门，回首看见宫苑里的春花烂漫。“云里帝城双凤阙，雨中春树万人家。”——名句出现：云雾低回缭绕，托举出一对凌空飞起的凤阙；在茫茫的春雨中，万家的春树在雨中沐浴，显得生机勃发。真是一幅美丽的“春雨长安图”。“为乘阳气行时令，不是宸游玩物华。”诗人说，天子出游，顺天道而行时令，并非为了赏玩景物。这最后一句，有人解读为寓谏于颂，也无不可。不过不要忘了，应制诗就是捧场，就是渲染盛况，就是“歌德”让皇帝高兴呀。沈德潜对王维这首诗评价很高：“应制诗应以此篇为第一。”（《唐诗别裁》）

盛唐得王维华章鼎助，益增其盛。正所谓，美美与共，青史永恒。

飞鸟

王维的诗中，只见“山鸟群飞”（《酬诸公见过》），常听“窗外鸟声闲”（《戏赠张五弟諲三首》），感受“人鸟不相乱，见兽皆相亲”（《戏赠张五弟諲三首》），发现“鸟识欢心亦解歌”（《既蒙宥罪旋复拜官伏感圣恩窃书鄙意兼奉简新除使君等诸公》），“柳色青山映，梨花夕鸟藏”（《春日上方即事》）。他的诗中，更多的是“飞鸟”的影子——

残雨斜日照，夕岚飞鸟还。（《崔濮阳兄季重前山兴》）

开轩临颍阳，卧视飞鸟没。（《留别山中温古上人兄并示舍弟缙》）

目尽南飞鸟，何由寄一言。（《寄荆州张丞相》）

秋山敛余照，飞鸟逐前侣。（《木兰柴》）

王维的诗中为什么有这么多飞鸟的景象呢？

飞鸟去不穷，连山复秋色。
上下华子冈，惆怅情何极。

《华子冈》

有人说这首诗没有使用典故，明白如话。不把“飞鸟”

当典故，无碍我们欣赏王维的这首诗，但如果明了“飞鸟”的典故，就能够更深入地解读王维的诗作了。

“飞鸟”是佛经中谈“空”时常用的一个比喻——

六十卷《华严经》卷三十四“宝王入来性起品”云：“诸佛觉悟法，性相皆寂灭。如鸟飞空中，足迹不可得。”八十卷《华严经》卷五十“如来出现品”中有“了知诸法性寂灭，如鸟飞空无有迹”句。《涅槃经》中说：“如鸟飞空，迹不可寻。”《维摩诘经》也说道：“如空中鸟迹。”

在佛家看来，万象皆空相。鸟过无痕，鸟在哪里？痕在哪里？一切都是空。

王维的诗中，当下的景色与佛教的义理常常圆融地合二为一，让人难以分别。“鸟来还语法，客去更安禅”（《投道一师兰若宿》）他的“鸟”，既是自然之鸟，又是给我们说法的鸟。

禅坐

人作为人，最好看的坐，就是禅坐。

禅坐是佛家修行的一种方式。通过坐禅，专注于自己的一呼一吸，切断眼耳鼻舌身意“六根”，排除外在的干扰与喧嚣，无有客尘烦恼，抵达内心的平衡与宁静，正所谓：“山林吾丧吾”（《山中示弟》），“安禅制毒龙”（《过香积寺》）。

禅坐是这个世界上最好看的坐，是滋养身心的有营养的坐。宴坐寂默，心境浑融，不沦有无，不辨是非，不落边见，可以终止胡思乱想，使心投入到专注之中，开发内在的佛性，打听前生前世。王维说自己“宿世谬词客，前生应画师”（《题辋川图》），大概就是在禅坐中看见的。

《旧唐书·王维传》提到，王维“退朝以后，焚香独坐，以禅诵为事”。趺坐，独坐，端坐，夜坐，莲坐，是王维修行的课目，也是他诗歌的重要内容。王维诗中写禅坐，既表现静态之美，又表达佛家境界。

王维的诗中，有的写禅师的坐禅：

软草承趺坐，长松响梵声。（《登辨觉寺》）

趺坐檐前日，焚香竹下烟。（《过卢四员外宅看饭僧共题七韵》）

欲知禅坐久，行路长春芳。（《过福禅师兰若》）

有的写自己的坐禅，写自己的摄心不乱：

轻阴阁小雨，深院昼慵开。坐看苍苔色，欲上人衣来。（《书事》）

好读高僧传，时看辟谷方。鸠形将刻仗，龟壳用支床。

柳色青山映，梨花夕鸟藏。北窗桃李下，闲坐但焚香。（《春日上方即事》）

独坐悲双鬓，空堂欲二更。雨中山果落，灯下草虫鸣。白发终难变，黄金不可成。欲知除老病，唯有学无生。（《秋夜独坐》）

王维的“坐”是开放的，并非枯寂息念，就像《庄子》中所说的与天合一的“虚静”。一次呼吸、一个念头、一片树叶、一串虫鸣、一声雨滴，都可以成为他静坐的主题。他耳有所闻、眼有所见、心有所感、思有所悟，浑然与落花行云同在。

王维的禅坐，既包含了“闲居净坐”的北宗禅法，也包括了“至人达观，与物齐功，无心舍有，何处依空”的南宗禅法。

北宗强调坐禅。南宗的怀让禅师说：“磨砖既不成镜，坐禅岂能成佛。”南宗则不那么强调坐禅。

王维的坐禅与禅游（或者叫“行禅”）相结合，他不执着于禅坐而不离于禅坐。他的《过感化寺昙兴上人山院》就反映了他的这种结合：“暮持筇竹杖，相待虎谿头。催客闻山响，归房逐水流。野花丛发好，谷鸟一声幽。夜坐空林寂，松风直似秋。”诗中说，昙兴上人拄着筇竹杖在寺庙外迎接我，山中的虎啸鸟鸣似乎在催促着我。我和上人跟着流水前往山院，一路上，野花丛发好，谷鸟一声幽。到了晚上，坐禅林间，感受到“松风直似秋”。

禅宗六祖惠能有个弟子叫玄觉，他主张在“境静林间独自游”，与世无争，永夜清宵。他的《证道歌》曰：“行亦禅，坐亦禅，语默动静体安然。”他发明的修习方式叫“山林优游禅”，以“山林优游”为“禅坐”。与天为徒，把自己融入世界中，做世界的存在者，而不仅仅是外在的观照者和欣赏者。

王维深得“山林优游禅”之精要。他半官半隐，缄口于是非之场，融心于色空之境，钟情于南山，信步而漫游，与物优游，相与徘徊，任运自如，行住坐卧皆为道场。在那“行到水穷处，坐看云起时”，物我两忘，怡然自得，宛若羲皇上人。

王维在禅坐禅游中，抵制喧嚣，抑制心魔，与大道优游缱绻，既获得了自然山水之禅机，又获得了超然自得、心清境静的自然精神。于是，一首首意境优美、含蕴深邃的山水诗在这种宗教体验与审美体验的高度融合之中诞生了。

空

“空”是佛教的核心思想。空，指的是世间诸相一切皆空，现实世界的一切都是虚幻不实的。佛教认为，只有体悟到“空”，静心洁虑，生出智慧，才能进入佛国净土。

王维诗歌，“空”字用得尤其多：空山，空林，空性，空虚……大致有九十多次。空，在王维诗中，首先是形容大自然的景色，状其空静澄明：

空山新雨后，天气晚来秋。（《山居秋暝》）

空山不见人，但闻人语响。（《鹿柴》）

人闲桂花落，夜静春山空。（《鸟鸣涧》）

夜坐空林际，松风直似秋。（《过感化寺昙兴上人山院》）

秋天万里净，日暮澄江空。（《送綦毋秘书弃官还江东》）

荒城自萧索，万里山河空。（《奉寄韦太守陟》）

食随鸣磬巢乌下，行踏空林落叶声。（《过乘如禅师萧居士嵩丘兰若》）

王维写“空”，一方面是写实，描绘出他眼中的大自然的空旷空灵，一方面也是形象地说明佛教“空”的道理。许多时候，王维直接用“空”字对于佛教义理进行表达。比如：

浮名寄缨佩，空性无羁鞅。（《谒璿上人并序》）

碍有固为主，趣空宁舍宾。（《与胡居士皆病寄此诗兼示学人二首》）

眼界今无染，心空安可迷。（《青龙寺昙壁上人兄院集》）

已悟寂为乐，此生闲有余。思归何必深，身世犹空虚。（《饭覆釜山僧》）

王维不少的诗句中往往将“空”与“寂”联用：“寂寞柴门人不到，空林独与白云期。”（《早秋山中作》）“落花啼鸟纷纷乱，涧户山窗寂寂闲。峡里谁知有人事，郡中遥望空云山。”（《寄崇梵僧》），“空”“寂”既是对景色的描写，也是由于景色而生发的主观感受。这样的“空”“寂”与诗人的禅心一脉相通，渊源于《维摩诘经》：“法喜以为妻，慈悲心为女，善心诚实男，毕竟空寂舍。”

王维的《夏日过青龙寺谒操禅师》，对佛家的空观有精彩而深刻的描述：

龙钟一老翁，徐步谒禅宫。
欲问义心义，遥知空病空。
山河天眼里，世界法身中。
莫怪销炎热，能生大地风。

王维说，暮年的时候到青龙寺问禅，禅师遥知一切皆空，所以向他询问“义心”（即自性清净心）的道理。禅师已开“天眼”，山河皆在他眼中，他的法身无边无际。不要奇怪为什么一到这里就能够消除炎热，这里有佛啊，佛能生大地之风。王维仿佛也展开了“天眼”。“遥知空病空”，就是说执着于“空”，成为“顽空”，亦是一“病”，也得破除啊。《维摩诘经》中说：“唯有空病，空病亦空。”

世界上的人，包括学佛的人，不是落入“有”，就是落入“空”。佛教以为，世间万物都是因缘聚合而成的，因而空无自性。学佛，必须从“空”开始，先体悟到“空”，还要从“空”里打出来，体悟“空”并非一味的“无”，“空”并不排斥“有”。执着“有”是错误的，而执着“空”也是谬见。王维畅游于空色之境，以诗的形式表达着他对佛教空观的感悟：不落入空，也不落入有，非空非有，人空我空，连空也空。他用他的诗诠释“空”，打破那一片“顽空”。他的诗宛然一把密钥，把“空”打开了。

无生

王维的《登辨觉寺》云：

竹径从初地，莲峰出化城。

窗中三楚尽，林上九江平。

软草承趺坐，长松响梵声。

空居法云外，观世得无生。

这首诗将美丽的大自然与佛教词汇完美结合，景色转化为禅语，写得清新淡然，疏朗有致。诗人穿过竹林曲径，看见莲花峰的佛寺殿宇像《莲华经》中的化城。立足辨觉寺，目尽三楚，坐瞰九江，寸心观尽天下。僧人们作结跏趺坐于软草之上，松林里流动着诵经之声，真是鲜花与香烟缭绕，绿草以梵音熏拂。居住在这里修习佛法，观察三千大千世界，获得了破除生灭烦恼的无生之理。

“无生”是佛教中的一个重要概念，亦称“不生”，与“涅槃”“实相”“法性”等含义相同，无生无灭，没有生老病死。“无生”即“无灭”，“无生”才是“实相”“真如”。

王摩诘经常把“无生”直接搬进自己的诗中——

空居法云外，观世得无生。（《登辨觉寺》）

忆昔君在时，问我学无生。（《哭殷遥》）

欲知除老病，唯有学无生。（《秋夜独坐》）

学无生兮庶可，幸能听于吾师。（《宋进马哀辞并序》）

上人无生缘，生长居紫阁。（《燕子龛禅师》）

一心在法要，愿以无生奖。（《谒璿上人并序》）

誓陪清梵末，端坐学无生。（《游化感寺》）

王维学佛学禅，他的精神世界一直在孜孜不倦地追求“无生灭”“不生不灭”的最高境界。

山僧，寺庙

王维有个“禅诵群”。“群”中都是些山僧、上人、禅师之流。“群”里面，焚香，诵经，论道，写诗。正如《山中寄诸弟妹》一诗所云：

山中多法侣，禅诵自为群。
城郭遥相望，惟应见白云。

王维在这个“群”中，往来于山僧，忘情于佛寺，禅坐于佛经，远离于尘嚣城郭，只见那袅袅云烟舒展自在，无有恐怖，无有颠倒梦想，几乎身轻而飞脱凡尘。

山僧，住在山寺的僧人。北周庾信《卧疾穷愁》诗曰：“野老时相访，山僧或见寻。”唐刘长卿《寻盛禅师兰若》诗云：“山僧独在山中老，唯有寒松见少年。”山僧又是僧人自称的谦辞。《五灯会元》有“众人既尽在此，山僧不可无言”句。

山僧，又叫上人，在人之上，是对和尚的尊称。“上人”一词首见于《维摩诘经》。

禅师，指有德行的和尚。语出《善住意天子所问经》卷下：“天子问文殊师利言：‘禅师者，何等比丘得言禅师？’文殊师利言答言天子：‘此禅师者，于一起法，一行思量，所谓不生，若如是知，得言禅师。’”

山僧、上人、禅师，本是同一物，名异而已。

“好读高僧传，时看辟谷方。”（《春日上方即事》）王维经常与山僧交游交流交往、同吃同住同修。《旧唐书》说他：“在京师日饭十数名僧，以玄谈为乐。斋中无所有，唯茶铛、药臼、经案、绳床而已。”他的《蓝田山石门精舍》写道：“老僧四五人，逍遥荫松柏。”王维也身在其中。

王维像僧人那样“深居僧坊，傍俯人里”（《青龙寺昙壁上人兄院集并序》）。他的《宫槐陌》中说：“仄径荫宫槐，幽阴多绿苔。应门但迎扫，畏有山僧来。”

山僧的身影经常游动在王维的诗文中，成为一道飘逸的风景。《寄崇梵僧》《谒璿上人并序》《留别山中温古上人兄并示舍弟缙》《过感化寺昙兴上人山院》《过卢员外宅看饭僧共题》等，都是因僧侣而成诗。《饭覆釜山僧》曰：

晚知清净理，日与人群疏。

将候远山僧，先期扫敝庐。
果从云峰里，顾我蓬蒿居。
藉草饭松屑，焚香看道书。
燃灯昼欲尽，鸣磬夜方初。
一悟寂为乐，此生闲有余。
思归何必深，身世犹空虚。

王维热衷于佛理，“日与人群疏”，这相当现在说的“退群”，王维退出的是“人群”，日渐亲密的是“禅诵群”。王维在诗中说，自己活得越来越清淡，几乎疏离了整个人群。一听说远方山僧要来寒舍，赶紧把久不收拾的房间里里外外打扫一番。从云峰里飘然而下的山僧，来到我的陋室，坐在草垫子上吃松花，点一炷香念经，直到初更时分，进入涅槃境界，悟得身心闲静安宁。此时此刻，归隐山林也没那么迫切了，毕竟包括肉身在内的现实世界的一切都是空虚不真的。

“天下好山僧占多”，唐朝时全国已经形成寺院的“网络”。寺院是佛教最为清晰可见的象征，是佛教文化的重要载体。寺院，在世俗中人看来，它是神灵居住之地，是供众生顶礼膜拜的地方。王维到过许多寺庙，他既留恋寺院及其周围的风光，又触发对佛教义理的感悟，于是他用他擅长的诗句来抒发自己的情怀。比如，他的《登辨觉寺》，写到九江的辨觉寺；《谒璿上人并序》，写南京的瓦官寺；《别弟缙后登青龙寺望蓝田山》《青龙寺昙壁上人兄院集》《夏日过青龙寺谒操禅师》，都与长安的青龙寺有关；《过香积寺》，写长安的香积寺；《资圣寺送甘二》，涉及资圣寺；《过化感寺昙兴上人山院》《游化感寺》，写蓝田的化感寺；《蓝田山石门精舍》，写蓝田的石门精舍；《和宋中丞夏日游福贤观天长寺寺即陈左相所施》，写到天长寺，等等。

成于斯，毁于斯。如果说上述的寺庙是王维欣欣然求道之地、安心之所，抒发悟道之地，那么洛阳的菩提寺则是他的伤心地，是他一生最不愿回顾的地方了。他被关押在菩提寺，一边吞下苦果，一边写下了诗品一般却很出名的《凝碧诗》。

樵客

窈窕深谷，时见樵客。

樵客，亦称樵夫、樵人，指出门打柴割草的人。南朝王僧孺的《答江琰书》云："或蹲林卧石，籍卉班荆，不过田畯野老、渔父樵客。"

唐代张籍有诗《樵客吟》，写樵客的辛苦与叮咛："上山采樵选枯树，深处樵多出辛苦。秋来野火烧栎林，枝柯已枯堪采取。斧声坎坎在幽谷，采得齐梢青葛束。日西待伴同下山，竹担弯弯向身曲。共知路旁多虎窟，未出深林不敢歇。村西地暗狐兔行，稚子叫时相应声。采樵客，莫采松与柏。松柏生枝直且坚，与君作屋成家宅。”

王维没有专门写樵客的诗，但“樵客”是他的诗中一个忽隐忽现的形象。

樵客，身披云霞，肩负松月，出入于人间与山野，是连接两个世界的使者。所以，“道心及牧童，世事问樵客”（《蓝田山石门精舍》），又“山静泉逾响，松高枝转疏。支颐问樵客，世上复何如？”（《赠东岳焦炼师》）。

樵客，作为山中主人，是山水情形的知情人。所以在前不着村后不着店时，要问寻樵客，“欲投人处宿，隔水问樵夫”（《终南山》）。

在王维那里，樵客又是隐居的大德之人。荷樵而行，与天为徒，本乎虚空，与大自然相优游。正是，“暗入商山路，樵人不可知”（《斤竹岭》），“樵客初传汉姓名，居人未改秦衣服”（《桃源行》），忽逢幽人，如见道心。

身体与身体之间没有缝隙。山野里，诗人与樵客相遇，既是不相识，依然可以像邻居一样深深浅浅地交谈。

太乙近天都，连山接海隅。
白云回望合，青霭入看无。
分野中峰变，阴晴众壑殊。

欲投人处宿，隔水问樵夫。

《终南山》

诗人虚实结合,用四十个字为一座传奇大山传神写照。唐人看山，更多的是眼睛之外的精神上的山。“太乙近天都，连山接海隅”，高峻雄奇的终南山（又叫太乙山）高耸入云靠近天都（天都，又指帝都长安），绵亘不断直到大海。这种宏观叙事，不是地理上的写真，而是对一座大山雄伟气质的抒发。全景扫描之后写近景——“白云回望合，青霭入看无”，向后看，向前看，与白云游戏，写出了山间的缥缈迷离与空寂。颈联“分野中峰变，阴晴众壑殊”，站在高于山的地方看山，好像来自世外天眼，写出千岩万壑的奇妙变化，有尺幅千里之势。“分野中峰变，阴晴众壑殊”，与杜甫《望岳》“造化钟神秀，阴阳割昏晓”同妙。结句与《终南别业》相似，笔锋一转，只见那山林深处、在水一方，飘然走着一位打柴的人——“欲投人处宿，隔水问樵夫”，诗人向樵夫询问晚上何处可以落脚。樵夫如何回答？全诗已戛然结束。

贾岛的《寻隐者不遇》：“松下问童子，言师采药去。只在此山中，云深不知处。”妙在有问有答。《终南别业》妙在不作答，留下悬念，让人惦记与思考。

原来，诗人并不只是询问今夜投宿何处，实则是设问人生归宿这个终极问题啊。

王维与李白：可以相见，为何不见？

一个人与另一个人的遇见或者不能遇见，是谁安排的？

2015年初的一天黄昏，我在西安大雁塔南广场散步，想到701年大唐发生的几件大事：一、神秀奉武则天诏进长安；二、武则天下令重修大雁塔；三、李白出生；四、王维出生……当时，我发了一条微信，为同庚、同耀于盛唐的李白与王维不认识，深为遗憾。

盛唐的诗心是王维，盛唐的气质是李白。我读新旧《唐史》、唐宋笔记，一直盯着这俩人的交集，没有发现蛛丝马迹。那天晚上，我“打油”说：“一个诗佛，一个诗仙，同生于701年；都吟过太白，放歌终南；都曾长安为官，都在内乱中受到牵连，还有共同的朋友孟浩然。可是两人没有相见，也没有诗词唱和，宛若冰炭，连野史中都不曾会面。大唐天空下的两颗巨星，动若参商不相见——呜呼！梅花荷花亦不见。”

诗文纽带——李白王维见面条件之一

王维与李白是同时代的人，都是出道很早、出名很早的诗人。

王维十七岁时写作《九月九日忆山东兄弟》，奠定了他在盛唐诗坛的位置。《新唐书》说，王维“名盛于开元、天宝间，豪英贵人虚左以迎，宁、薛诸王待若师友。”大名鼎鼎的诗人加上朝廷官员，王维的身份与名声十分显赫。可以说，王维居于都城诗歌社交圈中的中心地位，可以左右朝野的诗歌趣味。

开元十八年（730年），李白第一次进长安城，诗人贺知章惊叹他是“天上谪仙人”，不是凡人啊。李白从此有了“谪仙人”的雅号。

王维与李白，对方在诗歌上的巨大成就，彼此之间都心知肚明。王维不一定像杜甫那样为李白的诗歌才华而吃惊，但他一定读过李白的诗，贺知章对李白的评价也会传到他耳朵里。

千古风流，文豪相会。同样的年龄，共同的爱好，共在一个文艺圈里，应该交往一下吧，没有。

两人不认识、没交往，在诗文中咏叹一下对方总可以吧，没有。

既是看不上人家的诗，互相掐几下、打嘴官司也好嘛，没有。

仿佛对方不存在似的，两人之间什么都没发生。无论是正史还是笔记小说中，都没有两人看不惯、闹矛盾、有过节、闹别扭、反目争吵等任何记载。

王维《少年行之三》曰："出身仕汉羽林郎，初随骠骑战渔阳。孰知不向边庭苦，纵死犹闻侠骨香。"李白《侠客行》曰："千秋二壮士，烜赫大梁城。纵死侠骨香，不惭世上英。"——注意"侠骨香"那句。

王维的《送孟六归襄阳》有"醉歌田舍酒，笑读古人书"，李白的《赠孟浩然》有"醉月频中圣，迷花不事君"。——注意其中相似之处。

王维的《欹湖》说"湖上一回首，青山卷白云"，李白的《天门山》说"落日舟去遥，回首沉青霭"。两大诗人的诗相映生辉，连使用的某些词汇都十分相似。

但是，他们就是不认识。

可以"群"的诗，没有把李白与王维两位伟大诗人联系在一起。

交会的时空——李白王维见面条件之二

同时代的人也不一定认识，关键是有没有交会的时间与空间。

对照郭沫若的《李白杜甫年表》（见《李白与杜甫》）和陈铁民的《王维年谱》（见《王维校注集》），王维与李白在八个年头是有机会见面的——

开元十八年（730 年），王维在长安。李白在春夏之交经南阳到长安，住在终南山。期间，李白结识了贺知章、崔宗之、玉真公主等人。王维与李白没有相遇。

开元十九年（731 年），王维在长安。这年春天夏天，李白回到长安，住在终南山。王维与李白没有相遇。

开元二十二年（734 年），王维闲居长安，秋，隐居嵩山。这一年，李白住在洛阳，还和元丹丘一起游嵩山。王维与李白没有相遇。

开元二十三年（735 年），王维拜右拾遗，离开嵩山到东都洛阳任职。这一年李白也有很长时间住在东都。王维与李白没有相遇。

开元二十八年（740 年）冬，王维“知南选”，经过南阳、襄阳到岭南。这一年，李白曾到南阳游玩。王维与李白没有相遇。

天宝元年（742 年），王维在长安，任左补阙，虽然是七品下，但其职责是指责朝政之缺失，不仅可以弹劾满朝臣僚，而且可以谏诤皇帝，算个要职。这一年秋，李白应诏入京，被召见到金銮殿，做了一个“翰林供奉”——就是应诏文人，不是什么官。秋天，唐玄宗到骊山温泉修养，长达月余，王维与李白都被叫去过，王维写有《和仆射晋公扈从温汤》，李白写有《侍从游宿温泉宫作》。同在长安一片月下，这是两人最有可能见面的时空，但是两人没有相遇。

天宝二载(743年)，王维在长安，官左补阙。这一年，李白在长安，《清平调词三首》就是这一年所写。据说李白有一次醉中被召见，曾引足令高力士为之脱靴。王维与李白没有相遇。

天宝三载（744年），王维在长安，仍为左补阙。这一年春，李白在长安，为高力士等人所谗毁，被赐金放还。王维与李白没有相遇。此后，李白再也没有进入长安。天宝三载的春花落尽了，王维与李白再也没有见面的机会。

尘缘聚散无常。人生有几个八年？若非亲人，人与人之间谁能有八年相见的机会？王维与李白八年相遇的机会就这样丧失了。

共同认识的人——李白王维见面条件之三

王维和李白，两人有共同的朋友，共同认识的人，这些人可以牵线李白与王维认识。比如：

其一，唐玄宗李隆基（685年—762年）

李隆基于712年至756年在位，是唐朝在位最久的皇帝。李白与王维都是他的臣子。玄宗多才多艺，亦有诗才。

王维在朝廷做官，至少有十几年的时间能够面见玄宗，还有陪同出游宴乐的机会，因此他写了二十来首应制诗，书写庙堂气象，为大唐盛世歌唱。《新唐书·孟浩然传》说，唐玄宗有一天出其不意地来到王维“内署”，正碰上王维和孟浩然在一起，可见唐玄宗与王维是多么熟悉。

李白曾任供奉翰林，不到两年的样子，一度为唐玄宗所喜欢。唐玄宗宠爱杨贵妃，有一天两人兴致勃勃地在兴庆池观赏牡丹花时，唐玄宗令李白给杨贵妃（719年—756年）献诗，李白写下了《清平调词三首》：

云想衣裳花想容，春风拂槛露华浓。
若非群玉山头见，会向瑶台月下逢。

一枝红艳露凝香，云雨巫山枉断肠。
借问汉宫谁得似，可怜飞燕倚新妆。

名花倾国两相欢，长得君王带笑看。
解释春风无限恨，沉香亭北倚阑干。

第一首以牡丹花比杨贵妃的国色天香。第二首表现杨贵妃之受宠幸。第三首总承前两首，把牡丹花和杨贵妃与君王融为一体写，写出良辰美景恩爱时光。这三首诗写得人花交映、迷离恍惚，成为广为传诵的名篇。

王维上朝或宴游，肯定见过杨贵妃，他没有给杨贵妃献诗（这么好的题材他竟然没有写）。唐玄宗有一天为妹妹玉真公主写了一首诗，立即通知王维和诗，王维写了《奉和圣制幸玉真公主山庄因题石壁十韵之作应制》。唐玄宗没让王维像李白一样给杨贵妃写诗。王维诗文中没有杨贵妃这个倾国倾城佳人的一点消息，这也令人奇怪。

唐玄宗是个有文艺范儿的皇帝。他如果让李白与王维见面，那是谁都无法抗拒的事，两人唯有应命而已。可是，喜欢弄出些故事的唐玄宗却没有将这两位最伟大的诗人弄在一起弄出点故事来。这也奇怪。

皇帝都不牵头让两人见面，其他人还能够做成这件事吗？

其二，玉真公主（692 年—762 年）

玉真公主名李持盈，是武则天的孙女、唐睿宗和窦德妃之女、唐玄宗的胞妹，后来自愿舍弃公主身份，做了女道士。玉真公主出家并不是个例，唐代总共有十几位公主出家。

王维认识玉真公主。有人说王维十九岁时京兆府试取得进士，就是玉真公主帮的忙。王维应唐玄宗要求，写《奉和圣制幸玉真公主山庄因题石壁十韵之作应制》：

碧落风烟外，瑶台道路赊。
如何连帝苑，别自有仙家。
比地回鸾驾，缘溪转翠华。
洞中开日月，窗里发云霞。
庭养冲天鹤，溪流上汉查。
种田生白玉，泥灶化丹砂。
谷静泉逾响，山深日易斜。
御羹和石髓，香饭进胡麻。
大道今无外，长生讵有涯？
还瞻九霄上，来往五云车。

王维把玉真公主的山庄描述得跟仙境一样，看来他对这个山庄比较熟悉。诗中有史。这首诗中透露出史籍没有呈现的另一番史实。

据魏颢《李翰林集序》的说法，李白是通过好友元丹丘引荐认识玉真公主的。认识的时间要比王维晚了许多。玉真公主与李白都是道教徒，信仰一致，算是道侣。李白写了《玉真仙人词》：

玉真之仙人，时往太华峰。
清晨鸣天鼓，飙欻腾双龙。
弄电不辍手，行云本无踪。
几时入少室，王母应相逢。

李白用“鸣天鼓”“腾双龙”“弄电……行云”之类的词汇，把玉真公主写得神仙似的。742年，李白第二次受诏进京，就是玉真公主推荐的。李白还写过一首《玉真公主别馆苦雨赠卫尉张卿二首》，说的是他在玉真公主别馆，而玉真公主不在，他在苦雨中借酒浇愁。

因为玉真公主跟王维和李白都有往来，有人演义说，王维和李白跟玉真公主是情人关系，李白、王维与玉真公主的“三角恋”是王维和李白老死不相往来的根本原因。穿越时空，飞度山水，重构人家风花雪月的往事，如此“八卦”倒让人产生一些别样的联想，当然最多也只能是一个容易引起“围观”的话题而已，最多也就是让人看到某种可能性。有句老话说，“以今度之，想当然耳”。历史不是文学，文学可以想象，历史需要证据。这三个名人之间，真“有情”吗？天知道。

玉真公主跟王维和李白熟悉，她没有牵线让这两位伟大的诗人认识。还有一句题外话，玉真公主去世后，王维的弟弟王缙撰写了《唐玉真公主墓志》。

其三，诗人孟浩然（689年—740年）

孟浩然，就是写过“春眠不觉晓，处处闻啼鸟。夜来风雨声，花落知多少”的孟浩然。孟浩然和王维，一个布衣，一个权贵，交谊甚笃，多有唱和，都以写山水田园诗见长，史称“王孟”。

约在开元十六年（728年），四十岁的孟浩然来长安应进士举落第。《新唐书·孟浩然传》说，孟浩然被王维“私邀入内署”，玄宗忽然来了，浩然惊避床下。王维不敢隐瞒，据实奏闻。玄宗说，我早闻其名而没见其人，不要躲藏了，出来见见。孟浩然从床下爬出来。玄宗问他最近写了什么诗，念来听听。孟浩然自诵其诗：“北阙休上书，南山归敝庐。不才明主弃，多病故人疏……”玄宗一听，不高兴了，寡人雨露遍地，怎么可以说“不才明主弃”呢？他生气地说：“卿不求仕，而朕未尝弃卿，奈何诬我！”一句话把孟浩然打发回了襄阳。孟浩然的官场梦破灭了。

孟浩然回襄阳时，王维写《送孟六归襄阳》(又名《送孟浩然》)送行：“杜门不欲出，久与世情疏。以此为长策，劝君归旧庐。醉歌田舍酒，笑读古人书。好是一生事，无劳献《子虚》。”赠友良言，无有愤懑，通篇清韵悠扬，凸现彼此情怀。孟浩然以一首《留别王维》告别。孟夫子一辈子无有功名，归隐乡间，自如自适快哉一生，田园诗写得山水陶然。孟浩然去世后，王维写了《哭孟浩然》：“故人不可见，江水日东流。借问襄阳老，江山空蔡州。”王维去岭南公差，经过襄阳，画了一幅《襄阳图》，画的是孟浩然像。后人描述道：“观右丞笔迹，穷极神妙。襄阳之状，颀而长，峭而瘦，衣白袍，靴帽重戴，乘款段马，一童总角，提书笈负琴而从。风仪落落，凛然如生。”（《韵语阳秋》）

孟浩然跟李白也是好朋友。李白的《赠孟浩然》曰："吾爱孟夫子，风流天下闻。红颜弃轩冕，白首卧松云。醉月频中圣，迷花不事君。高山安可仰，徒此揖清芬。"对年长自己十二岁的孟哥哥，李白前两句诗写得"色眯眯"的；"醉月频中圣，迷花不事君"与王维的"醉歌田舍酒，笑读古人书"皆精彩无比，雕出孟夫子天下风流的形象。李白还有一首《送孟浩然之广陵》："故人西辞黄鹤楼，烟花三月下扬州。孤帆远影碧空尽，惟见长江天际流。"孟浩然乘船东去，李白在岸上目送载他的帆船消失，只剩那流向天际的江水。依依不舍啊。有意思的是，王维"送"孟浩然用了"江水日东流"，李白送孟浩然写了"唯见长江天际流"，意象何其相似。

孟浩然完全可以牵头，将自己的李朋友和王朋友拉到一起。可是，他没有这样做。孟浩然完全可能在与王维或李白闲话中，说到另一个。可是，他没有留下只言片语。

其四，诗人杜甫（712 年—770 年）

杜甫与李白、杜甫与王维，都是好友。唐人的《吟窗杂录》说"王维诗天子，杜甫诗宰相"。

杜甫什么时候认识王维的，已不可考。乾元元年（758 年），贾至写《早朝大明宫呈两省僚友》，杜甫、岑参、王维等人和唱，传为佳话。758 年秋，杜甫曾到辋川访问王维别业，"醉把茱萸仔细看"，却没有见到王维。

他见到了王维的表弟崔兴宗，留下了《蓝田九日崔氏庄》《崔氏东山草堂》两首名诗，其中提到了王维：“何为西庄王给事，柴门空闭锁松筠。”王维去世数年后，杜甫写下“不见高人王右丞，蓝田丘壑蔓寒藤。最传秀句寰区满，未绝风流相国能”（《解闷其八》），可见情深谊厚。

杜甫跟李白，史称“李杜”。天宝三载（744年），两人相遇于河南开封、商丘一带，从此结下深厚友谊。杜甫有诗句曰，“醉眠秋共被，携手日同行”（《与李十二白同寻范十隐居》），可见他们的亲密。李杜有据可查的见面记录有三四次，李给杜的诗，三四首，杜涉及李的诗，二十来首。“李杜”的友谊为后人所称道。“扬李抑杜”或者“抑李扬杜”，也成为文学史上一个常说常新的话题。

按说，杜甫可以介绍李白王维两个哥哥认识，他在与李白王维交往中也可能谈及王维李白，可他也没有留下只言片语。

其五，诗人王昌龄（约690年—约756年）

天宝二年（743年），王维与王昌龄、王缙、裴迪雅集青龙寺赋诗，王维写了《青龙寺昙壁上人兄院集》，王昌龄写了《同王维集青龙寺昙壁上人兄院五韵》，当时李白也在长安，王昌龄没有叫上李白同游。李白与王昌龄交好，两人在巴陵分手时，王昌龄写《巴陵送李十二》，李白也留下“我寄愁心与明月，随风直到夜郎西”的句子。王昌龄没有牵线让李白跟王维认识。

其六，日本留学生晁衡（698 年—770 年，日本名“阿倍仲麻吕”）

这位日本留学生，在开元五年（717 年）十九岁时来到长安，进士及第，当了朝廷命官，结交许多中国朋友，包括李白、王维、储光羲等诗人。

天宝十一载（752 年）末，入唐三十七年的晁衡回国，临行前他专门与王维告别，王维写了《送秘书晁衡还日本国并序》。这首诗的序文长达六百余字，是唐诗中最长的序，有散文之风采。王维诗前写序，走在同时代人之先，也拓展出散韵结合文体之大道。晁衡写《衔命还国作》，回赠王维等送行的朋友。

晁衡和李白也是好朋友。他送给李白一件日本裘皮大衣，李白在《送王屋山上魏万还王屋》诗中有记载。后来，误传晁衡回日本途中遇难，李白深情地写下《哭晁卿衡》：“日本晁衡辞帝都，征帆一片绕蓬壶。明月不归沉碧海，白云愁色满苍梧。”晁衡经历了海上风暴、沉船、安南海盗等，在同伴几乎全部遇难的情况下，于天宝十四载（755 年）六月，辗转回到长安。他读到《哭晁卿衡》后，写了《望乡诗》。晁衡在中国生活五十余载，客死长安。

晁衡也没有留下王维与李白为何不交往的只言片语。

还有李龟年。他是开元天宝年间的著名乐师，因为受到唐玄宗的宠幸而红极一时。杜甫在《江南逢李龟年》一诗中写道："岐王宅里寻常见，崔九堂前几度闻。正是江南好风景，落花时节又逢君。"李白、王维、杜甫都是他的朋友。王维的《相思》（红豆生南国），又名《江上赠李龟年》，据说是专为李龟年所作。李龟年曾在唐玄宗杨贵妃面前唱过王维的"红豆生南国"，唱过李白的"云想衣裳花想容"。他没有把两位大诗人撮合在一起见面。

共同的朋友还有诗人高适（704 年—765 年）、岑参（715 年—770 年）等……

天数注定，人不自由。人生的遇见总是不期而遇、不容推辞；人生的不遇更是上天的精心布置。其中的玄机，云雾迷离，凡人无法窥视与透彻。

李白与王维，于千万人眼跟万千孔隙中，没有留下两人交往或者是闹别扭的一点情节、一星细节。相近的两大星球，竟然如此遥远。本来可以成为文学天空中的互耀"双星"，却形如参商。看看人家李白与杜甫，被称为"李杜"；杜牧和李商隐被人称为"小李杜"，弄出多少话题。我为李白与王维没有构成"李王"而深深叹息。

为什么王维李白没有见面？

一个“诗仙”，一个“诗佛”，两位才华横溢、群山之上的同代诗人，双峰并立，列宿争辉，却互不照面，也不打声招呼，各走各路，渐行渐远了。

李白和王维，两人对于友情，都是很看重的。“若惜方寸心，待谁可倾倒，虞卿弃赵相，便与魏齐行，海上五百人，同日死田横。”（李白《于五松山赠南陵常赞府》）这是李白向往的。王维的朋友情谊好像更加浓厚一些，“我闻有客，足扫荆扉。箪食伊何，副瓜抓枣”（《酬诸公见过》）。但是，两人连个面都不见一下。这需要问一个为什么。

——是因为王维信佛，李白信道？两人生活的开元天宝年间，儒佛道并存。道家当时地位最高，是国教，皇室自认为是道教鼻祖老子的后代；佛教已经中国化，成为当时信徒最多、影响力最大的宗教。王维信佛，与道家也有联系，他的诗中亦见道家身影，玉真公主即是女道士，他的《送张道士归山》《过太乙观贾生房》皆是写给道侣之作，《过太乙观贾生房》说到他早年曾携松酒、簪竹巾、攀林岩、采仙药的情景。李白是道家，正式受箓。可他起了个佛家的号“青莲居士”，“青莲”在佛教中具有特定意义，“居士”是指在家的佛教信士。他交往的有名号的僧侣有三十多人，到过二十多所佛寺，他的许多诗文比如说《崇明寺佛顶尊胜陀罗尼幢颂并序》，表达了对佛法的敬仰。不同的宗教信仰，不是两人终生不来往的主要原因。杜甫是儒家，不是跟信佛的王维、道家的李白都相处很好吗？

——是彼此之间性格不容？"诗仙"李白，乃虚骄嚣张之徒，那是一个写诗的李白，好酒的李白，好官的李白，好名川的李白，好侠义的李白，好求仙访道的李白。正如杜甫《赠李白》云："秋来相顾尚飘蓬，未就丹砂愧葛洪。痛饮狂歌空度日，飞扬跋扈为谁雄？"飞扬跋扈，一语中的。"诗佛"王维，性格内向温和，洒洒空灵。他半官半隐，热爱自然，喜欢禅坐，注重情谊。性格与气质上的差异，从来不是人与人交往的最大矛盾，也不应该是王维与李白认识的障碍。杜甫与李白的性格也很不相同，闻一多甚至断言，李白杜甫"两人的性格根本是冲突的"。这两大巨星轨道交会，不也成了好朋友吗？

——是因为看不上对方的诗文？这个基本可以排除。两人的诗，具有同样的高度，好得整个盛唐都看得到，官方与民间，都在传唱。高手过招，都认得彼此之好，怎么会互相看不上对方呢？

可事实是，王维与李白谁也没有主动去见谁，好像也没有诗歌才能的互相吸引，更没有性情志趣的契合与交流。双方谁都没有在自己的诗文中提及对方，也没有在言谈话语中涉及对方。才华碰撞的历史机遇就这样无可挽回地失去了。

李白与王维有许多共同的朋友，这些共同的朋友都保持着与李白与王维的友谊。让两位诗人认识乃至唱和，天大的好事啊，可大家都不撮合着让他们两个人认识，都回避着他俩的话题，这的确很奇怪。肯定有一个自我原因还有一个外部原因影响着李白与王维见面，肯定有一个巨大存在影响着李白与王维见面，这个原因和巨大存在使得朋友们在一起聊天时都无法聊一下他俩，好像有什么“忌讳”似的，连唐玄宗李隆基都不忘这个“忌讳”。如果唐玄宗都有所忌讳的话，这难免让人联想到玉真公主了……

李白出生时，“母梦长庚星，因以命之”(《新唐书》)，李白母亲梦见了太白金星，所以给他起名“白”。王维的《陇头吟》曰：“长安少年游侠客，夜上戍楼看太白。”王维这里说的“太白”，当然不是说李白，是少年看太白金星，欲以立功自命也。他没有回避李白之“太白”。

王维名维字摩诘，名字得之于印度高僧维摩诘。李白的七绝《答湖州迦叶司马问白是何人》曰：“青莲居士谪仙人，酒肆藏名三十春。湖州司马何须问，金粟如来是后身。”“金粟如来”是佛教居士维摩诘的号。李白不会不知道，王维的名号即从维摩诘而来。李白在回答“我是何人？”这个具体而抽象的终极问题时，没有回避“金粟如来”这个词，将自己与维摩诘居士联系起来，说自己转世之后就是金粟如来维摩诘。李白说到“金粟如来”，不能不令人联想到诗人王维。

——从王维、李白的诗中，是否可以发现一些蛛丝马迹比如说两人之间的互相遥望与倾慕呢？

李白与王维比较

同在一条路上，却没有相逢相遇。自古以来，遇与不遇，都是一种必然。

为了弥补历史的遗憾，人们在无可奈何之余，总是想办法让应该“遇”的人“遇见”。早在唐宋之际，就有人将李白王维等“拉”到一起：

《海录碎事》一书中，将司马承祯、陈子昂、卢藏用、宋之问、王适、毕构、李白、孟浩然、王维、贺知章等，称为“仙宗十友”。

《玉堂漫笔》一书中说：郑虔的《七贤过关图》，画的是开元冬雪后，张说、张九龄、李白、李华、王维、郑虔、孟浩然七人，出蓝田关，游龙门寺……槎溪张辂题诗曰：“二李清狂狎二张，吟鞭遥指孟襄阳。郑虔笔底春风满，摩诘图中诗兴长。”

另一幅流传的《唐人出游图》，画的是宋之问、王维、李白、高适、史白、岑参等。

对李白与王维的诗，历代多有比较——

《岁寒堂诗话》曰："世以王摩诘律诗配子美，古诗配太白，盖摩诘古诗能道人心中事而不露筋骨，律诗至佳丽而老成……虽才气不若李、杜之雄杰，而意味工夫，是其匹亚也。"

《诗薮》曰："太白五言绝自是天仙口语，右丞却入禅宗。"

《载酒园诗话又编》曰："唐无李杜，摩诘便应首推。"

《岘佣说诗》曰："摩诘七古，格整而气敛，虽纵横变化不及李杜，然使事典雅，属对工稳，极可为后人学步。"

《五言绝句叙》云："开元后，独李白、王维尤胜诸人。"

《弹雅》曰："诗人之诗，字句不苟，王维诸人是也。才子之诗，句字章法，若罔闻知，李白诸人是也。困学之诗，格调词意，匠心措置，杜甫诸人是也。闲适之诗，并诗俱忘，陶潜诸人是也。"

《而庵说唐诗》："诗总不离乎才也：有天才，有地才，有人才。吾于天才得李太白，于地才得杜子美，于人才得王摩诘。太白以气韵胜，子美以格律胜，摩诘以理趣胜。太白千秋逸调，子美一代规模。摩诘精大雄氏之学，句句皆合圣教。"

……

李白身在江湖而心在魏阙，王维在朝堂而渴望山野。

李白诗中多神仙，王维诗中见山僧。

李白诗融合了屈原与庄周的艺术风格，王维诗汇合了陶潜风格与禅宗思想。

李白身作载酒船，诗中多酒；王维肉身是法身，诗中有禅。

李白的诗，浪漫、夸张、雄浑而激进，张扬个性。王维的诗，具有禅意和宫廷趣味，比较内敛和安静。

李诗成就最大的是乐府诗，王维成就最大的是五言绝句，明代何良俊《四友斋丛说》评论“五言绝句，当以王右丞为绝唱”。

李白在天地之间抖擞精神，王维在朝堂与柴扉之间自然呼吸。

李白是酒神，王维是莲花。

李白与王维，从文学史上定义了盛唐。盛唐的诗心是王维，盛唐的气质是李白……

闻一多先生写李白与杜甫见面时说：“我们该当品三通画角，发三通擂鼓，然后提出笔来蘸饱了金墨，大书而特书。因为我们四千年的历史里，除了孔子见老子（假设他们是见过面的），没有比这两人的会面，更重大，更神圣，更可纪念的。”（闻一多《唐诗杂论》）

李白与王维属于黄金时代的黄金诗人，都是不世而出的人物，两人若是见面了，必将是伟大的会见、历史性的会见，就像李白与杜甫的相见。

王维活了六十一岁，李白活了六十二岁。李白与王维同庚同朝同是诗人，却不见面、不相逢、不说话、不交流，也不“怼”，就像庄子与孟子不能相见，就像莲花与梅花不能相见。历史总会留给我们一些遗憾。

世事固有不必付之吟诵者。王维没有见李白，没有写杨贵妃，没有说到同朝的“画圣”吴道子（约 680 年—759 年），正如《资治通鉴》没有说到李白一样。

好在李白诗在，王维诗在，杜甫诗在，我们可以一起去读。

好在，李白王维可以相会邈云汉……

阅读王维

（代后记）

刘盼遂说：《尔雅》无“蝴蝶”，《昭明文选》无“兰亭序”，杜诗中无“海棠诗”，乃古典文学三大憾事。胡庄子说：孟子与庄子不见，李白与王维不见，曹雪芹《红楼梦》八十回后不见，乃中国文学三大憾事。

每个时代都有一首诗在等着，这首诗是这个时代的标志。每个人也有一首古诗在等着，为你的人生书写好了，写着你的过去今天未来。王维的《山居秋暝》属于我的那道菜：“空山新雨后，天气晚来秋。明月松间照，清泉石上流。竹喧归浣女，莲动下渔舟。随意春芳歇，王孙自可留。”你发现属于你的那首诗了吗？没有的话，赶快找，那首诗站在那里等你几百几千年了，别让为你写的诗白写了。若是找不到属于你的古诗，不是古人把你忘了，而是你忘了前辈，应该满面羞愧，自我反思。

唐人爱竹谁第一？精妙独数王摩诘。每每看到竹子，就想起王维的《竹里馆》《斤竹岭》等，想到他画的竹子。

王维还有一句好诗："看竹无须问主人。"真是好句子，好教导。我来了，我就是主人。

杜甫的"恶竹应须斩万竿"，令人不悦。好句子有好命运，恶句子有坏命运。每一个好句子里面都像一棵老树一样藏着神。

宋人有个孙倬，他的《栽竹诗》云："更起粉墙高百尺，莫令墙外俗人看。"实在小家子气。晏殊当时已作翻案："何须粉墙高百尺，任教墙外俗人看。"

还是王维的"看竹无须问主人"好，与物同游，自在洒脱。悠悠宇宙，我在，我看，我就是主人。

那天，我爬终南山，徐行踏断流水声，走到一个可能是开天辟地以来第一次有人涉足的地方，抹去脸上的汗水，但见：山中的树，无名的花，没人看，没人夸，自己长自己的个儿，自己开自己的花儿。像是千年之前王维诗中描写的："涧户寂无人，纷纷开且落。"任何人都不要自作多情，草木们不为人来，不等人开，它们只是山中的树，自在的花。

我喜欢山里的风景，因此一有空就往山里走。王维有诗句"崎岖见王侯"，妙在"崎岖"二字。他有在终南山走动的经历，又有官场险恶的体验，所以他以攀登险峻不平的山峰来比喻委曲求全讨好权贵的情形。在窈窕崎岖的人生中，有人“崎岖见王侯”，有人“悠然见南山”……

读过王维的许多版本，最好的还是清人赵殿成的《王右丞集笺注》。其可贵之处在于收入王维全部诗文，间有考订，又收辑古书中王维的生平轶事和诗画评论作为附录，读起来十分方便。以前买过一本上海古籍出版社出的校订本，不知压到哪个书柜里了，因为急用，网上搜出电子版，用 A4 纸打印一份，某些场所阅读时貌似在阅读公文，不亦乐乎。

从旧书摊上买回陈贻焮的《唐诗论丛》（湖南人民出版社 1980 年 9 月版）。书中涉及孟浩然、王维、李白、杜甫、岑参、李贺、李商隐等人的诗歌与生平，考据甚见功夫。读下来，受益匪浅。

《王维集校注》，陈铁民校注，中华书局 1997 年 8 月版，四卷本，以清人赵殿成的《王右丞集笺注》为底本，收入王维的全部诗文，修订了赵本中的一些错误。诗文之后，有比较详细的注释，有历代诸家评点，附录中还有《王维年谱》。这是当下研究王维比较权威的版本。

唐诗人中我更喜欢王维李白李商隐。夏秋之交，读的是王志清选撰的《王维诗选》（商务印书馆2015年4月版）。袁枚说“选诗如选色，总觉动人难”，王维诗传世四百余首，好诗太多，选起来容易，讲好却难。所以许多时候我宁愿囫囵吞枣读原诗，也不看那些歪嘴教授讲解诗。王志清这本书我是偶然见到的，翻了几页觉得好，通篇读下来真是好。他从技巧技术层面讲“天下文宗”王维，用佛法义理讲“诗佛”王维，以美的语言讲王维“诗的哲学”，以诗中画画中诗说文人画祖，甚是浅易，甚是深处，我进一步走近了“诗家射雕手”王维。读了《王维诗选》，又找来他的《王维诗传》（河北人民出版社2016年12月版）。诗是王维的脚印，顺着他的脚印，看他诗意且“适宜”的人生。

王维四十多岁在蓝田辋川建辋川别业，他和道友裴迪一唱一和，为辋川二十景赋诗，各得二十首五言绝句，前无古人地用诗描绘了一个景观群落。我读《辋川集》而感叹:《孟城坳》边读沧桑,《华子冈》上闻秋声。《文杏》《斤竹》静如许,《鹿柴》《木兰》悟色空。《临湖》《欹湖》宴好友，《茱萸》《宫槐》迎山僧。《栾家濑》上听《柳浪》,《南垞》《北垞》观水静。《白石滩》涌《金屑泉》,《竹里馆》中明月映。《辛夷坞》上花开落，《漆园》《椒园》逍遥行。

王维在朝廷走动多年，唐玄宗与杨贵妃的身影，他在上朝或宴游时肯定是见过的，奇怪的是，他的诗文中没有杨贵妃的影子。唐玄宗有一天为妹妹玉真公主写了一首诗，立即令王维和诗，王维写了《奉和圣制幸玉真公主山庄因题石壁十韵之作应制》；唐玄宗和杨贵妃看牡丹花时一高兴，立即令李白献诗，李白写下了《清平调词三首》，唐玄宗却从没有让王维为杨贵妃写诗。这也奇怪。

小人物用错词语会被讥笑，大人物用错词语则可能是创意创新创造了。“作家”最早是管理家务的意思。《三国志·杨戏传》：“请为明公以作家譬之。”《晋书·食货志》载：“（汉）桓帝不能作家，曾无私蓄。”从三国到晋代，“作家”乃“治家”之意。“作家”词意的改变，始于王维。《太平广记》载：“唐宰相王缙好与人作碑志，有送润毫者，误叩右丞王维门，维曰：‘大作家在那边。’”说的是王维的弟弟王缙经常给人写墓志铭，有一天，有人给王缙送润笔（稿酬），误敲了王维家的门，王维弄清情况后说：“大作家在那边。”从此以后，从事文学创作有成就者被称为“作家”。

词语诞生之后，其含义会发生一些变化与游移，其推动者往往是大人物，小人物的声音一般来说会消失在茫茫时空中，不会留下多少痕迹。

“柳浪”一词，形容柳枝随风摆动起伏之状，甚妙。这是王维独具匠心的创造。王维为辋川二十景中的一处命名为“柳浪”，还专门写了一首诗，这使“柳浪”一词广为流传。明代高启的《入郭过南湖望报恩浮屠》有诗句“雨后春波柳浪香，布帆归缓怕斜阳”。清朝的蒲松龄《聊斋志异·绛妃》曰：“吐虹丝於碧落，乃敢因月成阑；翻柳浪於青郊，谬说为花寄信。”都暗用王维的“柳浪”入诗。杭州西湖有个景点“柳浪闻莺”，创意也来自王维吧。

王维入住辋川、修行辋川后，写辋川诗、画辋川图，辋川举世闻名。随后，“辋川”“辋川图”成为使用率很高的典故：“辋川”成为隐士、隐逸的代名词，“辋川图”象征着至善至美的无限风光。王维被迫任伪职时写过一首《凝碧诗》，“凝碧”“凝碧悲吟”，也成为典故。

失粘破律又何妨！

王维的《送元二使安西》：“渭城朝雨浥轻尘，客舍青青柳色新。劝君更尽一杯酒，西出阳关无故人。”被人誉为唐诗中第一等名篇，七绝诗排行第一。殊不知，此诗于格律不符，《诗人玉屑》称之为“折腰体”。

还有《酌酒与裴迪》：“酌酒与君君自宽，人情翻覆似波澜。白首相知犹按剑，朱门先达笑弹冠。草色全经细雨湿，花枝欲动春风寒。世事浮云何足问，不如高卧且加餐。”“春风寒”是“三平尾”，应是大忌，可王维就这么写了。

再比如《辋川别业》：“不到东山向一年，归来才及种春田。雨中草色绿堪染，水上桃花红欲燃。优娄比丘经论学，伛偻丈人乡里贤。披衣倒屣且相见，相欢语笑衡门前。”多处出律，失粘也失对，作者却不在乎。

大诗人，诗意来袭，一时天机凑拍，语势如长风而不可倒转，宁可失粘，也不屑于雕琢，一任自然。王维殊无纪律，他的破律之诗，多有妙句，竟成名篇。不亦快哉！毕竟，格律是工具，工具要为人服务，工具不好用的话，不用也罢。

毛泽东熟读《唐诗三百首》《唐诗别裁集》等唐诗选编本，外出时随身携带。各种唐诗选本中都选有王维诗。毛泽东对王维的诗应该是比较熟悉的。但至今也没有见到毛泽东对王维其人及其诗歌的直接评价。估计是与世无争的王维和他平静的诗，跟毛泽东豪情冲天的性情和改造世界的巨大抱负有些距离。

查中央档案馆编、北京出版社 1995 年 12 月出版的《毛泽东手书选集》（十卷本），其中收录了毛泽东书写的王维的两首诗：

一首是钢笔书写的《出塞作》："居延城外猎天骄，白草连山野火烧。暮云空碛时驱马，秋日平原好射雕。护羌校尉朝乘障，破虏将军夜渡辽。玉靶角弓珠勒马，汉家将赐霍嫖姚。"《出塞作》是王维为数不多的直接描写战事的边塞诗之一，其神俊逸，其势矫健，声出金石，写得兴高采烈。特别是三、四句妙得景色，极其雄浑。这样的诗，容易引起毛泽东的共鸣。

一首是毛笔书写的《奉和圣制〈从蓬莱向兴庆阁道中留春雨中春望〉之作应制》："渭水自萦秦塞曲，黄山旧绕汉宫斜。銮舆迥出千门柳，阁道回看上苑花。云里帝城双凤阙，雨中春树万人家。为乘阳气行时令，不是宸游玩物华。"这首诗是王维与唐玄宗出游时在雨中春望赋诗的一首和作，气象清明，藻丽铿锵，铺张出国家之盛，被沈德潜推崇为"应制诗应以此篇为第一"。五、六句"云里帝城双凤阙，雨中春树万人家"，美丽秀溢。这样壮丽且有逸气的作品，是毛泽东所喜欢的。

一个政治家、一个诗人、一个书法家，在闲暇的时候，即兴书写某人的诗词，一般地说，那必然是自己所喜爱的句子。毛泽东书写《出塞作》《奉和圣制〈从蓬莱向兴庆阁道中留春雨中春望〉之作应制》，说明他比较喜欢这两首诗。

安史之乱后，乐工李龟年漂泊江南，以唱谋生。有一天他在湘中采访使的宴会上唱歌，先唱王维的“红豆生南国，春来发几枝。愿君多采撷，此物最相思”，又唱王维的“清风明月苦相思，荡子从戎十载余。征人去日殷勤嘱，归雁来时数附书”。这两支曲子都是以前在唐明皇那里常常演唱的。李龟年唱完两首歌曲，入情太深，昏死在地。妻子摸着他的左耳还有热气，不让殡殓。四天以后李龟年醒来，对家人说：“刚才做了个梦，梦见二位妃子让我教她们的侍女兰苕唱祓禊歌（一种超度亡灵的歌），教会她唱了，才让我回来。”这个故事是唐代范摅在《云溪友议》中讲的。案：《云溪友议》记载开元以后的异闻野史，尤以诗话为多，许多诗词故事靠该书得以流传。

王维的《山茱萸》曰：“朱实山下开，清香寒更发。幸与丛桂花，窗前向秋月。”我上终南山，遇见山茱萸，剪回一枝带着花苞的茱萸，回来插瓶。一周后，正月十五，山茱萸开花。伞形花序，金黄色，花瓣小而花蕊突出，有细微异香。这是我第一次见到茱萸花。

为了寻找王维在蓝田辋川的足迹，专门找来《蓝田县志》（陕西人民出版社 1994 年 7 月版）做功课。厚今薄古，记录索然。当然，也有些蛛丝马迹在别处没有见到。比如说，1963 年，向阳公司在辋川建厂时，王维母塔坟及王维墓被毁，现压在向阳公司14号厂房下。如今，辋川二十景荡然无存，只留下一棵王维手植银杏树……

长安国画院长范桦先生，蓝田人，对王维绘画颇有研究，代表作有《辋川图》。他将他编著的陕西国画院系列丛书第一卷《王维研究》（陕西人民美术出版社2015年8月出版）赠我。范桦先生对故乡辋川山水十分熟悉，专门研究过王维，又是勇于探索、大有成就的画家，他对王维特别是其水墨山水画的研究独树一帜。

寻找王维和他的时代、他的朋友，旧新《唐书》必读。

二十多年前，买了一套中华书局出版的唐宋笔记丛书，几十本，繁体竖排，胡乱看了一阵子，不知道做什么用途。原来它潜伏下来，是让我多年后深入阅读唐朝研究王维时做参考的。

郭沫若的《李白与杜甫》也值得一读。

蓝田张效东先生，热爱家乡，热爱王维，他对王维营造的辋川别业二十景一一考证，如数家珍。我到辋川参观，在他的指点下，王维《辋川集》中的一百六十句诗在我眼前迅速成长，二十大景观的诗情画意重构再现。张先生著有《历代蓝田诗选析》，极力推崇与蓝田玉共美的蓝田诗，其心若玉，其文素朴。我忽然明白，热爱故乡喜欢王维者，都是人中好人啊！热爱故乡及王维者，都是在盛世中生活啊！

袁枚有首叫《苔》的小诗："白日不到处，青春恰自来。苔花如米小，也学牡丹开。"这首诗好像是从王维的《鹿柴》生出来的："空山不见人，但闻人语响。返景入深林，复照青苔上。"王维诗中的青苔，见到一束阳光。袁枚笔下的苔，阳光总也照不到，既是阳光不来，自己照样生长。王维的《鹿柴》，无我，无人，无欲，景深，安静，有光，自然寂静之美，令人心净。袁枚的《苔》，自我，自卑，自强，不自然，不自在，读来自生楚楚之意。我呀，深爱摩诘笔下的青苔……

木心说："有的作家的一生就是为后来的另一作家的某个句子做准备。"《辋川集》之后这一千二百多年，喜欢唱和的诗人没人敢对着《辋川集》也写二十首。《辋川集》自然超逸，无法超越，非常人能蹈其轨辙也，连追平的希望也没有，谁还敢写呀。"取法乎上，仅得乎中。"不要指望超越经典，经典被超越了就不是经典了。辋川诗等了我这么多年——等我的阅读。我写千载以下我对《辋川集》及辋川诗的会心，时刻记住：敬畏经典。

戊戌秋于长安

书法作品目录

张　辉　《孟城坳》
原康生　《华子冈》
马河声　《文杏馆》
史星文　《斤竹岭》
吴振锋　《鹿柴》
方英文　《木兰柴》
逄高亮　《茱萸沜》
陈建贡　《宫槐陌》
麻天阔　《临湖亭》
张红春　《南垞》
胡传海　《欹湖》
刘京闻　《柳浪》
张纬东　《栾家濑》
吴川淮　《金屑泉》
林　峰　《白石滩》
徐曼娜　《北垞》
王春新　《竹里馆》
王　宽　《辛夷坞》
郑墨泉　《漆园》
杜中信　《椒园》